Der Quotenmann Andreas Krüger ist eigentlich ein ordentlicher Beamter, nicht gerade prädestiniert für ungewöhnliche Einfälle und aberwitzige Entscheidungen. Aber als eines Tages die Routinebeförderung wackelt, weil eine »Quotenfrau« vorgezogen werden soll – da verwandelt er sich kurzerhand in diese.

Das ist das Satyrspiel zur Tragödie über den Kampf von Karrierefrauen in der Männerwelt. Mit bösem Spott und schwarzem Humor erzählt die Autorin, wie der Quotenmann vom Patriarchat gebeutelt wird. Er ahnt nichts Böses. Hat er selbst Frauen nicht immer fair behandelt? Und natürlich denkt er, er müßte doch eine Superfrau abgeben, er als gelernter Mann, der mehr vom Leben weiß und erlebt hat und der die Frauen kennt. Aber irgendwas läuft ständig schief – und zu Hause behaupten Frau und Tochter auch noch, ihm erklären zu können, wieso. Die beiden haben zu seinem Ärger schnell angefangen, ihn wie ihresgleichen zu behandeln.

Seine Rolle wird ihm lästig. Er merkt, wie er Frauen, und damit auch sich selbst, zu verachten beginnt. Aber je mehr er sich seiner Rolle schämt, um so weniger gelingt es ihm, sich von ihr zu trennen. Eine tiefgründige schwarze Komödie.

Anna Dünnebier studierte in Berlin und London. Sie veröffentlichte Hörspiele und Radio-Dokumentationen, Kino-Kurzfilme und zahlreiche Fernsehfilme. »Der Quotenmann« ist ihr dritter Roman. Sie lebt als freie Schriftstellerin in Köln, verheiratet mit Gert v. Paczensky. Im Fischer Taschenbuch Verlag erschienen ihr Roman »Eva und die Fälscher« (Band 4728) und der von ihr herausgegebene Band »Mein Genie« (Band 10836).

Anna Dünnebier

Der Quotenmann

Roman

26.10.93

Fischer Taschenbuch Verlag

Die Frau in der Gesellschaft
Herausgegeben von Ingeborg Mues

Originalausgabe
Veröffentlicht im Fischer Taschenbuch Verlag GmbH,
Frankfurt am Main, Oktober 1993

Umschlaggestaltung: Ingrid Hensinger, Hamburg
Gesamtherstellung: Clausen & Bosse, Leck
Printed in Germany
ISBN 3-596-11779-8

Gedruckt auf chlor- und säurefreiem Papier

I

Wie fürs Kostümfest. Er probierte Unpassendes an, unpassend für einen Beamten in mittlerer Position mit Aussicht auf Beförderung. Einen grünockerfarbenen Pullover mit Goldfäden verwebt. Einen geblümten wehenden Hosenrock, wadenlang, in denselben Farben. Ohrringe, goldschwarzes, schweres Gehänge. Halskette passend, passend zum Ohrgehänge, nicht passend zu ihm. Nun einen hauchdünnen Strumpf über die haarigen Waden. Die klobigen Füße in steile Schuhe gepreßt. Und nun gehen. Schreiten, leichtfüßig. Tanzen würde er nicht müssen. Denn es war ja nicht fürs Kostümfest.

»Lach nicht«, sagte Thea, die ihm die Kleidungsstücke reichte, zurechtrückte, ihn vor den Spiegel schob, begutachtete, lachend ihm neue Zutaten reichte, »lach nicht, dies ist eine ernste Angelegenheit.«

Andreas raffte die Stoffmengen dieses Gewands, das nur eine Frau als Hose bezeichnen konnte, und startete einen neuen Gehversuch. Auf schwankenden Füßen. Halt nur mit den Zehen, die aber eingequetscht wurden durch die Form des Schuhs, schmal, lang und spitz. Gewisse Unterschiede in der Anatomie von Männern und Frauen waren ihm durchaus bekannt. Kleine Unterschiede. Denn der größte Unterschied war ihm bisher noch nicht bewußt geworden: Frauen hatten offensichtlich ihren großen Zeh in der Mitte des Fußes. Die Form des Schuhs, mit einer langen Spitze genau in der Mitte vorn, ließ keinen anderen Schluß zu. Sein großer Zeh hingegen war auf der rechten Seite links und auf der linken rechts und schmerzte auf beiden Seiten, weil an dieser Stelle eben kein Schuh vorgesehen war, nur schmal sich verjüngende Eleganz.

Schreiten? Der gefährdete Knöchel, wegrutschend nach den Seiten, drohte umzuknicken. Thea stand lachend, und er zwischen Lachen und Scham. Wie damals, als er Eislaufen lernte, sein

Freund war geschickter, stand schon sicher auf zwei Kufen, sah seinen Versuchen zu, geduldig, aber lachend. Und er schämte sich seiner Ungeschicklichkeit. Dann die Mädchen aus seiner Klasse, die kleinen Mädchen, denen er sich so überlegen fühlte, kicherten nicht mal, guckten nur belustigt und glitten dann mit leichtem Schwung an ihm vorbei. Noch am Morgen hatte er ihnen erklärt, wie eine Laubsäge funktioniert, in den Werkraum hatte er sie geschleppt, wo sonst erst die vierte Klasse zugelassen war.

Schreiten? Er ließ sich aufs Bett fallen, die Kostümprobe fand im Schlafzimmer statt. Er schleuderte die Eleganten von sich. »Sind das die Traumdinger, für die ich 318 Mark bezahlen mußte?« fragte er Thea.

Sie machte ihm Mut mit dem Hinweis, ihre Turnschuhe paßten ihm doch auch. Wühlte im Schrank, zog ein weiteres Paar Elegante hervor und pries sie ihm als ausgelatscht und bequem. Zog sie ihm über die Füße. Warf dabei einen zweifelnden Blick auf seine haarigen Beine.

»Rasieren bist du ja gewohnt«, sagte sie.

»Damit wollte ich als Frau eigentlich aufhören«, antwortete er. »Wenigstens was, wo ihr Frauen im Vorteil seid.«

Er langte nach Theas Töpfchen und Fläschchen auf dem Spiegeltisch. Ein Werkzeugkasten, zu umfangreich und unvertraut für ihn. Keine Laubsäge, kein elektrischer Schlagbohrer. Stifte und Quasten, Pasten und Puder, Flüssiges und Festes, Farbiges und Glänzendes. Er hatte sich schon oft gefragt, was in der Statistik der Durchschnittseinkommen und -ausgaben des Durchschnittshaushalts den Posten »Körperpflege« so teuer machte. Ihm war nicht klar, was für welchen Zweck gedacht war. Er hatte diese Zutaten, solange er mit Thea verheiratet war, auch noch nie so detailliert auf ihr bemerkt. Lippenstift kannte er. Er begann, sich einen Kußmund zu malen.

»Gekonnt!« rief Thea.

»Voll daneben«, sagte eine zweite weibliche Stimme. Nicole war reingekommen, die Tochter. Vater und Mutter guckten beide empört.

»Das sind meine guten Sachen«, protestierte Thea.

»Fürs Büro? Zum Antrittsgespräch?« Nicole guckte ihn an, fast mit dem Blick der Mädchen beim Eislaufen.

Er hatte es ja damals auch gelernt, das Eislaufen. Aber die Mädchen hatten auch Sägen gelernt. Einige hatten sich den Zutritt zum Werkunterricht erkämpft, obwohl im Lehrplan eigentlich Handarbeiten vorgesehen war, diese Fummelarbeit, die mit kleinen Maschen auch die Gedanken kleinhielt, die mit zierlichen Produkten auch nur zierliche Lebensläufe zuließ.

Mädchen im Werkunterricht. Damals fand er das ganz lustig. Meist kam er mit Laubsäge und später Hobel und Umleimer besser zurecht und konnte billig Punkte machen. Aber heute, wo ihn die hauchzarten Strümpfe auf der Haut juckten, dachte er, man hätte das damals besser verhindern sollen. Denn offensichtlich führte ein direkter Weg vom Werkunterricht zur Frauenquote. »Im Zuge der Quotenregelung in unserer Behörde werden die Bewerbungen von Frauen bevorzugt behandelt.«

Vielleicht mußte er auch genauer ein Auge auf Nicole haben. Werkunterricht war für sie gar keine Debatte mehr. Bisher hatte er ihre große Klappe eher lustig gefunden, so lustig wie ihre vielen Freundinnen, die laut und eckig waren, natürlich ohne den Charme, die Weiblichkeit von Thea. Aber sie waren ja auch noch jung. Über Theas schicke Kleider, Theas elegante Schuhe machte Nicole sich nur lustig. Und also auch, da er nun in ihnen steckte, über ihn:

»Ihr seid von vorgestern. Die Yuppie-Managerin trägt flache Schuhe und Designerkostüm. Keinen Hausmütterchen-Goldpulli. Und keinen Kußmund.«

Als ob das Gör was davon versteht, von Karriere und Büro, dachte er grimmig.

2

Im Büro war es wie immer. Herrn Pirchlers Tür stand wie immer am Morgen offen, als Andreas Krüger das Vorzimmer betrat, wo Frau Laue wie immer um diese Tageszeit mit der Kaffeemaschine beschäftigt war. »Noch keine Post da«, sagte sie wie immer, denn die Post kam immer erst nach neun, und fügte wie immer hinzu: »Der Kaffee ist gleich fertig.«

Er guckte durch Herrn Pirchlers Tür, reine Routine, das Zimmer war um diese Uhrzeit noch leer, ging durch die andere Tür in sein Zimmer und blätterte flüchtig in den Akten. Das Morgenblättern war nicht ernst gemeint, er wartete auf den Kaffee, zu dem er die Zeitung lesen würde. Vorher passierte nichts. »Kostendämmende Faktoren bei der Erstellung von Straßenbegleitgrün«, Vorgang B/14 SP3011, oder »Konsequenz fehlender Wartungsmaßnahmen für die Sicherheit im Bereich kindgerechter Naherholung«, Vorgang S/27 SP70, und was sich dahinter verbarg, konnten bis nach dem Kaffee warten. Er tippte auf billige Büsche bei B/14 und auf kaputte Klettergeräte und abstürzende Kinder bei S/27. Für den Augenblick egal.

Alles war, wie alles sein sollte. Er wußte, wann Herr Pirchler kommen würde, wann Frau Laue fotokopieren gehen würde, das heißt ihrerseits zum Kaffeetrinken ins Büro von Frau Schegengatt, deren Chef dann zur Morgenbesprechung beim MD war. Er wußte, wann im Jahr die Hektik ausbrechen würde, so gegen November, wenn der neue Etat anstand und die Gelder des alten noch rasch in Projekte gesteckt werden mußten, sinnvoll oder nicht, damit im kommenden Jahr nichts gekürzt würde, er kannte die gemütlichen Zeiten zum Jahresanfang und im Sommer, wenn man Kaffeetrinken und Zeitunglesen fast bis mittags ausdehnen konnte. Er wußte, wann wieder der Personalrat tagen würde und was für Zugeständnisse er würde machen müssen, um durchzubringen, was er durchzubringen wünschte, er war schließlich ein kleiner Chef. Er war ordnungsgemäß aufgestiegen, er hatte im voraus gewußt, wann eine Gehaltsanhebung, wann eine Beförderung fällig werden würde, und erwartungsgemäß waren sie eingetroffen, bis hierher, und nun war der Hauptabteilungsleiter fällig. Er wußte schon seit einem Jahr, daß es nicht hier in Kiel sein könnte, die passende Hauptabteilungsleiterstelle würde zur passenden Zeit in Bonn frei, und er hatte längst beschlossen, den Ortswechsel auf sich zu nehmen, um den geregelten Aufstieg nicht zu stören. Schon die nächsten Stufen würden ihn wieder nach Hause nach Kiel bringen, sobald Heise in Pension gehen und den passenden Platz räumen würde, und er wußte schon, wann das sein würde. Er hätte schon eine Wohnung in Bonn gemietet, wenn Thea nicht gezögert hätte; für die kurze Zeit wollte sie Nicole den Schulwechsel nicht zumuten.

Alles war klar; und plötzlich stimmte alles nicht mehr. Da hatte seine Bonner Stelle am Schwarzen Brett gehangen, interne Ausschreibung, das entsprach der Regel, auch wenn die ausgeschriebene Stelle in Wirklichkeit schon vergeben war. Er hatte nur flüchtig hingesehen, er wußte ja, was auf der Ausschreibung stehen würde.

Und dann hatte Pirchler, der ihm entgegenkam, es war Mittag, und wie immer ging Pirchler in die Pause, von der er zurückkam, gesagt: »Ihr Job hängt aus, Krüger. Können Sie in den Wind schreiben. Es sei denn, Sie gehen in eine Bauchtanzgruppe. Oder in einen Kurs für aggressives Stillen.«

Erst dann hatte er gesehen, womit die Ausschreibung endete. Die Ausschreibung seiner, ihm nach Lage der Beförderungsautomatik zustehenden Stelle: »Im Zuge der Quotenregelung in unserer Behörde werden die Bewerbungen von Frauen bevorzugt behandelt.« Und plötzlich war nichts mehr, wie es sein sollte.

Er. Er sollte seine Stelle einer Frau abgeben. Ausgerechnet er, der nie etwas gegen Frauen gehabt hatte. Der immer anerkannt hatte, wenn eine Kollegin tüchtig war, und es gab ja durchaus tüchtige. Der einsah, daß nicht jede Frau sich wie Thea leisten konnte, zu Hause beim Kind zu bleiben; nicht jede hatte einen Mann wie ihn. Die Laue zum Beispiel, seine eigene Vorzimmerdame, geschieden mit Kind – er hatte sie zu sich geholt, obwohl Pirchler lieber eine Ledige gehabt hätte, obwohl ihm klar war, daß sie rücksichtslos krankspielen würde, wenn mal etwas mit dem Kind war. In diesem Augenblick, wo er sich wegen einer Frau so ungerecht behandelt fühlte, gestand er sich selbst nicht ein, daß er die ältere geschiedene Laue wollte, weil er dem Pirchler eine junge Hübsche nicht gönnte, denn wenn sie eine junge Hübsche bekämen, war es klar, daß Pirchler hinter ihr hersein würde.

Als sie da gestanden hatten, als Andreas ungläubig und sprachlos auf die Ausschreibung gestarrt hatte, war die schnippische Frau aus der Poststelle vorbeigekommen und hatte gesagt:

»Die Sitzfleischkarriere mit automatischer Beförderung ist beendet, meine Herren Kollegen.«

Natürlich war es Pirchler gewesen, der ihr penetrant auf den engen Rock starrte, versuchte, die Rundungen unter diesem Rock im Vorübergehen zu begrapschen, und ihr nachrief: »Ihr Sitzfleisch bewegt sich recht appetitlich. Heißt es deswegen Frauenbewegung?«

Er, Andreas Krüger, ging so mit Frauen nicht um. Frauenwitze machte er nicht, nicht mal, wenn keine zugegen war, die sich hätte gekränkt fühlen können. Auch diese billige Anmache war nicht seine Sache. Nicht in der eigenen Behörde. Er hatte es am allerletzten verdient, hinter Frauen so zurückgesetzt zu werden. Er war ja fast einer der ihren.

3

Thea hatte es anfangs nicht ernst genommen, als er ihr mit der Idee kam. Sie hielt es für bitteren Humor. »Genau«, hatte sie bestätigt, »da mußt du schon als Frau in Bonn antanzen, um diesen Job zu kriegen.« Einen Augenblick, ganz kurz, hatte sie der Gedanke durchzuckt, daß sie selbst gehen könnte und sich bewerben, wenn doch eine Frau gewünscht war. Immerhin hatte sie nach dem Studium mit Andreas zusammen in derselben Behörde angefangen, hatte sogar zunächst die besseren Beurteilungen gehabt. Sie schob den Gedanken gleich wieder weg. Ihr fehlte die Berufserfahrung, die Stufen der Leiter, die Andreas emporgeklettert war, ihr fehlten genau die vierzehn Jahre, die Nicole alt war, derentwegen sie aufgehört hatte zu arbeiten. Eigentlich hatte sie nur ein paar Jahre aussetzen wollen. Aber dann war Nicole immer noch so klein gewesen, und so wartete sie noch ein Jahr und noch eins, und je mehr Jahre es wurden, um so weniger traute sie sich die Rückkehr zu. Andreas liebte es, daß sie zu Hause war und sich um alles kümmerte. Nicht, daß er sich bedienen ließ. Er faßte schon mit an, verlegte am Wochenende auch mal ein Kabel selbst oder mähte den Rasen, hatte mittwochs immer Nicole gehütet, wenn sie zur Frauen-Friedensgruppe ging. Für einen Mann war er ziemlich emanzipiert, auch wenn das Hüten von Nicole darin bestand, daß er vorm Fernseher saß, bis sie wiederkam, gemeinsam mit dem Kind, das an diesen Mittwochabenden lange aufblieb und mit Western, Abenteuerfilmen und »Tagesthemen« den Krieg kennenlernte, während die Mutter sich um den Frieden bemühte. Nicole liebte die Mittwochabende mit Papi, freute sich jede Woche neu aufs lange Aufbleiben, aufs Fernsehen, das Thea ihr sonst nur in geringen Dosen sorgfältig ausgewählter Sendungen erlaubte. Einer ihrer großen Ehekräche ging darum, daß Thea zu Weihnachten für Nicole nicht den Panzer kaufen wollte, den diese sich gewünscht hatte. Er stand im Schaufenster eines Spielzeugladens und sah genauso aus wie die im Fernsehen. Andreas hielt ihr vor, daß er die ebenfalls gewünschte Barbie-Puppe nicht als höherwertig einstufe. Thea wollte Nicole beides vorenthalten; Andreas schenkte ihr beides. Er war großzügig. Er hatte Thea auch am Sonnabend immer zu den Mahnwachen gefahren, die sie und die Friedensfrauen vor der Nikolaikirche hielten; die Kirche lag auf dem Weg zum Sportplatz, wo er Handball spielte. Und wenn sie abends zurückkam, stand das Essen auf dem Tisch. Nein, Andreas war schon in Ordnung, versuchte, zu ihren Freundinnen charmant zu sein, mit Komplimenten und Witzchen; er sprach nicht abfällig über Kolleginnen, wie es etwa der Ebinghausen tat. Andreas und die Frauen, das ging, fand Thea. Aber Andreas als Frau?

Sie hielt sich zunächst an die amüsanteren Teile dieses Unternehmens: ihn herauszustaffieren als Frau, ihm weibliche Verhaltensregeln zu geben. Das war endlich mal wieder ein Feld, wo sie ihm überlegen war. Fast wie damals bei der Examensarbeit, als er sie bei jeder Kleinigkeit gefragt hatte, ob das so richtig sei, wo man das nachschlagen könne, ob sie das vielleicht wisse. Nun war es wieder fast wie ein Examen, und sie konnte ihm erklären, wie man sich kleidet als Frau, sich bewegt, wo man Rechthaberei durch Charme ersetzt. Obwohl sie schon wieder unsicher war. Sie hatte ihm nicht ihre Partyklamotten gegeben, das war klar, daß man sich damit nicht um einen Chefposten bewirbt, sie hatte das Ensemble für Konzert und Theater genommen, etwas gedecktere Farben, nicht zu verrückt. Wie kam Nicole auf flache Schuhe und Kostüm? Für Thea war das der Gipfel von altmodisch. Und wenn sie Andreas jetzt mit den hohen Hacken und dem Hosenrock seinen Posten vermasselte? Wer weiß, wo Nicole das gelesen hatte.

Thea saß in der Straßenbahn und kam zu keinem rechten Schluß mit ihren Gedanken. Sie fuhr in die Stadt, mit der Bahn, das Auto brauchte Andreas fürs Büro. Die Bahn fuhr flott, wahrscheinlich schneller als Andreas jeden Tag im Morgenstau. Ein kühler Zugwind wehte durch die geöffneten Fenster; und Thea war ins Schwitzen gekommen bei dem Gedanken, daß sie ausgerechnet auf ihrem allereigensten Gebiet Andi falsch beraten haben könnte. Daß sie so etwas Simples nicht gewußt hatte wie die passende Kleidung zum gegebenen Anlaß. Und so fuhr sie in die Stadt, obwohl heute eigentlich Dienstag war und also der Nachmittag, an dem ihr Spanisch-Kurs stattfand, um in die Designerläden zu gucken. Sie kaufte nie in solchen Läden. Sie wußte nicht einmal, welche Läden Designerkleidung hatten. Sie hatte Inga angerufen, ihre neue Freundin vom Spanisch-Kurs. Inga mußte das wissen; sie war die einzige von Theas Freundinnen, die einen Beruf hatte, sie war sogar von ihrer Firma zu diesem Spanisch-Kurs geschickt worden. Thea lernte Spanisch aus Langeweile und weil sie in den Ferien nach Benidorm fahren wollten. »Mode fürs Büro? Willst du wieder aus deiner Bude raus?« hatte Inga am Telefon gesagt und ihr ein paar Namen genannt. Thea drückte sich um eine Antwort, sie durfte ja nicht erklären, wer diese Mode tragen wollte.

Auf den Laden, den Inga zuerst genannt hatte, hätte sie zuallerletzt getippt. Thea kannte ihn, sie hatte nur nie genau hingesehen, weil sie noch nie Interessantes in der Auslage entdeckt hatte. Das Fenster war sparsam dekoriert, nur wenige Teile auf viel Marmor, und durch das Fenster hindurch sah man in einem marmorkühlen großzügigen Innenraum wenig Regale, kaum Kleider. Die Teile selbst sahen aus wie Mode vom vorigen Jahr. Nicht vom vorigen, sie waren so langweilig, wie es schon lange keine Mode mehr gegeben hatte. Und da lagen Kostüme, tatsächlich. Einfarbige Pullover in klassischem Schnitt, in denen Ton in Ton einfarbige Blusen steckten. Das Interessanteste am ganzen Fenster waren noch die Preisschilder. Die waren nämlich vertauscht. Sollte der Preis vom Pullover für das ganze Kostüm gelten? Und bezog sich der Preis, der da nur an dem Halstuch hing, auf das ganze Ensemble? Aber was war mit dem Preisschild, das an dem Kostüm lehnte? Das konnte sich ja schlecht auf den ganzen Laden beziehen.

Thea hatte als eine Art Naturordnung akzeptiert, daß die Anzüge, die sich Andreas kaufte, zwei- bis dreimal so teuer waren wie ihre Kleidung. Aber war das ein Grund dafür, daß die Sachen, die Andi nun als Frau tragen würde, genauso teuer wie seine Anzüge waren? Und dafür nichts Besseres boten als das langweilige Grau oder die dezenten Muster eben dieser Anzüge? Die Ähnlichkeit von Muster und Preis nährte in Thea allerdings den unguten Gedanken, daß Nicoles Kleidervorstellung richtig war und nicht die ihre. Pullover für 800 Mark... Als sie einmal einen ungeheuer verrückten, hinreißenden für 340 gekauft hatte, war Andi fast explodiert. Obwohl er ihn auch toll fand. Was würde er sagen, wenn er solche Preise sähe? Thea kam zu dem Schluß, daß er nichts sagen würde, denn solche Preise kannte er ja von seinen Anzügen.

Männer kamen eigentlich nur beim Frisör billiger als Frauen davon. Waschenschneidenfönen: Dieselben Tätigkeiten bei verschiedenem Geschlecht hatten unterschiedliche Preise. Obwohl in dem Salon, in den Thea und Andreas gingen, dieselbe Person diese Tätigkeiten ausführte und auch gleichviel Zeit dafür brauchte. Und beim Klo hatten Männer den absoluten Preisvorteil. Sie pinkelten umsonst, Frauen mußten immer zahlen. Meist sogar noch in diesen Automaten an der Tür, für die man nie das passende Kleingeld hatte, wenn es wirklich dringend war. Thea überschlug im Kopf, wie oft ein Mann umsonst würde pinkeln müssen, bis sich die gesparten 20 Pfennig auf 800 Mark summieren würden. Die Rechnung ergab nichts Tröstliches. Die Ungerechtigkeit blieb.

Thea starrte immer noch in das Fenster. Hier vor diesem kühlen Marmor, vor der sachlichen grauen Kleidung war aus dem spaßigen Kostümfest zu Haus im Schlafzimmer plötzlich Ernst geworden. Für Andreas war es ja auch kein Spaß. Thea war sich sicher, daß es für ihn ein Opfer war, als Frau zu gehen. Er hatte das nicht so gesagt, aber auch wenn er es nicht sagte, auch wenn sie es nur spürte, lag doch etwas Beleidigendes darin. Sie war ja schon immer eine Frau, und für sie war das wohl kein Opfer. Mit dem Anflug von Ärger darüber spürte Thea auch einen merkwürdigen Anflug von Befriedigung, eine Art komplizenhafte Zuneigung zu dem Phantom von Frau, für die dieses graugemusterte Kostüm dort im Fenster entworfen worden war, nach der man in Bonn suchte, um ihr dort einen Chefposten anzubieten, und die Andreas zwang, in ihre Haut zu kriechen, um im Leben voranzukommen. Es war ein Gedanke, den Thea schon in dem Augenblick, als sie ihn dachte, abwegig fand. Und doch konnte sie es nicht unterlassen, dem Kostüm wie unter Freundinnen zuzuzwinkern.

Den Freundinnen selbst durfte sie von dem Kostüm und von

allem, was mit der Verwandlung von Andreas in Hauptabteilungsleiterin Andrea zu tun hatte, natürlich nichts erzählen. Trotzdem würde sie aus Inga herausfragen müssen, wie sich eine erfolgreiche Berufsfrau eigentlich zu benehmen hat. Denn nachdem sie in der Kleiderfrage so offensichtlich falsch gelegen hatte, war ihre Kenntnis von weiblichen Verhaltensweisen vielleicht auch nicht angemessen.

»Woher wußtest du das mit dem Designerkostüm und den Schuhen?« fragte sie zu Hause Nicole.

»Hab gecheckt«, sagte die, »willst du selbst?« Und sie holte aus ihrem Zimmer eine Modezeitung, von deren Titel eine Dame kühl und sachlich an Thea vorbeiguckte. Die Dame steckte in dem Kostüm aus dem Schaufenster, allerdings in Zimtfarbe. Der Preis der Zeitschrift, fett auf dem Titelblatt, verhielt sich zu dem von »Brigitte« etwa wie der des Pullovers aus dem Schaufenster zu ihrem eigenen.

»So etwas Teures hast du gekauft?« fragte Thea, fast gerührt. »Wegen Papi?«

»Zukunftsinvestition. Ich löhne jetzt etwas mehr – hab ich easy wieder drin, wenn Papi den Job hat.«

Thea hatte keine Börsenerfahrung. Sie begriff den Sinn dieser Spekulation erst, als Nicole sie direkt auf den Zusammenhang von Gehaltserhöhung für Papi und Taschengelderhöhung fürs Kind aufmerksam machte. Über Anfangsinvestition und Rendite stehe auch was in der Zeitschrift. Thea blätterte. Beim Blättern tauchten noch mehrere der kühlen Geschöpfe vom Titel auf. Natürlich nicht in der Sorte Schuh, in die sie Andreas gezwängt hatte. Diesen Bildern nach zu urteilen, hätte er eher seine eigenen anbehalten können. Da, wahrhaftig, hing auch eine Krawatte um den Hals einer deutlich weiblichen Person, die eine Kroko-Aktenmappe unterm Arm trug.

»Vermeiden Sie auffällige Schminke, starkes Parfum. Sie wollen den Job bekommen, nicht Ihren Chef verführen«, las sie. Ihr Eyeliner. Die lila Schatten.

»Machen wir Frauen uns das schwer«, sagte sie, »was wir alles bedenken müssen! Als Mann würde Papi im dunklen Anzug gehen, Krawatte, fertig.«

»Und wieso geht Papi nicht als Mann«, sagte Nicole pampig.

»Ich weiß sowieso nicht, ob ich das gut finde, daß er 'ner Frau den Job wegnimmt.«

Thea dachte an die Phantomfrau und an ihr Zwinkern. Sie ärgerte sich über Nicole, wie immer, wenn die an Papi herummäkelte. Vielleicht war auch ein bißchen Erziehungsprinzip dabei. Aber im Augenblick ärgerte sie mehr der Gedanke, Nicole könne abspringen, könne aus dem Komplott aussteigen. Sie brauchte Nicole als Vertraute. Mit wem sollte sie sonst gemeinsam lachen, über Andreas' haarige Beine in den zarten Strümpfen, über seine gezierte Stimme, mit der er Sätze und Gedanken von sich gab, die er für weiblich hielt. Nun, wo sich abzeichnete, daß das nicht nur die Komödie eines Tages sein würde, nun erst recht. Mit wem sollte sie sonst die Überlegungen und Bedenken teilen, wo doch die Lage der Dinge Heimlichkeit erforderte.

»Papi zählt für zwei Frauen. Sozial gesehen«, sagte sie und wußte, daß diese Erklärung etwas lahm war, aber eine bessere fiel ihr nicht ein. »Er ernährt zwei. Mich und dich.« Da kam der Ernährer auch schon durch die Tür. Mit einer großen Tüte in der Hand, auf dem der Name des Designerladens prangte.

Glücklicherweise war Nicole nicht prinzipientreu. Die Aussicht auf Neues und Niedagewesenes, auf Verkleidungskomödie und auf Geheimnisse war verlockend. Also stürzte sie sich auf ihren Vater, ohne Vorwurf, um den Inhalt der Tüte zu besichtigen. In der Tüte war das Kostüm. Nicht das graue aus dem Fenster, sondern die Ausführung in Zimt.

4

Auch Andreas Krüger hatte recherchiert. Da er keine Freundin hatte, die er hätte fragen können, und da er Theas Auskünften in Sachen des Berufslebens nicht ungeprüft trauen wollte, hatte er selbst Erkundigungen eingezogen. Damit begab er sich auf unbekanntes Gebiet. Normalerweise beauftragte er in solchen Fällen seine Sekretärin, ihm Unterlagen zu beschaffen, und im Lauf der Zeit war ihm die Kenntnis abhanden gekommen, wohin diese solche Wünsche weiterleitete.

Er dachte an den Frauenbuchladen, aber ihm war klar, daß er noch nicht genug Frau war, um dort Auskünfte erbitten zu können. Ums Frauwerden ging es ja grade. Geschlechtsneutrale Auskunft müßte die Stadtbücherei geben. Die Bibliothekarin musterte ihn mit einem erstaunten Blick. Krüger hoffte, daß sie ihm nicht ansah, was er vorhatte. Wahrscheinlich fand sie nur ungewöhnlich, daß ausgerechnet ein Mann nach einem solchen Thema fragte, Frau als Chef. Das Thema konnte sie nicht erstaunt haben, sie hatte reichlich Bücher vorrätig. Während sie suchte und fand, wurde sie gesprächig, erzählte, daß die Stadtbücherei ja nun auch von einer Frau geleitet werde, seit zwei Jahren, man merke gleich den Unterschied.

»Ach ja«, sagte Krüger interessiert. »Woran?«

»Sie scheucht uns ganz schön herum. Muß sich und uns beweisen, daß sie es kann, und teilt ordentlich aus.«

Krüger fragte sich, ob dies nun typisch war oder ob diese Leiterin der Bücherei nur eine von der altmodischen Sorte war, für die Leitungsfunktion mit Herumscheuchen zu tun hat. Er fragte die Frau nach ihrem früheren Chef.

»Bei dem lief alles sowieso«, sagte die Bibliothekarin. »Keiner hat viel Ärger gemacht. Aber sie ist unsicher, sie muß es uns ja zeigen. Na, Sie kennen das ja von Ihrer Chefin.«

»Wieso kommen Sie drauf, daß ich 'ne Chefin habe?« fragte Krüger beleidigt. Und merkte, daß er dieses merkwürdige Wort ausgesprochen hatte: Chefin. Würde er sich als Chefin oder als Chef bewerben? Würde er in einem dieser Bücher hier die Antwort finden? Spielte das überhaupt eine Rolle? Und mußte er charmant und vermittelnd auftreten, wie es ihm Thea geraten hatte, oder herrisch wie die Leiterin der Bibliothek? Würde ihm das dann grade wieder als Unsicherheit ausgelegt werden? Und zum erstenmal machte er sich klar, daß ihm der Posten in Bonn ja noch nicht wirklich sicher war. Er hatte keinen einzigen Gedanken daran verschwendet, daß sich auch andere aus anderen Städten, womöglich sogar aus Bonn selbst und aus derselben Behörde, um diesen Posten bewerben könnten. Nicht, solange er dachte, dies sei ein Posten für einen Mann. Sein Posten, ihm nach Alter und Laufbahn zustehend. Aber was, wenn sich auch andere Frauen bewerben würden? Frauen, die Bescheid wußten, ob man Chef oder Chefin sagt. Hohe oder flache Hacken trägt. Streng oder sanft ist. Frauen, die als Frauen besser waren. Und nun kam ihm ein noch bedrohlicherer Gedanke: Was, wenn sich ein Mann bewerben würde? Ein Mann würde sicher einen besseren Eindruck machen als jede Frau. Auch einen besseren als Frau Andrea Krüger. Andreas war sich da ziemlich sicher, auch wenn er tüchtige Kolleginnen kannte. Eine Frau als Chef kannte er nicht. Ganz sicher würde es der Ministerialdirektor in Bonn – und es würde ja wohl der MD sein, mit dem er das Antrittsgespräch haben würde – auch so sehen. Und er räumte alle Bücher wieder ins Regal, verabschiedete sich freundlich von der Bibliothekarin und ging pfeifend davon. Er würde sich als Mann bewerben. Und die Weiber ausstechen. Erst als er draußen war, fiel ihm ein, daß da ein Denkfehler vorliegen mußte.

Nun konnte er nicht mehr in die Bibliothek zurück, ohne zu komplizierte Erklärungen abzugeben. Er erwog die Handelskammer, vielleicht gab es eine Beratung für Jung-Unternehmerinnen. Dann fiel ihm die einzige Chefin ein, die er kannte. Die Leiterin seiner Bankfiliale.

Als er ihr gegenübersaß, in dem Nebenzimmer, in das ihn dieselbe Dame schon einmal geführt hatte, um ihm diskret zu bedeuten, daß er sein Überziehungslimit zu weit überschritten habe, da überfiel ihn dieselbe peinliche Stimmung wie damals. Unmöglich konnte er sie so einfach nach dem Hersteller ihres eleganten Bürokostüms fragen. Sie deutete die Verlegenheit berufsmäßig. Wie hoch der Kredit sein solle, fragte sie.

»Ein Kredit, ja, das heißt, nein...« Er begann eine langatmige Rede, erklärte, seine Frau wolle wieder in den Beruf zurück, und natürlich müsse eine Frau in gehobener Position, denn eine gehobene Position strebe sie an, anders gekleidet sein als eine Hausfrau.

»Da würden dreißigtausend genügen«, sagte sein Gegenüber, »das geht problemlos als persönlicher Kredit«, und sie schrieb schon in einem Formular. »Auf Sie selbst oder auf Ihre Frau?« wollte sie noch wissen.

Er verließ die Bank mit einem Kredit von dreißigtausend auf seinem Konto, mit vielen guten Wünschen für die Karriere seiner Frau und fragte im Hinausgehen: »Ihr Stil würde sehr gut zu meiner Frau passen. Verraten Sie mir Ihren Laden?«

So war er an die Adresse des zimtfarbenen Kostüms gekommen.

Der Preis hatte ihn, anders als Thea vermutet hatte, doch schokkiert. Das schmucklose Gebilde war nämlich teurer als sein teuerster Anzug.

»Hast du es gut«, sagte er zu Thea, die Nicole beim Auspacken zusah. »Du mußt in kein Büro und mußt dir nicht dieses teure Zeug kaufen. Nicht mal besonders schick ist es.«

»Was«, rief Nicole begeistert, »das ist doch voll super! Cashmere!« Sie streichelte den weichen Stoff.

Thea protestierte: »Als ich noch im Büro war, hab ich mir so was nicht geleistet.« Und überlegte, wieso Nicole auf bloßen Anblick hin Cashmere erkennen konnte.

»Warst du je Chefin«, sagte Andreas, »dein kümmerlicher Job.« Er sagte Chefin. Der Chef der Zweigstelle hatte von sich als Chefin gesprochen, und auch die Verkäuferin, bei der vermutlich nur Frauen aus Chefetagen einkaufen konnten, hatte dieses Wort benutzt.

»Du sagst Chefin«, fragte Thea zweifelnd. »Der MD wird dich für eine Emanze halten. Wer weiß, ob er so eine will in seiner Behörde.«

Andreas lachte, schüttelte den Kopf. »Ich glaube allmählich, von Frauen verstehe ich mehr als du, Thealein.« Dabei blickte er auf das zimtfarbene Cashmere.

Es stand ihm nicht schlecht. Besser jedenfalls als Hosenrock und Goldfadenpulli. Es sah normaler aus. An die Beine zog er cremefarbene Strumpfhosen, die keinen Durchblick auf Haare freigaben. Es fehlte ein Toupet, um seine schon arg gelichtete Stirn zu verdecken. Thea wagte nicht, ihm ihre Lockenperücke anzubieten, die sie manchmal über ihre kurzen Haare streifte. Es fehlte die Kroko-Aktenmappe. Sonst sah er den herben Kühlen aus der Zeitung schon recht ähnlich. Nicole verglich.

»Die Frau mit dem flachen und praktischen Schuh / zahlt selbst für ihr Bett und fürs Essen dazu«, las sie vor.

Krüger lachte: »Das ist gut! Die mit den Gesundheitstretern muß selbst zahlen!«

Aber was war nun mit Schuhen? Er hatte keine gekauft. Thea hatte an flachen nur Wanderschuhe zu bieten und Turnschuhe. Da waren seine eigenen Büroschuhe noch besser. Dann fragte er Thea: »Du hast doch eine Perücke?«

Frau Andrea Krüger, im Cashmere-Kostüm, die Locken seriös, aber nicht zu streng nach hinten gesteckt, sah durchaus annehmbar aus. Ein Hauch von Make-up verdeckte Rasierspuren.

»Jetzt sind wir 'ne reine Frauen-WG«, rief Nicole begeistert. »Soll ich schon mal den Plan für den Küchendienst machen?«

Thea holte ihre Minox, machte Fotos. Andreas bestand darauf, sie in Bonn zum Entwickeln zu bringen. Sonst könnte ihn jemand im Fotoladen beim Entwickeln erkennen. Er war keineswegs so heiter wie Frau und Tochter. Er sah allmählich durchaus Probleme.

Die Papiere würden noch das Geringste sein. Sein zweiter Vorname war Maria, seine katholische Mutter hatte darauf bestanden. Er hatte als Kind genug unter diesem Namen gelitten. Ein Junge, der Maria heißt und nicht Schlittschuh laufen kann. Er hatte diesen Namen immer sorgsam geheimgehalten, in der Schule, im Chor, im Handballverein, und immer hatten sie es gewußt. Er hatte bis heute die Witze nicht vergessen, mit denen sie ihn verspottet hatten. Maria war es ihm mehr als schuldig, ihm diesmal zu helfen. Sogar das Kostüm war ziemlich bequem, wenn auch der enge Rock verhinderte, daß man ordentlich breitbeinig dasitzen konnte. Ihn schreckten vielmehr die Winzigkeiten. Nicht aus Versehen aufs Herrenklo gehen. Keine Geschichten von früher erzählen, wo er noch ein kleiner Junge war. Nicht von seiner Frau sprechen. Immer aufpassen müssen, und das mindestens ein Jahr lang, vorher war an eine Rückkehr nach Kiel und in die Männerwelt nicht zu denken.

Er brütete. Hätte er nicht einige tausend Mark für dieses Cashmere-Zeug ausgegeben, hätte er vielleicht Lust gehabt, die ganze Sache abzublasen. Dann würde er eben später Hauptabteilungsleiter. Oder gar nicht. Wie würde er dann dastehen? Was würde Thea dazu sagen? Er hatte nicht zugehört. Thea wiederholte lauter, mit gespielt tiefer Stimme:

»Und wie wollen Sie bei dieser anspruchsvollen Position sicherstellen, daß Ihre Tochter versorgt ist, Frau Krüger?«

Er hatte keine Lust zu solchen Spielchen. Er sagte abwesend:

»Dafür habe ich eine Frau, Herr Ministerialdirektor.«

»Reingefallen, reingefallen«, rief Nicole begeistert. Und Thea machte weiter:

»Sie überlassen Ihre Kinder einer Zugehfrau? Und bei Krankheiten? Wir wünschen keine erhöhten Ausfallzeiten, Frau Krüger.«

Andreas wußte nicht, ob er mitspielen sollte oder nicht. Er hätte auch nicht gewußt, wie. Was antwortet eine Frau auf so etwas? Ist sie beleidigt? Fragen die wirklich nach Kindern?

Thea war in Fahrt gekommen:

»Im allgemeinen nehmen wir lieber Damen ohne Familie. Da laufen wir keine Gefahr, daß sie sich womöglich in die Schulpflegschaft wählen lassen.«

5

Inga war eine Dame ohne Familie. Nach Kindern war sie noch nie gefragt worden. Thea hatte sie von ihrem Büro abgeholt, latschte mit ihr untergehakt in Richtung Innenstadt und fragte sie aus. Sie musterte Ingas Äußeres mit neuem Interesse, ihren kurzen schmalen Rock mit dickem Reißverschluß von links oben bis rechts zum Saum, ihre schwarze knappsitzende Jacke, die oberhalb vom Rock zu Ende war und ein Zwischenstück von Pulli sehen ließ, der dem Achthunderter ähnelte. Unten schmale, schwarze flache Schuhe.

Daß Inga neue Schuhe kaufen wollte und nicht irgendwo Kaffee oder Sherry trinken, war ihr nur recht; so konnte sie ohne auffällige Fragen einfach zusehen, in welchem Laden eine Geschäftsfrau sich damit versorgte. Sie hoffte, daß die Ausfragerei nicht ohnehin schon zu auffällig war. Inga hatte genug Erzählstoff; sie hatte oft genug den Beruf gewechselt, um Vorstellungsgespräche zu kennen. Wenn es überhaupt zu Gesprächen kam. Manchmal war sie schon im Vorfeld ausgeschieden. Etwa in der Firma, die ihr einen Packen Skizzen und Kleckse vorlegte, aus denen sie Bilder zeichnen sollte, angefangene Geschichten, zu denen sie ein sinnvolles Ende erdichten sollte. Inga hatte zur Vervollständigung der kahlen Entwürfe jede Menge Drachen und Zauberer, weiße Elefanten und Sterntaler angeboten.

Solche Spiele hatte Thea früher mit Nicole gespielt: Einen Tintenklecks aufs Papier und daraus eine Figur malen. Blind auf drei Worte in der Zeitung tippen und aus denen eine Geschichte spinnen. »Ich wußte gar nicht, daß du dich auch mal bei einem Kindergarten beworben hast«, sagte sie zu Inga.

Aber es kam heraus, daß die Zeichen- und Dichtstunden von einer Consulting-Gruppe veranstaltet wurden, denen moderne Unternehmenspsychologen für teures Geld jene Spiele entwickelt hatten, die Thea Nicole ganz umsonst geboten hatte.

»Du verkaufst dich unter Preis«, sagte Inga, »werd Unternehmensberaterin mit Spezialgebiet Einstellungstests.«

Thea überlegte, was sie noch an Kinderspielen für solche Fälle zu bieten hatte. Topfschlagen, unter einem Topf liegt dann der Einstellungsvertrag. Oder »Reise nach Jerusalem«, wo sich ja von selbst herausstellt, wer die stärksten Ellenbogen hat.

Inga lachte: »Deine Phantasie ist genauso infantil wie meine.«

Die Consulting-Gruppe hatte nämlich Ingas Drachen und Sterntaler für zu infantil befunden. Das hatte sie später von der Frau erfahren, die den Job bekommen hatte. Die hatte mit Computerviren an der Börse weitergedichtet, das war wohl mehr zeitgemäß.

»Merk dir das für deine Bewerbung«, sagte Inga, »wenn du Pech hast, dann sind allerdings grade bei den Betriebspsychologen wieder Märchen in Mode.«

Thea sagte nichts, mußte nichts sagen, weil sie vor dem Laden angekommen waren, zu dem Inga wollte. Thea hatte schon fast vermutet, daß es dieser sein würde. Er hatte mit dem Kleiderladen mehrere Ähnlichkeiten. Es war fast nichts im Fenster, es gab viel Marmor, sie war immer dran vorbeigegangen, weil sie die Auslage langweilig fand. Nun, wo sie davorstanden, merkte sie, daß auch die Preisschilder gewisse Ähnlichkeiten hatten. Als sie hineinkamen, bat eine höfliche Verkäuferin sie, einen Augenblick Platz zu nehmen und sich zu gedulden.

»Das könnte auch vom Einstellungstest stammen«, sagte Inga, »man bittet dich, Platz zu nehmen, und da ist kein Stuhl.«

In der Tat, da war kein Stuhl. Die vier futuristisch aussehenden Sessel aus Glas und schwarzem Holz waren besetzt, zwei mit Kundinnen, einer mit Tüten und Taschen, einer mit Schuhkartons. Wie reagiert die Bewerberin? Bittet sie um einen Stuhl? Bleibt sie stehen? Holt sie sich selbst einen? Lacht sie los und sagt: Soll ich auf meinem Daumen sitzen?

»Und was wäre richtig?« fragte Thea.

Inga nahm wortlos die Tüten und Taschen, beförderte sie mit Schwung auf den Boden und setzte sich. Thea stand vor dem Sessel mit den Schuhkartons und sah sich nach der Verkäuferin um. Inga mutmaßte, daß keine von beiden mit ihrer Reaktion den Job bekommen hätte, wenn denn einer zu vergeben gewesen wäre.

»Wo willst du dich denn bewerben?« fragte sie.

»Es war nur so 'ne Idee«, sagte Thea ausweichend. Und fand, daß es eigentlich eine gute Idee war. Nahm das Kinn hoch und bat mit lauter, aber höflicher Stimme die Verkäuferin, den Sessel freizuräumen. Sah, wie Inga sie anstrahlte und nickte.

6

Die Bahnfahrt war der Anfang der Prüfung. Er war nicht mit dem Auto gefahren, nicht nur weil ihn die lange Strecke abhielt, weil er hätte übernachten müssen und noch einen zweiten Tag freinehmen. Er saß in der Bahn, weil er so, mit seinem zimtfarbenen Kostüm und einer neuerworbenen Damen-Aktentasche, kein Kroko wegen Artenschutz, schon mal üben konnte. Thea hatte ihn zum Zug gebracht, ihn mit damengemäßer Reiselektüre ausgestattet, »Brigitte« und »Zeit«. Rasch und ohne jemanden anzusehen, in der Hoffnung, dann selbst auch nicht angesehen zu werden, waren sie zum Zug geeilt. Und nun saß er da, ohne Möglichkeit zur Flucht oder zum Rückzug, der ausgiebigen Betrachtung preisgegeben. Schützend hielt er die riesige »Zeit« vor sich, empfand ihr Format ausnahmsweise nicht als unhandlich und lästig.

Er begann zum drittenmal denselben Artikel. Wovon handelte er? Infrastruktur südamerikanischer Großstädte? Waffenhandel? Eine historische Betrachtung? Keines der drei interessierte ihn, und doch begann er den Artikel ein viertes Mal, weil er sich nicht durchgehen lassen wollte, daß er zu aufgeregt war, um einen Artikel zu verstehen.

Wie kleine, durch Brennglas gebündelte Sonnenflecken spürte er Wärme auf einem Knie, einem Bein. Gerade eben hatte er die Zeitung beiseite genommen und nachgeschaut, aber keine Sonnenflecken gesehen. Dafür die Blicke der beiden Personen ihm gegenüber. Oder hatte er sich getäuscht? Eine junge Frau in sportlicher Kleidung, ein Herr im grauen Anzug starrten auf seine Knie und Beine. Die aufgefaltete Zeitung verhinderte, daß er kontrollieren konnte, ob sie das immer noch taten. Er spürte ihre Blicke heiß auf seiner Haut, so heiß, daß die Strumpfhose zu jucken anfing an den Stellen, die den Blicken ausgesetzt waren. Er versuchte, nicht nervös mit den Beinen hin und her zu rutschen unter diesen Blicken.

Er hatte die Beine nebeneinander gestellt, Knie an Knie. Das war unbequem. Lieber saß er breitbeinig, oder legte einen Unterschenkel auf den anderen Oberschenkel. Beides war in diesem Rock nicht möglich, war ihm auch von Thea als unweiblich bezeichnet worden. Er wußte nicht, wie ernst er Theas Ratschläge nehmen sollte. Als ob er sich bei Narren bewerben würde, die ihm Märchen erzählen und nicht vorhandene Sessel anbieten würden. Diese Geschichte immerhin stammte nicht von ihr, sondern von dieser Inga, die in ihrer Firma einen Posten ungefähr in der Höhe hatte, in die er jetzt strebte. Von Thea selbst stammte der Ratschlag, die Herren mit weiblichen Tugenden zu beeindrucken, mit Kompromißbereitschaft, Umgänglichkeit, Toleranz.

Seufzend legte er die Zeitung beiseite. Zum Aufnehmen langer Artikel war deutlich sein Kopf zu voll. Er blätterte in der »Brigitte«, las Überschriften, betrachtete Fotos, betrachtete über den Rand der Zeitschrift hinweg seine Gegenüber. Beide lasen. Keine Blicke belästigten seine Beine. Der im grauen Anzug hatte sich bessere Blickfänge ausgesucht. Er blätterte im »Playboy«, warf dann und wann einen prüfenden Seitenblick auf die Sportliche, als ob er vergleichen wollte. Sah wieder in seine Zeitung, als die ihr Buch zuschlug, sich verabschiedete und ausstieg.

Kompromisse, dachte Krüger. Zuhören, ja, aber dann entscheiden. Umgänglich? Sicher, er würde seine Entscheidungen nicht laut durch die Gänge brüllen. Tolerant? Das war er doch, er war all das als Mann. Die Leiterin der Stadtbücherei schien von dem, was Thea als weiblich empfahl, nichts zu halten. Sollte er sein wie sie? Lieber die Leute scheuchen, als sich von ihnen auf der Nase herumtanzen lassen? Ihr allerdings hatte die Untergebene dieses Verhalten als Unsicherheit ausgelegt. Das Beste war, sich solche Gedanken gar nicht zu machen. Er würde sich so verhalten, wie er war. So hatte es bisher auch immer geklappt.

Siegessicher sah er auf. Langsam wendete der »Playboy«-Leser seinen musternden Blick von ihm ab, senkte ihn wieder in die Seiten. Offenbar stellte er wieder Vergleiche an. Krüger mußte grinsen bei der Idee, daß jemand ihn mit diesen Häschen verglich, ihn mit prüfendem Männerblick ansah. Vielleicht hatte er sogar präzise Wünsche in dem lesenden Herrn wachgerufen? Er lachte, halb unterdrückt, in seine Zeitung hinein. Das Lachen irritierte sein Gegenüber. Er sah aus wie ertappt, blätterte nervös, legte schließlich die gesammelten Nacktheiten beiseite und blätterte demonstrativ in der »Wirtschaftswoche«. Er war so irritiert, daß er beim Aussteigen seine Nackten vergaß.

Krüger wollte grade nach der Zeitung greifen, als eine Frau ins Abteil kam, Tasche und Mantel auf die Sitze verteilte. Sie sah auf das nackte Titelblatt und sagte: »War's amüsant, das Abteil mit einem ›Playboy‹-Leser zu teilen?«

Krüger macht eine ungewisse Bewegung mit Hand und Schulter.

»Sicher so 'n frustrierter Beamter, auf den zu Hause Mutti wartet«, sagte die Frau. »Mutti liest ›Brigitte‹ und darf so was natürlich nicht sehen.«

Krüger faltete verlegen seine »Brigitte« zu und überlegte, ob er den Ruf von Beamten verteidigen müsse.

»Entschuldigung, war nicht so gemeint«, sagte die Frau. Sie schien keine Lust auf Lektüre zu haben. »Ich hatte grad ein Dutzend von diesen Typen im Seminar. Kollegen! ›Playboy‹ zwischen den Akten.«

Krüger mußte jetzt doch für die Männer eine Lanze brechen. »Playboy«-Lesen hielt er für kein Kardinalverbrechen. Obwohl Thea auch was dagegen hatte. Bei Thea versuchte er es immer mit Komplimenten, so in der Art, daß der Anblick von hübschen Frauen doch eine hübsche Frau nicht kränken könne. So versuchte er es auch jetzt, obwohl er nicht sicher war, ob eine Frau einer anderen ein Kompliment machen dürfe.

Die Frau lachte und nickte: »Genau die Sorte! Was ist dabei, das kann doch eine hübsche Frau nicht kränken!«

Sie hatte ihn mißverstanden. Krüger wußte nicht, worüber sie lachte. Er fand sie begriffsstutzig.

»Wie reagieren Sie auf so was?« wollte sie jetzt wissen.

Darauf wußte er keine Antwort. Er zuckte die Schultern. Er wünschte, sie würde auch ein Buch oder eine Zeitung hervorziehen und zu lesen anfangen. Endlich tat sie das auch, holte ein Glanzmagazin aus der Tasche. Aber statt zu lesen, hielt sie es ihm hin. Es war voll mit nackten Männern. Mit Ringkämpfertypen, die aussahen wie aus dem Bodybuilding-Studio.

»Am besten wirken die billigsten Retourkutschen«, sagte die Frau. »So was.«

Sie blätterte, zeigte auf Details wie einen besonders prallen Beinmuskel, dessen Verhältnis zu einem besonders schlaffen Teil an benachbarter Stelle sie zu neuem Gelächter hinriß. Krüger wandte sich peinlich berührt ab.

»Das kann ich nur empfehlen«, sagte sie und zeigte auf ein blöde lächelndes lockiges Mickerwesen, das unerklärlicherweise zwischen die Muskelmänner geraten war. »So wird man die Typen los. Sie wenden sich peinlich berührt ab, garantiert.«

7

Bis er im Büro des Ministerialdirektors angekommen war, der ihn erwartete, das heißt, bis er aus dem Zug gestiegen war, sich freundlich von seiner Reisegefährtin verabschiedet hatte, die endlich doch eine Zeitung aufgefaltet hatte und verstummt war, bis er ein Taxi genommen hatte, in dem Gebäude, das ihm von mehreren Dienstreisen bekannt war, wie eine Fremde nach dem richtigen Zimmer gefragt hatte, hatte er sich schon halbwegs an sein neues Äußeres gewöhnt. Er bemühte sich nicht zu trippeln, er schritt normal. Er trug die Damenaktentasche am Henkel wie seine eigene. Die Jacke war ihm bequem. Der Rock machte ihm nichts aus. Er traute sich sogar aufs Damenklo vor dem entscheidenden Gespräch. Er war überzeugt, dieses Gespräch würde nicht anders verlaufen als viele ähnliche, die er geführt hatte.

Fast als erstes wurde er nach den Kindern gefragt. Er reagierte gereizt. Ihn ärgerte, daß Thea tatsächlich recht haben sollte, die ihm vorausgesagt hatte, daß sich der MD so plump nach seinem Privatleben erkundigen würde. Auch noch darauf herumritt, als er Krügers gereizten Ton bemerkte, nach Nicoles Krankheiten fragte und von Ausfallzeiten sprach. Wie kam Thea darauf? Als sie noch ins Büro ging, gab es gar keine Nicole.

Der MD blätterte in den Bewerbungsunterlagen, fand, was er suchte, schüttelte den Kopf und sagte mißbilligend: »Aber Sie heißen wirklich nur Krüger. Kein Doppelname.«

Krüger wußte nicht, worauf er hinauswollte.

»Ich hatte angenommen, Sie seien ledig«, fuhr der MD fort. »Wegen des Namens. Um offen zu sein: Eine Dame ohne Familie wäre mir lieber.«

Krüger dachte an Thea und hielt sich nun für schlagfertig: »In der Schulpflegschaft bin ich nicht, wenn Sie das meinen.«

Aber das hatte der Ministerialdirektor offensichtlich nicht gemeint. Jedenfalls guckte er Krüger so irritiert an, daß Krüger seinerseits an sich herumguckte, ob an Kostüm oder Bluse etwas falsch saß. Es saß aber alles, wie es sollte.

Krüger versuchte einen eleganten Übergang. »Mit den Ehrenamtlichen hatten wir keine guten Erfahrungen übrigens, in Kiel«, sagte er, »die 89er Verordnungen. Ich vermute, das ist zur Zeit auch Ihr Problem.« Eine Wendung ins Sachliche, zum Detail.

Aber das war dem Ministerialdirektor nun wieder zu detailliert. Um über Einzelheiten zu sprechen, habe er die Leiter der beiden kritischen Bereiche, Referate 7 und 9, zum Mittagessen gebeten. Krüger fragte sich, worüber er sonst mit dem Mann reden sollte, der hoffentlich sein zukünftiger Vorgesetzter war, wenn nicht über seine Sachkenntnis des Gebietes, das er übernehmen sollte. Er fürchtete, der MD wollte politisch werden. Er hatte es bis hierhin ohne Parteibuch geschafft, hatte sich natürlich auch bemüht, keine allzu kontroversen Meinungen in der Behörde zu vertreten. Theas Mahnwachen hatten ihm schon manche Bemerkung eingetragen, und ihm war klar, daß Kollegen und vor allem Vorgesetzte nicht recht akzeptierten, wenn er in diesem Zusammenhang von Gleichberechtigung sprach. Dieselbe Behörde, die nun eine Quote einführte, war nicht in der Lage zu akzeptieren, daß Ehefrauen eigenständige Personen mit eigenständiger politischer Meinung sind. Nach dem Regierungswechsel in Kiel waren ihm Thea und die Friedensbewegung dann eher positiv angerechnet worden. Es war zu ärgerlich, daß dort im Moment nichts Passendes frei war. Hier in Bonn kannte er sich nicht aus, was behördenintern angesagt war.

Aber der MD war statt bei der Politik schon wieder bei der Familie. Diesmal beim Ehemann. Auf den war Krüger nicht vorbereitet. Wenn er die Stelle erst einmal hätte, wenn er zu der einen oder anderen Person in seiner zukünftigen Dienststelle ein solches Verhältnis hergestellt hätte, daß man auch einmal Privates ins Gespräch einfließen lassen konnte, dann hätte er sich auch eine ordentliche Biographie für solch ein Wesen ausgedacht, sich Geschichten zurechtgelegt, sich bei Thea klug gemacht, worüber Frauen reden, wenn sie über ihre Ehemänner reden.

So fiel ihm nicht mehr ein als: Theo. Und: Freiberufler, Wirtschaft.

Ob besagter Theo mit nach Bonn umziehen würde, wenn..., wollte der MD wissen, und das »Wenn«, mit dem er den Satz unvollendet ließ, hing bedrohlich in der Luft, erinnerte ihn daran, daß er noch nicht bestanden hatte, daß er schlecht vorbereitet war, daß er längst nicht alle Wenns vorher bedacht hatte.

»Nein«, sagte er, zu rasch, nach einigem Überlegen hätte er ja gesagt, denn das Nein bedurfte einer Erklärung, die er sich nicht zurechtgelegt hatte. Es war ja wohl nicht denkbar, daß ein Ehemann nicht umzieht, weil er der Tochter den Schulwechsel nicht zumuten will. Eher war wohl denkbar, daß eine Ehefrau, die sich verändert, ihrem Mann den Jobwechsel nicht zumuten will. Aber eine Chefin, durchaus gewohnt, anderen etwas zuzumuten?

»Er kann so schnell seine Position nicht wechseln«, sagte Krüger. Und dachte selbst, während er das aussprach, daß eine verheiratete Frau, deren Mann 800 Kilometer weit weg lebt, automatisch private Probleme signalisiert. Er selbst hätte eine solche Frau möglichst nicht genommen, dann schon eher eine Geschiedene. Sollte er andeuten, daß Theo und er getrennt lebten?

»Das wird psychische Belastungen für Sie geben«, sagte der Ministerialdirektor in dem warmen und behutsamen Ton, in dem man schlechte Nachrichten übermittelt. »Werden Sie denen gewachsen sein? Verstehen Sie, die Damen, die sich bewerben, haben oft hervorragende Noten, auch gute Beurteilungen in untergeordneten Stellungen, aber in Chefpositionen halten sie den Belastungen nicht stand. Verzeihen Sie, daß ich offen bin.«

Krüger biß sich auf die Lippe. Da gab es nichts zu verzeihen. Eine ähnliche Rede hätte er vermutlich selbst einer Frau gehalten, die sich unter solchen familiären Bedingungen bei ihm beworben hätte. Aber nun konnte er sich schlecht auf Getrenntleben berufen. Führungskräfte leben nicht in ungeklärten Verhältnissen. Verheiratet oder geschieden.

Sein Gegenüber beharrte: »Was nützen Frauenförderungspläne, wenn Sie nach einigen Monaten sehen, Sie schaffen es nicht. Mir wäre lieber, solche Posten würden nur nach Qualifikation vergeben.«

Damit war Krüger so einverstanden, daß er aus vollem Herzen zustimmte. Was hätte er sich ersparen können.

Aber der Ministerialdirektor hatte wohl keine Zustimmung erwartet. Ein bißchen hämisch fragte er noch einmal nach:

»Sie halten nichts von der Quote?«

War das nun verlogen? Sich auf eine Quotenstelle zu bewerben und sich dabei von der Quote zu distanzieren? Gewiß, er hatte gelegentlich in Talkshows im Fernsehen, auch in der Personalversammlung in Kiel schon Frauen sich vehement gegen die Quote äußern hören. Wenn er sich recht erinnerte, dann waren das Frauen gewesen, die schon oben waren. Da war es nur logisch, daß die keine Konkurrenz wollten. Aber eine, die nach oben will? So eine wollte er ja gerade nicht sein. Er war eine, die schon oben war – und noch höher wollte. Nur das Fußvolk berief sich auf die Quote. Er blickte kühl aus seinem zimtfarbenen Cashmere, lächelte leicht und bestätigte: »Gar nichts.«

Er spielte seine Rolle richtig. Und erstarrte, als ihn sein Gegenüber in seinen Gedanken bestätigte.

»Sie spielen Ihre Rolle gut«, sagte der MD wirklich und fuhr fort: »Wer gibt schon gern zu, eine Quotenfrau zu sein!«

Mit dieser verwirrenden Erklärung ließ er Krüger sitzen und verabschiedete sich bis zum Mittagessen, bei dem dann auch die beiden Herren dabeisein würden. Krüger saß da und war gar nicht mehr so sicher, daß er seine Rolle, welche auch immer, gut beherrschte.

8

Er hatte sich aufs falsche Stück vorbereitet, die falschen Noten lagen vor ihm aufgeschlagen, gleich kam sein Einsatz, und er würde bockbeinig mit Carmina Burana davonhüpfen, während der übrige Chor mit dem Requiem schwebend vom Boden abhob. Sollte er lieber gleich auf Requiem setzen? Und dann feierlich erhaben in ein fröhliches Wanderlied einbrechen? Die Noten auf den Blättern seiner Nachbarn waren nicht zu entziffern, die Zeilen zogen sich zurück, sobald sein Blick auf sie fiel. Und dieses weiche Plüschgefühl an den Füßen, das deutlich zu erkennen gab, daß diese in Hausschuhen stecken mußten. Er konnte seine Füße nicht sehen, er hatte genug mit dem Versuch zu tun, die Noten zu entziffern. Was, wenn er auch noch im Schlafanzug war? Dieser Traum aus seiner Zeit im Chor kehrte damals so oft wieder und ähnelte sich jedesmal so sehr, daß er ihn schon im Traum als Traum erkannte, ohne deshalb den Traumzustand beenden zu können, ohne die Augen öffnen zu können, wenn schon nicht, um wach zu werden, dann wenigstens so weit, um die Noten auf den Blättern der Nachbarn entziffern zu können. Oder kontrollieren zu können, ob er wirklich noch im Schlafanzug war oder ordentlich in seinem dunklen Anzug, seinem weißen Hemd.

Es war alles in Ordnung. Er stand vor dem Spiegel in der Damentoilette, nun schon fast in einem vertrauten Raum, prüfte sein Aussehen. Er selbst hätte sich für eine etwas herbe, dabei durchaus gutaussehende Frau gehalten. Der törichte Traum. Er hatte noch bei jedem Konzert die richtigen Noten gehabt, war richtig gekleidet gewesen. Hatte nie einen Einsatz geschmissen. Er durfte sich nicht auf Nebenthemen wie Quote oder gar Familie abdrängen lassen. Sein Fehler war nur, darauf eingegangen zu sein. Ihn beruhigte die Aussicht, mittags seine zukünftigen untergebenen Mitarbeiter mit Sachkenntnis beeindrucken zu können. Sein Spiegelbild schaute ihn selbstsicher an. Kompetent, attraktiv, ohne viel Schnickschnack. Wenn er es nicht selbst gewesen wäre, hätte er sich durchaus für diese Frau interessieren können.

Er fragte sich, ob die beiden Herren ähnliche Gedanken hatten, als er sie begrüßte. Er lächelte sie an, kühl genug, um solcherart Gedanken auszuschließen, strahlend genug, um nicht abweisend zu wirken, eine Siegerin. Der Ministerialdirektor stellte vor, und Krüger wartete nur dies, die Begrüßung, das Stühlerücken und Hinsetzen ab, um zur Sache zu kommen. Wie in der Abteilungsbesprechung, die er in Zukunft leiten würde. In Kiel war er der zweite, der die Vorlagen machte, die Punkte der Tagesordnung sammelte; nur wenn Rickmers krank war, hatte er selbst die AB geleitet. Und hatte oft von den Mitarbeitern gehört, daß ihnen sein direktes und knappes Abhaken der anstehenden Themen angenehmer war als Rickmers' zwar gemütliche, aber umständliche Art, die Dinge zu drehen und zu wenden, ein Schwätzchen einzuschieben, alle Meinungen einzuholen, auch von denen, die eigentlich keine Meinung hatten, sondern nur wieder schnell an den eigenen Schreibtisch zurückwollten.

Also faßte er, kaum daß sie alle vier saßen, knapp die Problemthemen aus Kiel zusammen, die möglicherweise auch hier kontrovers waren, und hatte auch schon das Interesse der Herren gefunden. Aber da griff der Ministerialdirektor zu den Karten, die auf dem Tisch lagen, reichte ihm eine und sagte:

»Gleich mit der Tür ins Haus. Suchen Sie doch erst in Ruhe aus. Wir sind ja auch zum Genießen hier.« Ein Rickmers.

»Die Damen beweisen uns eben, daß sie besonders tüchtig sind«, sagte einer der beiden Herren, der Seegers hieß, mit falschem Charme, der eigentlich gegenüber der Chefin nicht angebracht war. Noch war es ja nicht die Chefin.

»Und die Herren müssen sich wohl erst an Damen gewöhnen«, sagte der andere, der Udendorf hieß. Schon wieder das Thema. Krüger war entschlossen, sich darauf nicht einzulassen. Er bestellte Forelle, wie es der Ministerialdirektor empfahl; alle bestellten Forelle. Aber ehe Krüger wieder bei seinem Thema war, war Seegers wieder bei seinem: »Eine Dame in Leitungsfunktion wäre in der Tat neu.«

»Mir schien, der Posten sei speziell auf eine Dame ausgeschrieben«, sagte Krüger ärgerlich.

Und schon hatte ihn Seegers bei dem Thema. »O gewiß, gnä Frau. Die Gleichberechtigung steht zwar im Grundgesetz, aber hier in der Behörde genießen Frauen neuerdings Sonderrechte.«

Dieser Seegers begann, ihm unsympathisch zu werden. Was nahm der sich heraus. Es war doch wohl immer noch so, daß der

Chef die Themen vorzugeben hatte. Wie kam dieser Seegers dazu, statt zu berichten, wie weit sie hier mit den 89er Verordnungen waren, ob sie auch BSK runterfahren mußten, ob die Presse mitzog, über Irrelevantes zu reden? Und schlimmer, wie kam er, Krüger, dazu, ihm darauf eine Antwort zu geben? Weil da der MD saß und, gemütlich und unsachlich wie Rickmers, verhinderte, daß man zur Sache kam. Nun sprach er über Forellen, fand Zuchtforellen ungenießbar, echte Bachforellen unauffindbar, außer eben in diesem Lokal, in das er sie zur Feier der Bewerbung einer Dame für diese Top-Position eingeladen habe, und nach dieser Kurve war er genau dort wieder gelandet, wo Seegers aufgehört hatte. »Keine Kritik, Seegers«, sagte er, »Frau Krüger hält auch nichts von der Quote.«

War das ernst oder höhnisch? Mußte er darauf eingehen oder nicht? War das auch einer dieser Tests, vor denen Theas neue Freundin gewarnt hatte? Und wie war die richtige Reaktion? Überhören? Lächeln? Mit sanfter Ungeduld die Herren zum Thema bitten?

Nun sagte auch noch dieser Udendorf: »Ein paar Frauen mehr können dem Betriebsklima nur nützen.«

Vermutlich glaubte dieser höflich lächelnde Mensch, seine zukünftige Chefin verteidigen zu müssen. Das war ärgerlicher als Angriff. Krüger verbat sich diese Art von Solidarität. »Die Quotenfrauen verderben uns die Aufstiegschancen!« Er hatte damit durchaus gemeint: uns Männern. Aber es konnte ebenso bedeuten: uns qualifizierten Frauen. Andrea-Maria Krüger war keine Quotenfrau. »Qualität setzt sich durch«, fügte sie noch hinzu.

»Qualität setzt sich durch. Daher haben wir bisher keine Frau in Leitungsposition«, sagte Seegers und hielt das wohl für schlagfertig.

Hatte Seegers sich etwa selbst um diesen Posten bewerben wollen? War er deshalb so verbittert, so offensichtlich feindselig?

Krüger fühlte einen kleinen Triumph, als habe er eine Sechs gewürfelt. Es waren eben nicht alle phantasiebegabt genug, um sich in einem Zimtkostüm zu nehmen, was ihnen zustand, was aber im Anzug unerreichbar war. Krüger gewann seine Überlegenheit zurück. Ohne Phantasie und neue Ideen wird man kein Chef. Er verlor kein weiteres Wort über Quote, Frauen und Qualität; sagte nur knapp zu Seegers, daß er noch immer auf eine Erklärung zu den 89ern und BSK warte. Sah ihm direkt in die Augen dabei. Und gerade, als Seegers nun zu Ausführungen ansetzte, kam der Kellner und brachte das Essen. Ein vertrackter Tag. Das Gespräch war wieder bei Forellen. Der Ministerialdirektor liebte sie blau. Udendorf zog im allgemeinen Müllerin vor, hatte aber auch blau bestellt. Krüger hatte Müllerin bestellt, nur zur Abwechslung, weil die anderen drei blau bestellt hatten, und bot Udendorf seine an, weil ihm die Zubereitungsart egal war. Aber nun zierte sich Udendorf, so sei es nicht gemeint gewesen, und aus der kleinen Geste wurde vollends eine peinliche Szene, als nun der Ministerialdirektor meinte, seinerseits Krüger seine blaue zum Tausch anbieten zu müssen. Während die drei sich also in Höflichkeiten überschlugen, kaute Seegers schon zufrieden, lobte den Koch und wollte wissen, ob Frau Krüger denn auch solche hervorragenden Rezepte parat habe.

»Das ist völlig irrelevant«, sagte Krüger und biß in seine nicht getauschte Forelle Müllerin.

»Ich kenne durchaus emanzipierte Frauen, die auch mal gern am Herd stehen«, sagte Udendorf. »Es gibt ja auch männliche Hobbyköche.«

»Stehen Sie der Frauenbewegung nahe?« nahm der Ministerialdirektor Udendorfs Stichwort auf.

Dem MD konnte er schlecht über den Mund fahren. Also versuchte er einen Scherz, der ihn zu seinem Thema zurückbrachte. »In meiner Situation komme ich weniger mit der Frauenbewegung in Berührung als mit unbeweglichen Männern.«

Udendorf lachte laut, der MD lächelte wohlwollend. Krüger erklärte, welche Reformversuche in seinem Haus durch die Unbeweglichkeit des Apparates blockiert worden waren. Etwa eine sinnvolle Aufgliederung der einzelnen Referate. In Kiel war alles unter einem Dach. Er fragte nach der Aufteilung in Bonn, Udendorf begann zu erklären, aber da hakte dieser Seegers schon wieder ein.

»Alles unter einem Dach? Dann haben wir also einen Generalisten vor uns. Ihr Posten brauchte eher einen Fachmann, besonders was die BSK und ABSK angeht.«

Allmählich wurde Krügers Essen kalt. Er antwortete, aber in

Richtung Ministerialdirektor: »Speziell für ABSK habe ich in meiner Abteilung Evaluierungen erarbeitet, Prognosen erstellt, auch den Mitarbeitern bürgernahe Leitfäden an die Hand gegeben. Auf dem Gebiet bin ich Fachmann.«

Der Ministerialdirektor nickte zufrieden, verschluckte ein weiteres Stück Forelle und korrigierte Krüger: »Fachfrau, ja? Wo wir grade die Amtfrau eingeführt haben. Gegen viel Widerspruch, übrigens.«

War das nun wieder höhnisch, oder war es echt? Der MD hatte ein Lächeln auf dem Gesicht, das als gemütlich oder freundlich hätte interpretiert werden können, aber auch als amüsiert über so törichte Wortschöpfungen, die an der Realität nichts ändern.

Seegers sagte, und sein Ton war deutlich amüsiert: »Ich habe kürzlich eine Einladung erhalten, von der Frau Staatssekretärin im BMZ.«

»Sekretärin ist in der Tat mißverständlich«, gab nun Udendorf zu bedenken.

»Demnach darf ich annehmen, daß hier keine FachFRAU vor uns sitzt«, sagte Seegers spöttisch.

Krügers Sicherheit schwand allmählich. Ihm war nicht klar, wieso ihm ständig das Thema entglitt. Wieso die anderen ständig über Themen reden wollten, die damit zu tun hatten, daß er eine Frau war. Spielte er seine Rolle nicht überzeugend? Benahm er sich falsch? War doch etwas an der Kleidung nicht korrekt? Gab es eine Kleinigkeit, die er übersehen hatte und die ihn verraten würde? Dann der brennende Gedanke: Und wenn er sich schon verraten hatte? Wenn sie schon längst Bescheid wußten und nur mit ihm spielten, um ihn unumkehrbar in seiner Lüge sich festrennen zu lassen? Da saß das Mäuschen und putzte sich sein Cashmere-Fell und merkte nicht, wie sich drei fette Katzen die Schnauze leckten. Es war ja schon unumkehrbar. Wenn sie wollten, könnten sie ihn nun stellen und ausliefern. War das Amtsanmaßung? Amtserschleichung? Vortäuschung falscher Tatbestände? Was noch? Auf jedes einzelne stand wahrscheinlich schon Gefängnis. Auf jeden Fall Disziplinarmaßnahme. Entfernung aus dem Beamtenverhältnis. Ende der Karriere, die ihm zustand. Alles wegen dieser Frau, der sie seinen Posten zugedacht hatten und auf die er plötzlich eine Welle von Haß verspürte, vielleicht genauso stark wie der Haß, den Seegers verspüren mußte. Ja, wenn Seegers sein Rivale gewesen wäre, wenn sie offen gegeneinander hätten antreten können, Mann gegen Mann, Laufbahn gegen Laufbahn, Kenntnis gegen Kenntnis. Aber nun stand da diese Frau zwischen ihnen, und er konnte Seegers nachfühlen, wie er sie haßte. Seegers würde alles tun, um Andrea-Maria Krüger zu verhindern. Unter dem Lächeln des Ministerialdirektors, unter Seegers spöttischer Miene verschluckte sich Krüger fast an seiner Forellengräte. Selbst wenn der Chef nichts ahnte, Seegers wußte Bescheid. Er hatte sich nach Andrea-Maria Krüger in Kiel erkundigt. Er hatte die Wahrheit herausgefunden. Und jetzt genoß er, wie Krüger unter den Fragen nach seiner Weiblichkeit zappelte. Einen Augenblick war Krüger versucht, aufzugeben. Da sagte der MD zu Seegers: »Fachlich versiert. Lassen wir den törichten Streit um Worte«, und Seegers' spöttischer Blick schwand, und die Vision war vorbei.

»Ja«, sagte Krüger, »fachlich versiert. Besonders, wie gesagt, in der BSK-Umsetzung. Mich interessiert, ob hier BSK und auch die 89er Verordnungen auf der Bürgerschiene laufen. So haben wir es jedenfalls in Kiel gehandhabt.«

Und Udendorf antwortete sachlich, und der MD mischte sich ein, sogar Seegers beteiligte sich am Fachgespräch, verkniff sich aber, als Krüger bemerkte, dies und jenes sei in Kiel anders gehandhabt worden, nicht die Bemerkung: »Leider ist hier nicht Kiel, Frau Krüger. Sie werden sich umstellen müssen. Frauen sind ja flexibel.«

»Apropos Umstellung«, fiel der Ministerialdirektor ein, »haben Sie schon eine Wohnung hier?«

»Nein«, sagte Krüger erstaunt, »es ist ja noch nichts entschieden.«

»So ein Umzug ist sicher auch für die Familie eine Umstellung«, warf nun Udendorf ein, und da hatten sie ihn wieder bei dem Thema, und der MD wollte wissen, ob in der Ehe denn auch alles gut laufe, von wegen der räumlichen Trennung. Krüger wurde dieses Thema nicht los, nicht für den Rest des Gesprächs.

9

Die Frau im Cashmere-Kostüm, die auf der Bank auf dem Bahnsteig wartete, sah nicht mehr wie eine Siegerin aus. Auch nicht wie eine Geschlagene allerdings. In allen fachlichen Fragen hatte er sicher einen guten Eindruck gemacht. Soweit sie ihn überhaupt welche hatten anschneiden lassen. Klar war, er hatte das Gespräch nicht souverän genug gesteuert. Ärgerlich war die Erinnerung, und er hätte sie am liebsten abgeklopft wie einen Staubfleck an seiner Kostümjacke, an die Themen, die Seegers ihm aufgenötigt hatte. Der Staubfleck blieb, kaum auffallend, sichtbar nur für das Auge, das ihn kannte und das möglichst vermied, auf ihm zu verharren, um nicht andere unnötig aufmerksam zu machen. Trotzdem war auch Triumph in dieser Erinnerung. Er hatte ja, Staubfleck oder nicht, elegant diese unwillkommenen Themen gemeistert; er hatte sein Geheimnis durch schlüpfriges Gelände und auf gefährdeten Wegen gerettet, er hatte eine doppelte Prüfung bestanden, ohne dies die versammelten Richter auch nur durch ein einziges Zeichen wissen zu lassen.

Nun wollte er auch die Belohnung. Die Chefin. Nicht nur wegen der Beförderung. Da lockte etwas anderes als Karriere, etwas Niedagewesenes, der Einstieg in eine Welt, von der er aufgehört hatte, sie mit sich und seinen Zukunftsentwürfen in Zusammenhang zu bringen. Das Abenteuer.

Die Woge von Angst, die ihn während des Essens überfallen hatte, hatte sich geläutert und auf die wenigen würzenden Tröpfchen reduziert, durch welche Vorfreude und Erwartung verschärft werden. Das angenehm ziehende Gefühl in der Magengegend. Die Lust auf Gefahr. Das Abenteuer, welches sein Leben seit geraumer Zeit aufgehört hatte zu sein. Seit in dieser Behörde Träume verstaubten. Seit er diesen Weg eingeschlagen hatte, den sicheren, der Tochter Nicole zuliebe. Seit der Heirat.

Dabei hatten Thea und er immer große Ideen von der gemeinsamen Zukunft. Sie hatten zusammen studiert; es waren noch die Nachklänge der Zeit, als die Studenten die Regeln der Universität außer Kraft gesetzt hatten und nach neuen Lehrplänen arbeiteten, deren Lernziele waren: jeder Autorität zu mißtrauen. Durchs Fenster zu steigen, wenn eine Tür verschlossen war. Nein zu sagen, wenn etwas für selbstverständlich erklärt wurde. Es war nicht Theas und seine Sache, die Revolution. Aber der Optimismus steckte an. Alles war möglich. Schon gar für sie beide, Jurastudenten, bald in der Lage, ein Anwaltskollektiv zu gründen und der Welt ihr »J'accuse« hinzuschleudern. In politischen Prozessen aufzutreten. Vielleicht ins Ausland zu gehen, Südamerikas Gewerkschafter gegen den Zugriff der Großkonzerne zu verteidigen. Die Stationen auf diesem Weg waren durch Prüfungen und Ausbildungsordnungen vorgeschrieben, und in jeder Station verlor der Traum an Größe. Aber daß sie beide die Beamtenlaufbahn einschlugen, daß sie heirateten, schob er auf Theas Bedürfnis nach Sicherheit. Und dann das Kind. Die Freude, aber auch der Preis dafür. Abenteuer verbot sich nun. Vielleicht hatte Thea in Nicoles Kinderträumen neue Abenteuer gefunden, er jedenfalls hatte sie um ihre Ungebundenheit manchmal beneidet. Vielleicht war ihr Preis aber noch höher als seiner, denn nun konnte sie nicht wieder in den Beruf zurück; dazu war er zu hoch aufgestiegen, als daß seine Frau wieder von unten anfangen konnte.

Zu ordentlich war es geworden in ihrem Leben, und nun lockte plötzlich das Abenteuer. Dessen ersten Schritt er schon erfolgreich bestanden hatte. Wie über einen gelungenen Coup, als habe er in der Filiale der eleganten Sparkassenleiterin ungesehen in den Tresor greifen können, freute er sich über seinen Auftritt. Dieser Udendorf hatte ihm beim Abschied eine Andeutung von Handkuß gemacht. Und der Kellner. Mit welcher Höflichkeit er zuerst ihn bedient, zuerst sein Glas gefüllt hatte. Und er hatte nur in kleinen Schlückchen getrunken; selbst in Nebensachen war ihm kein Fehler unterlaufen. Er sah auch jetzt nicht hin, als neben seiner Bank jemand hinter einem Mädchen herpfiff. Eine Frau guckt keinem Mädchen nach. Er würde auch in Kleinigkeiten sorgsam sein, mit der Vorsicht eines Abenteurers.

Und nun kam der Mann, der gepfiffen hatte, auf ihn zu, riß ihn aus seinen Gedanken, stellte mit einem: »Warten Sie auf jemand?« Ansprüche auf Personengedächtnis. Krüger kannte ihn nicht. Er hoffte auf Verwechslung. Die erste unbekannte Pflanze im Urwald des Abenteurers. Giftig oder eßbar?

Er antwortete mit leichter Stimme wie nebenbei: »Auf den Zug. Aber wieso – woher kennen wir uns?«

Der Mann setzte sich auf die Bank neben ihn, musterte ihn penetrant. Ganz gewiß nicht eßbar, mit Sicherheit giftig. Abpflücken oder schnell vorübergehen?

»Kennen wir uns?« fragte der Mann, und Krüger war sicher, daß dieser Mann Andreas kannte und sich deshalb bei Andrea-Maria nicht sicher war. Nun war es schon schwer, leicht und nebensächlich zu klingen: »Bestimmt verwechseln Sie mich.«

Der Mann rutschte näher, dicht an Krüger heran, und versicherte: »Nein, ich bin hier ganz richtig.«

Anpacken und versuchen, sie abzupflücken. Am besten mit der Wurzel auszureißen. Krüger wurde direkt: »Sind Sie aus Kiel?«

»Reden Sie nur mit Leuten aus Kiel?« fragte der Mann, und endlich erkannte Krüger sein penetrantes, etwas glitschiges Lächeln, seine Worte. Keine fleischfressende Urwaldpflanze. Eine ganz normale heimische Klette.

Krüger brach in Gelächter aus, so laut und hemmungslos, wie seine Angst leise und gehemmt gewesen war. Der Mann guckte verblüfft, rückte wieder etwas ab. Das war wohl nicht der Erfolg, den er sich versprochen hatte. Krüger suchte in der Tasche seinen Fotoapparat, in dem noch immer Theas Film steckte, den er in Bonn zum Entwickeln bringen wollte. Während er kramte, zwischen den letzten Nachklängen seines großen Lachens, fragte er den Mann: »Sie finden mich attraktiv?«

Der rutschte weiter weg, machte Fluchtbewegungen, ging wirklich eilig davon, als Krüger insistierte: »Natürlich hätten Sie mich nicht angesprochen, wenn Sie mich nicht – fraulich gefunden hätten. Attraktiv.«

Nun endlich hatte Krüger den Fotoapparat gefunden und konnte seine erste Eroberung knipsen, fürs Album für alle Ewigkeit. Aber nur noch von hinten auf der Flucht.

10

Thea war eifersüchtig. Eifersüchtig auf das Phantomwesen im Zimtkostüm, das sie vor dem Schaufenster kurz für ihre Komplizin gehalten hatte, bevor es einen Namen und Gestalt bekam, Andrea-Maria. Andrea-Maria fuhr nach Bonn und bewarb sich um eine Führungsposition. Was für sie, Thea, außerhalb des Möglichen lag. Dieses Gefühl war ihr neu. Es war nicht ihr Mann, nicht Andreas, auf den sie neidisch war. Sie war es ja die ganzen Jahre nicht gewesen, in denen sie Nicole versorgt hatte und Andreas die Karriereleiter höherkletterte. Aber daß da in Bonn so selbstverständlich angenommen wurde, nur eine Frau könne diese hohe Position ausfüllen, daß die Ausschreiber dieser Stelle nicht den mindesten Zweifel hatten, eine geeignete Frau zu finden, das gab ihr den Stich. Warum nicht sie, wenn schon eine Frau. Es war, wie in jeder Eifersuchtstragödie, aussichtslos.

Sie hatte bisher Andreas recht gegeben damit, daß die Frau eines Y1-Beamten wohl nicht ganz unten bei F 14 wieder anfangen könne. Aber letzthin dachte sie immer häufiger, daß F 14 sie besser beschäftigen würde als eine ziemlich erwachsene Tochter. Besonders seit sie Inga kannte. Versicherung, das klang zwar nicht aufregender als Behörde. Aber Inga war für Auslandsaufträge zuständig, prüfte mal in Tokio die Sicherheitsvorkehrungen für eine Juwelenausstellung, verhandelte ein andermal in Abu Dhabi über Versicherungsschutz für Rennpferde. Außer Inga waren alle ihre Freundinnen auch Hausfrauen. Geworden, irgendwann, genau wie sie. Und dann geblieben. Und gaben nicht einmal untereinander zu, ob sie von einer Zukunft im Designer-Zimt träumten.

Schon gar nicht, wenn die jeweiligen Ehemänner dabei waren. Da saßen Ebinghausens auf Theas Sofa, ein Handballspieler wie Andreas und eine Hausfrau wie Thea, Freunde also, und staunten über die Frage. Eine Karriere für Loni? Sie waren gekommen, sich nach Andreas' Karriere zu erkundigen, war da nicht etwas in Bonn, und Thea hatte vage Auskunft gegeben und hoffte nun, sie loszuwerden, ehe das Objekt des Interesses leibhaftig aus besagter Stadt zurückkommen würde. Loni Ebinghausen in Gegenwart des Ehemannes war keine Partnerin, um über weibliche Karrieren zu reden. Karl Ebinghausen machte einen seiner Witze über Frauen im Beruf, er hatte davon ein größeres Repertoire, ebenso wie über Männer im Haushalt. Von denen gab er regelmäßig einige zum besten, wenn Andreas Gläser spülte oder einen selbstgekochten Gang des Einladungsmenüs auftrug. Thea konnte Karl nicht besonders leiden, schon gar nicht heute abend. Sie schnitt erneut das Thema »zu spät werden« und »anstrengender Tag« an, aber da war es wirklich zu spät, denn nun hörte sie die Tür klappen und eine fröhliche Stimme durch den Flur tönen, die ihre Heimkehr signalisierte. Ihre. Der Heimkehrer war ja wohl noch nicht umgekleidet.

Sie sprang auf, verkündete mit vor falscher Munterkeit klirrender Stimme den anwesenden Besuch, schoß in den Flur und zischte leise hinterher: »Zieh dich um!«

Und sah bedauernd im Schlafzimmer verschwinden, den sie lieber sofort und auf der Stelle ausgefragt hätte. Sah mit mehr Bedauern, daß Ebinghausens ihr zwar folgten, aber keineswegs, um endlich zu gehen, sondern um auch ihr Interesse an dem Ankömmling anzumelden. Sie fanden eine verschlossene Tür, davor eine reichlich verlegene Thea, welche die Klinke ergriff und wieder losließ, zum Reden ansetzte, aber nicht wußte, was sie sagen sollte.

»Dicke Luft?« fragte Karl Ebinghausen.

Und Thea hatte wieder das falsche, fröhliche Klirren in der Stimme, als sie versicherte, daß alles in Ordnung sei. Loni verstand sofort richtig, hakte ihren Mann unter, zog ihn Richtung Ausgang, sagte: »Vielleicht sollten wir lieber gehen. Andreas ist sicher müde.«

Aber Karl witterte Interessantes, einen Krach vielleicht, eine Szene. Er liebte solche Art Situation. Er hielt sich an Theas Höflichkeitsfloskel fest, sie wolle die Gäste aber nicht rauswerfen, eine Bemerkung, die voraussetzt, als ihr Gegenteil verstanden zu werden. Nicht von Karl. Er berief sich auf den Wortlaut und blieb.

Also saßen sie wieder auf Sofa und Sesseln, samt Andreas, der sich vom zimtfarbenen Schmetterling rasch wieder zur grauen Raupe verwandelt hatte. Das fand jedenfalls Thea. Sie hätte ihm das gern gesagt, konnte es aber in Gegenwart der unerwünschten Zeugen nicht sagen. Also war sie stumm, genauso stumm wie Andreas. Der hätte gern die Erlebnisse des Tages berichtet, konnte sie aber in Gegenwart der unerwünschten Zeugen nicht berichten.

Ebinghausens hingegen unterhielten sich glänzend, jedenfalls plauderte Karl andauernd und gut gelaunt. Die gute Laune stammte daher, daß er das Schweigen der beiden schon für den Anfang der erhofften Szene hielt, das stumme Vorspiel zum Krach.

Er setzte Loni auseinander, was Andreas von Bonn erhoffen konnte, nämlich auch nicht viel anderes, wie sich die Trennung auf Nicole auswirken würde, schlecht natürlich, daß er, Karl, in solcher Lage von ihr, Loni, erwarten würde, daß sie ihm an den neuen Ort seines Wirkens folge, und wäre es nur für Monate, anders als in einem Hause wie diesem, und es kam wieder einer der Witze über Männer, die kochen und abwaschen.

Andreas und Thea gaben sich inzwischen Signale, stumme Feuerzeichen, die der Feind nicht hört und die er, wenn er sie sieht, nicht deuten kann. Thea hielt Andreas eine rechte Faust mit gehobenem Daumen, eine linke mit gesenktem hin. Andreas antwortete mit seiner rechten, Daumen hoch; dann kam seine linke Hand, drückte den widerstrebenden Daumen zurück, waagerecht, und Thea sah ihn schon rettungslos ins Aus verschwinden. Aber der Daumen hielt stand, wehrte sich, drückte die linke Hand beiseite und stand wieder oben. Thea lachte, warf Andreas eine Kußhand zu. Merkte, daß Karl ihr Spiel verständnislos beobachtet hatte, daß dabei sein gutgelaunter Redefluß ins Stocken kam.

In eine Pause hinein fragte sie Andreas: »Dein neuer Anzug – war alles in Ordnung?«

»Hätte gar nicht besser sein können«, sagte Andreas und zwinkerte ihr sogar zu, und Karl und Loni sahen erstaunt auf den etwas abgetragenen grauen Anzug und fragten, ob Krügers neuerdings im Secondhand kauften.

»Und es hat dir nichts ausgemacht, diesen – Schnitt – zu tragen?« fragte Thea weiter, und Karl und Loni guckten und suchten an dem grauen Anzug herum, wo sich da ein besonderer Schnitt verbergen sollte. Schließlich fand Loni, heutzutage trage man eben zweireihig und gemustert und nicht mehr einreihig grau. Andreas und Thea diskutierten eifrig mit über Modefragen, und die Ebinghausens wunderten sich nur, warum dieses Gespräch die beiden Gastgeber so sehr zum Lachen brachte.

Dann fragte Thea nach Maria, ließ sich erklären, wie ihr die neuen Kollegen gefielen, ob sie bleiben würde. Sie steigerte sich mit Andreas in dieses Spiel der Geheimsignale, in nicht abgesprochenem Einverständnis; sie warfen sich schillernde Worte zu, die im Flug die Bedeutung wechselten, jonglierten mit Namen, die rot emporflogen und blau aufgefangen wurden, hin und her flogen die Bälle, ohne daß die irritierten Gäste einen erhaschen konnten, ohne daß sie auch nur wußten, welches Spiel gespielt wurde. Jedenfalls nicht die Szene, auf die Karl sich gefreut hatte. Eine fröhliche Kumpanei vereinte Thea und Andreas; sie hatten sich lange nicht so nah und intim gefühlt wie unter den neugierigen Augen zweier unerwünschter Gäste.

11

Die neuen komplizenhaften Bande schlossen auch Nicole ein. Die Tochter im Alter der heranwachsenden Aufsässigkeit fand plötzlich interessanter, als den Eltern zu trotzen, mit ihnen gemeinsam in einer selbsterdachten Komödie die Welt an der Nase herumzuführen. Vielleicht fühlte sie sich zum erstenmal als Person gleichen Rechts ernst genommen, als die Eltern sie in ihr Komplott einbezogen. Wie sie da saßen, als Ebinghausens endlich gegangen waren und Nicole aus ihrem Zimmer gekommen war, in dem sie schon im Bett gelegen hatte, wie sie vielleicht voreilig, aber immerhin eine Flasche Sekt aufmachten und zu dritt, beschwipst von Freude mehr als von dem Getränk, die Szenen nachspielten, die ihnen Andreas berichtete, glitten sie in eine so heitere Familienfeier, wie sie kein Geburtstag oder sonst ein Anlaß letzthin hatte veranlassen können. Verbundenheit. Gemeinsame Geheimnisse. Abenteuer. Ja, es war das Abenteuer, und einen gefährlichen Weg durch wilde Landschaft und Unwetter, das Überqueren eines reißenden Flusses, der seine Brücke zerschmettert hat, die Bedrohung durch eine Räuberbande überstanden zu haben hätte die endlich glücklichen Heimkehrer nicht heiterer stimmen können, als es diese Familie war, redend und lachend durch die Nacht, bis der erste weiße Dämmer des frühen Sommermorgens durch die Fenster schimmerte.

Es gab keinen Kater. Es gab Ernüchterung, gerade in dem Augenblick, als die Freude noch hätte überschäumen können, als aus Bonn die Nachricht kam, man habe sich für Frau Krüger entschieden. Frau Krüger fühlte den Stich, einen bitteren, darüber, daß eben nicht sie, Frau Krüger, gemeint war. Und Herr Krüger machte sich zum zweitenmal klar, daß jetzt eine Zeit beginnen würde, die ihn zu ununterbrochener Aufmerksamkeit zwingen würde. Eine Sekunde der Nachlässigkeit konnte ihn verraten. Aber es kam ihm nicht mehr in den Sinn, über eine Absage nachzudenken. Abenteurer, der er nun war, konnte er unmöglich seinen Lebenslauf auf Frau Laues Kaffee und auf Bürogespräche mit Pirchler zurückschrauben. Vielleicht, wer wußte! Vielleicht würde er nach diesem Jahr die Behörde ganz verlassen und sich nach einem Angebot aus der freien Wirtschaft umsehen. Und dafür, darüber war oft genug in der Kantine gesprochen worden, Pirchler hatte es seufzend erwähnt, weil es außerhalb seiner Hoffnung lag, und andere hatten sich durchaus ernsthafte Gedanken gemacht, dafür brauchte er nun unbedingt Y 1. Wer nicht Y 1 gehabt hatte, galt in der freien Wirtschaft als Versager. Dieses Wort war in der Kantine natürlich nicht gefallen. Dieses Wort traute sich keiner auszusprechen, denn wenn von den Topstellen in der freien Wirtschaft die Rede war, wenn sie sich ehrfurchtsvoll halblaut die Zahlen zuraunten, die dort angeblich jemandem wie einem selbst gezahlt würden, von den interessanten Auslandsreisen mal abgesehen, einen Dienstwagen gab es womöglich, dann kamen sie sich alle ein wenig wie Versager vor. Sie sprachen dann schnell von dem Preis, der zu zahlen sei, von der ständigen Anstrengung, ständigen Bereitschaft; ein Fehler, und man war auf der Straße, so war das ja wohl da draußen in den kalten Winden der reichvergoldeten Freiheit. Es schauderte sie am Kantinentisch, sie rückten enger zusammen in ihrer vertrauten Wärme, lauschten den Winden, die ums Haus pfiffen, hörte man nicht sogar von fern ein Heulen, das wie Wolf klang? Weh dem, der sich jetzt vor die Tür wagte! Nur noch ganz junge, unbesonnene Tischgefährten riefen in die klamme Stille hinein trotzig ihr: »Ich wag's!« Wagten es natürlich nicht. Aber er, der nie solche Reden geführt hatte, er würde es wagen. Ein Zurück kam nicht in Frage.

Thea packte ihm schon die Koffer. Packte ein paar von ihren

Blusen mit ein, die farblich mit Zimt harmonierten. Er würde ohnehin in Bonn dazukaufen müssen. »Als Frau müßtest du dir eigentlich deinen Koffer selbst packen«, rief sie zu ihm hinüber ins Wohnzimmer, wo er halb verkleidet, im Kostüm, noch ohne Perücke, Papiere sortierte.

»Ich bin ja noch keine«, rief er zurück. Brachte ihr die gesammelten Papiere zum Einpacken, erinnerte sie an Rasierapparat, Make-up und handelte sich dafür eine gekränkte Bemerkung ein. »Man merkt's am Ton, daß du noch keine bist. Eine Frau würde bitte und danke sagen.«

Er ging darauf nicht ein. Er hatte den Kopf zu voll, es war immerhin ein Umzug, auch wenn er am Wochenende nach Hause fahren würde, auch wenn er zunächst nur im Hotel wohnen würde. Bücher, was würde er abends lesen? Sportzeug, Jogginganzug? Konnte er sich außerhalb des Büros ohne Kostüm sehen lassen? Also kein Sportzeug. Wenigstens den geschlechtsneutral weit schlabbernden Jogginganzug? Ihn ärgerte, daß er nun auch noch übers Packen nachdenken mußte. Ebinghausen hatte sicher nicht so unrecht, wenn er fand, eine Familie könne auch für kurze Zeit mit ihrem Ernährer umziehen.

Thea schüttelte den Kopf. »Und ich gehe dann als dein Mann nach Bonn, ja? Oder als deine Schwester?«

»Als meine Haushälterin«, schlug er vor.

Thea war plötzlich wieder gekränkt, mehr als zuvor, und knurrte: »Entspricht ja auch den Tatsachen.« Bei Thea hielt die Ernüchterung länger vor. Es war fast ein Kater.

12

Es wurde zum Kater während der ersten Tage, an denen Andreas weg war. Sie hatte sich aufs Alleinsein gefreut. Etwas Neues nach über vierzehn Jahren Ehe und also weit über fünftausend gemeinsamen Abenden mit Andreas. Wann war sie ohne ihn gewesen? Anfangs jeden Donnerstag, bis Andreas aufhörte, an diesem Tag zu seinem Chor zu gehen. Ihre Besuche bei ihrer Mutter zählten wohl nicht. Die paar Dienstreisen von Andreas, nicht mehr als ein paar Dutzend, nicht länger als zwei, drei Tage. Ihre Fahrten zu Aktionen der Friedensfrauen, noch weniger, noch kürzer. Die Wochen, in denen Andreas zur Kur war nach seiner Knieverletzung beim Handball. Da hatte Monika noch in Kiel gelebt, die dann nach München gezogen war. Sie waren fast jeden Abend zusammengewesen, hatten zusammen gekocht, geklönt, waren ins Kino gegangen, Nicole heimlich in einer Tragetasche dabei.

Sie erinnerte sich, wie Nicole mitten in einer Hollywood-Liebesszene anfing zu krähen und das ganze Kino vor Lachen brüllte über diesen guten Gag. Als Monika mit Opernkarten kam, hatten sie lieber einen Babysitter bestellt. Herrliche Ausflüge hatten sie unternommen, obwohl Herbst war und keine Seen oder Wiesen zum Verweilen und Picknick einluden. Sie waren am stürmischen Meer entlanggewandert, und eine dick vermummte Nicole war ins Wasser geplanscht und hatte Anorak und Pudelmütze durchweicht. Hatte stinkende tote Seesterne in ihre Taschen gestopft.

Sie wunderte sich, wie sehr sie diese Zeit mit Monika vergessen hatte. Monika hatte ihr übelgenommen, daß sie nach diesen vier Wochen, als Andreas wieder da war, plötzlich kaum noch Zeit hatte. Was nicht stimmte. Sie hatte sie eingeladen, häufig, auch zusammen mit anderen Freunden, die immer paarweise erschienen, aber es war nicht mehr dieselbe Stimmung. Sie hatten sich auch ins Kino verabredet wie zuvor oder in eine Kneipe, aber sie mochte es Andreas nicht abschlagen, wenn der Lust hatte, mitzukommen, und so war auch das nicht mehr dasselbe. An Wochenenden mochte sie nicht gern etwas ohne die Familie unternehmen. Und sonst saß Monika tagsüber selbst im Büro. Als sie dann später nach München zog, war die Freundschaft eigentlich schon beendet.

Thea hatte sich ausgemalt, eine ähnlich vergnügte Zeit wie damals nun mit Nicole zu haben. Für den ersten Abend ohne Andreas hatte sie geplant, zum Essen auszugehen, in das indische Restaurant, an dem sie so oft vorbeikamen und in das sie noch nie gegangen waren.

»Toll, indisch«, rief Nicole, die neuerdings ihr Zimmer in den Duft indischer Räucherstäbchen tauchte, »heut abend ist Leistungskurs angesagt, morgen Chor, Mittwoch Soli-Gruppe – für Freitag wär's okay.«

Freitag abend würde freilich auch Andreas wiederkommen. Thea überlegte, mit wem sie sonst die geschenkte Zeit würde zelebrieren können. Loni? Wie sollte sie Loni ohne Karl bekommen? Es waren, wenn sie es recht bedachte, alle ihre Freundinnen in der Lage von Loni. Sie waren abends nur zu zweit zu haben; Treffen ohne Männer fanden am Nachmittag statt. Ganz wie bei ihr bisher. Natürlich würden alle, wenn sie anrufen würde, sie einladen, aber sie konnte es sich nicht amüsant vorstellen, dann als einzelne bei so einem Paar zu sitzen, das sich verpflichtet fühlen würde, sie während Andreas' Abwesenheit zu unterhalten.

Inga, natürlich. Inga war nicht verheiratet, sagte fröhlich und hektisch am Telefon: »Ich rase grad los, wir machen einen Empfang für einen Schwung Japaner. Geschäftsfreunde. Kannst du Englisch? Komm mit, wird vielleicht lustig.«

Thea mochte nicht, obwohl sie Englisch sprach. Aber bei japanischen Versicherungsfachleuten fand sie sich irgendwie fehl am Platz. Inga war in Hast und legte auf.

Dann war es ziemlich still in der Wohnung.

Thea setzte sich in den großen Sessel, Andreas' Lieblingssessel zum Zeitunglesen, und dachte: Zeit für mich. Ein Gedanke, der nicht recht etwas besagte. Sie hatte ja oft Zeit für sich; seit Nicole größer war, war der Haushalt mit ihren zweien nicht so anstrengend, daß sie nicht immer Zeit hätte erübrigen können. Nachmittags. Das Merkwürdige war, daß es nun Abend war. Zeit am Abend. Was hatte sie all die fünftausend Abende gemacht, abgezogen die achtundzwanzig Abende mit Monika? Und die Mittwochabende mit den Friedensfrauen? Am Anfang gelesen, ferngesehen, auf das Schreien des Babys gehört. Viel zu zweit ausgegangen, als sie endlich Nicole allein lassen und ausgehen konnten. Nach dem Essen noch gesessen und geschwatzt. Freunde eingeladen. Jeder in seinem Sessel die Zeitung gelesen. Sie hatte auch gebügelt, genäht. Mit Nicole Schulsachen und Probleme besprochen. Fotos sortiert. Geplant für die nächsten Tage, was schenken wir deiner Mutter zum Geburtstag, was muß ich für das Picknick am Sonntag kaufen. Briefe geschrieben. Merkwürdigerweise war zur Zeit von all diesen Tätigkeiten keine nötig.

Es war still in der Wohnung. Die Stille dröhnte, als ob nie wieder Leben in diese Räume einziehen würde. Als ob Nicole schon erwachsen wäre, vielleicht zu Weihnachten mal zu Besuch kommen würde oder zu ihrem Geburtstag. Als ob Andreas schon verloren wäre in den Dschungelpfaden seines Abenteuers, als ob der Fluß ihn mit sich gerissen, die Räuber ihn erschlagen hätten, als ob unüberwindliche Hemmnisse seine Heimkehr für immer verhinderten.

Was wäre dann? Nie hatte sie sich diese Frage gestellt. Obwohl um sie herum, unter ihren Bekannten, Ehen zerbrachen; fast mehr, als gehalten hatten. Obwohl es auch bei ihnen selbst Krisen gegeben hatte. Obwohl da eine Frau in Andreas' Büro gewesen war und vermutlich auch eine während seiner Kur. Obwohl da auch ein Mann gewesen war, ein Freund aus der Studentenzeit, den sie wegen Andreas aus den Augen verloren hatte. Sie hatte ihn auf der Zufahrtsstraße zur amerikanischen Kaserne wiedergetroffen, die sie mit den Friedensfrauen blockierte. Da saß er neben ihr. Und hatte ihn dann noch öfter getroffen. Wer merkte denn schon, was sie tagsüber tat. Der Gedanke jetzt plötzlich, wo es keinen Anlaß gab, war befremdlich. Er war um so befremdlicher mitten in dieser neuen Gemeinsamkeit, die ihnen Andrea-Maria beschert hatte.

Die Stille dröhnte so sehr, daß sie den Fernseher anstellte. Obwohl sie eigentlich nichts sehen wollte. Schließlich nahm sie ihr Buch und lernte Spanisch. Morgen war Dienstag. Spanischtag.

Im Kurs fragte sie Inga, was sie abends vorhabe. »Ich hab 'ne Karte für ein tolles Chorkonzert. Viel Schütz und so was. Komm mit. Vielleicht gibt's noch Karten, ich frage.«

Diesmal kam sie mit, obwohl sie sich bei Chormusik noch mehr fehl am Platz fand als bei japanischen Versicherungsfachleuten. Sie hatte um Chöre einen Bogen gemacht seit der Studentenzeit, seit dem Abend, an dem Andreas sie stolz und feierlich zu einem Chorkonzert eingeladen hatte. Zu *seinem* Chorkonzert. Andreas, der im Seminar in T-Shirt und ausgewaschenen Jeans den Krawatten- und Schirmträger unter den Professoren mit Vornamen und du ansprach, der dann lässig eine ironische Entschuldigung nachschob, Andreas stand in schwarzem Anzug und weißem Hemd und stimmte ein Kirchenlied an. Sie konnte sich nicht halten. Sie zerrte ein Taschentuch hervor, ihr stoßweiser Atem klang zunächst wie Husten, sie prustete und gluckste in das Tuch, rang nach Luft, je leiser sie zu sein versuchte, desto hörbarer keuchte und schnaufte sie. Dann sah sie seine Fliege. Andreas beherrschte offensichtlich die Handgriffe, deren es bedarf, um eine ordentliche Fliege zu binden. Und hatte einen runden Mund wie ein Goldfisch geöffnet und sah fromm zur Decke. Das Taschentuch nützte nichts mehr, nun platzte das Lachen laut heraus, schepperte und dröhnte durch die Aula der Universität. Der Saal war halb leer, die meisten Studenten schätzten die Attraktion von Chorkonzerten wohl ähnlich ein wie sie selbst. Die Attraktion des Abends war sie. Eine Frau mit Lachkrampf, der so durchdringend den Raum füllte, daß endlich der Chor abbrach.

Heute abend mit Inga gab es keine Gefahr, daß sie lachte. Nicht mal das. Es war einfach langweilig. Sie dachte an die wunderbaren Jazzplatten, die sie zu Hause hätte auflegen können, dachte die ganzen achtzig oder neunzig Minuten lang, daß sie schon ziemlich am Ende sein müßte, wenn ihr zum Füllen ihrer eigenen Ödnis nichts Besseres als Chöre einfielen. Sah sich schon auf einen Friedhof getragen werden, durch ein Spalier von schwarzweiß gekleideten Goldfischmündern, die Schütz sangen.

»Was macht dein Job«, fragte Inga, als sie hinterher in der Kneipe saßen, »wo hast du dich überhaupt beworben?«

Sie schüttelte stumm den Kopf. »Hat nicht geklappt«, sagte sie, als Inga beharrte. Aber die gab sich damit nicht zufrieden.

»Spuck's aus, friß es nicht in dich rein«, sagte sie, »sonst geht's beim nächstenmal erst recht schief.«

»Gibt kein nächstes Mal«, knurrte Thea, verbittert nicht nur darüber, daß es ja überhaupt kein einziges Mal gegeben hatte, sondern noch mehr darüber, daß sie dies Inga nicht sagen durfte. Das Geheimnis von Andrea-Maria schloß dritte aus. Das war nur dann ein übermütiges Spiel, wenn sie mit diesen dritten keine Nähe wünschte. Aber jetzt? Würde Andrea-Maria erreichen, daß sie hier am Tisch, ihrer Freundin gegenüber, unter ihren besorgten Blicken und in Reichweite ihrer mitfühlenden Stimme so einsam bleiben würde wie an dem gestrigen stillen Abend? Daß sie kein Wort von dem würde reden können, wovon ihr Kopf bis oben angefüllt war? Ein anderes Thema gab es für sie nicht. Sie stierte vor sich hin ins Glas, vermied Ingas Blick, murmelte etwas von schlechtem Befinden und übel und nach Hause gehen.

Inga packte ihre Schultern. »Laß dich nicht unterkriegen«, sagte sie, »was glaubst du, was mir so passiert ist, bevor es bergauf ging. Dieser gräßliche Steuerberater, bei dem ich angefangen habe.«

Inga begann, in der Annahme, daß nichts Menschen so aufheitert wie Geschichten, in denen es anderen schlechtgeht, die Geschichte ihrer eigenen Mißerfolge zu erzählen. Der Steuerberater zum Beispiel hatte präzise Vorstellungen von Lebensstil. Er hatte moderne Stahlkonstruktionen vor den Schreibtischen stehen, die als Kunstwerke interessant aussahen, die aber als die Stühle, die sie waren, schmerzhaft Rohre in Kreuz und Po preßten. Den gepolsterten körpergerechten Drehstuhl, den Inga eines Tages mitbrachte, warf er in den Sperrmüll. Er liebte es, Inga mit einer Wolke von Duft aus einer Spraydose zu besprühen, wenn diese es wagte, sich eine Zigarette anzuzünden. Proteste wegen Treibgas und Ozonloch verhallten ungehört. Die Wolke hatte Elemente von Lederzeug und von Benzin in sich – Inga hatte sich schon vorher gewundert, wieso sein eigenes Büro so roch, als habe dort grade ein Pferd ein kaputtes Auto abgeschleppt. Dann wünschte er, sie möge ihre Kleidung passend zur Bürotapete abstimmen. Als sie sich weigerte, wollte er sie entlassen. Aber da hatte sie schon gekündigt.

Thea hörte kaum zu. Es peinigte sie zu sehen, wie Inga sich mühte, sie aufzuheitern. Sie sah schon kommen, daß sie ihr Schweigen mißverstehen würde. Daß das Geheimnis sich zwischen ihr Vertrauen schieben würde. Daß Inga am Ende gekränkt sein würde, oder vielleicht würden sie sich sogar verkrachen. Schlimm genug, daß Andreas erfolgreich war, wo sie keinen Erfolg hatte. Daß er die bessere Frau war. Die elegantere. Die mit dem tollen Job. Nun mußte er auch noch Zwietracht zwischen sie und ihre Freundin säen. Und sie hatte sich drauf eingelassen. Sie konnte nicht mal etwas machen. Außer Andrea-Maria zu hassen.

»Miststück«, stieß sie hervor.

Inga schaltete fast richtig. »Hat sie den Job gekriegt?«

»Wer?« fragte Thea.

»Das Miststück. Wie heißt sie?«

»Andrea-Maria«, sagte Thea. Was hätte sie sonst antworten sollen.

»Kanntest du sie schon vorher?« wollte Inga wissen.

Was sollte sie nun sagen? Wäre sie nur nicht mitgekommen. Erst die Chöre und nun dieses gefährliche Gespräch. »Wir haben zusammen studiert«, sagte sie. Und fügte entschieden hinzu: »Und ich war immer besser!« So. Das wenigstens war sie losgeworden.

Sie sah an Ingas Blick, daß die auf mehr wartete. Und sie wollte ja reden. Sie mußte reden. »Ich hab ihr sogar noch geholfen. Ihr Tips gegeben. Wie man sich anzieht und so. Sie kann sich solche Klamotten leisten. Sie hat ja nicht ihre Zeit mit Kindern vertrödeln müssen. Ich habe Scheiße aus Windeln gewaschen, und sie hat Karriere gemacht. So einfach ist das in der Welt. Ich war immer besser als sie. Ich hab ihr die Abschlußarbeit mitgeschrieben. Und jetzt hat sie abgehoben, irgendwo da oben über den Wolken Gehaltsstufe Ypsilon, und ich krabbele hier herum wie ein flügelloser Käfer und gucke in die Luft.«

Sie war selbst verblüfft über ihre Bitterkeit, die, ohne daß sie es wollte, aus ihr hervorströmte. Wie gekränkt, wie zurückgesetzt sie sich fühlte. Nie hatte sie mit Andreas so gesprochen. Nie hatte sie einer Freundin gegenüber Andreas so beschuldigt. Nie hatte sie sich selbst so gedrückt gefühlt im Zusammenleben mit Andreas. Aber es ging ja eben nicht um Andreas. Es ging um diese kühle Geschäftsfrau in Cashmere, mit der ihre Welt so gar nichts mehr zu tun hatte. Andrea-Maria. An sie zu denken tat weh. Vielleicht war es Haß. Oder Neid. Eins von den Gefühlen, die in den dunklen Ecken angesiedelt sind, wo man nicht gern hinguckt.

»Wenn du mal wieder in Selbstmitleid versinkst, dann pumpst du mir deine Tochter, und ich überlaß dir dafür meine Japaner«, sagte Inga.

Thea war zu sehr mit sich selbst beschäftigt, um zu merken, daß Inga vielleicht auch grade in ihrer dunklen Ecke aufräumen wollte.

»Dann sagte sie, wie sie mich um meine Freiheit mit Nicole beneidet. Wenn sie ein bißchen mehr Freiheit mit Nicole genossen hätte, dann hätte ich heute meine eigenen japanischen Geschäftsfreunde zum Ausführen!« Es tat Thea gut, so ungehemmt Andrea-Maria bloßstellen zu dürfen. War das Verrat an Andreas? Ihm gegenüber hatte sie noch nie in Frage gestellt, wie sie sich ihr gemeinsames Leben eingeteilt hatten.

»War sie denn – ist sie denn deine Freundin?« fragte Inga, und Thea wußte wieder nicht, was antworten. War sie das? Als sie noch ein Mann war und Andreas hieß, war sie ein zuverlässiger Freund gewesen. Vertraut und eng. Hatte sich das nun geändert? Durch die dritte im Bund, Andrea-Maria, die da plötzlich aufgetaucht war und beunruhigende Gedanken losgetreten hatte? Diese Person konnte sie in aller Entrüstung bei Inga verklagen. So war es gut, Andrea-Maria zu haben. Sonst hätten, wer weiß, die beunruhigenden Gedanken vielleicht ihr Leben mit Andreas erschüttert.

13

Währenddessen kämpfte Andreas, der Einzelgänger, der kühn aus der heimeligen Wärme der Kaffeerunden ausgebrochen war und sich unter die Wölfe begeben hatte. Die sahen sich selbst keineswegs als solche und wußten auch nichts von klirrendem Eis: Was für Krüger Eis war, war ja für sie nichts anderes als die heimelige Wärme ihrer jeweiligen Kaffeerunden, ihrer Pirchlers und Laues. Und für den Kantinenklatsch war Krüger keineswegs der kühne Mutige, sondern er war eben diese Frau Krüger aus Kiel, die sich mit Hilfe der Quote ins fremde Nest drängelt.

Seegers gab solchen Gerüchten natürlich gern Nahrung. »Ohne die Quote«, pflegte er zu sagen, wo immer ihm grade jemand zuhörte, etwa auf der Konferenz, etwa in der Kantine, etwa im Fahrstuhl, »hätte die es nie geschafft, sie ist nicht gerade ein Ausbund von Intelligenz.«

»Sie kennen sie schon?« fragte ein Herr Mitter interessiert, der mit ihm den Fahrstuhl teilte.

»Vom Antrittsgespräch«, sagte Seegers, »keine überzeugende Figur. Sie muß Protektion haben.«

»Man munkelt ja«, erwiderte Mitter. Das verblüffte Seegers, denn bisher hielt er diese Vermutung für seine Erfindung. Sollte er intuitiv die Wahrheit erraten haben? Oder hatte sich seine Erfindung verselbständigt und kam ihm nun wie etwas Eigenes entgegen?

»Auf höchster Ebene«, erklärte Mitter. »Eine Affäre mit dem MD persönlich.«

Ein schönes Gerücht, dachte Seegers, aber ging das nicht doch zu weit? Er war der Eingeweihte, er war bei der Vorstellung dabeigewesen, und ihn kränkte der Gedanke, daß sich da jemand erlaubte, weiter zu spekulieren als er selbst. Oder daß da etwa jemand besser Bescheid wußte. Er versuchte, sich zu erinnern. Er schüttelte den Kopf. Da müßte der sich zu gut verstellt haben.

Klatsch und Tratsch. Nur wer Bescheid weiß, ist selbst wichtig.

Krügers neue Sekretärin, Frau Krantz, dem Objekt von Klatsch und Spekulation näher als andere, konnte in Kantine, Teeküche und Fotokopierraum über solche Vermutung nur lachen.

»Die und eine Affäre, potthäßlich, wie sie ist? Die muß ihre Karriere selbst machen. Das nimmt ihr keiner ab.«

»Hat sie was drauf?« wollte die Kollegin wissen, die den Fotokopierer besetzt hielt, so daß Frau Krantz warten mußte. Frau Krantz hatte als Maßstab von Intelligenz ihren vorherigen Chef: »Na, blöder als Pape geht ja wohl kaum.«

Klatsch und Tratsch. Bei einer Chefin bieten sich auch Privatleben und Kleider an. Ihre etwas farblose Art, sich unweiblich zu kleiden, wie Referatsleiter Udendorf die Kantine wissen ließ, ihr protziges Armani-Cashmere, das nicht unter fünftausend zu haben ist, wie die Leiterin der Frauengruppe kenntnisreich anmerkte.

Hätte es sich um Chefin Andrea-Maria gehandelt, hätte sie all diese Gerüchte vorausgesehen, hätte in den Gesichtern am neuen Arbeitsplatz geforscht, welche Version ihr das Gegenüber wohl anhängen könnte. Hätte womöglich falsches vermutet, hätte sich darauf eingestellt, hätte vielleicht unangemessen reagiert. Andreas war zwar auf vielerlei gefaßt, nicht aber darauf, und lief also nicht Gefahr, sich durch überzogene Antworten auf vermutete oder echte Unterstellungen lächerlich zu machen.

Zunächst begegnete ihm unerwartete Freundlichkeit. Frau Krantz begrüßte ihn mit der Bekundung, sie freue sich, eine Chefin zu haben, sie arbeite gern mit Frauen, und ganz fern und unscharf war der Gedanke, was sie wohl zu ihm als Chef gesagt hätte. Seine Sekretärinnen hatten ihn eigentlich immer gemocht. Ihm eine Blume auf den Tisch gestellt, wie es Frau Krantz getan hatte, hatte allerdings noch keine.

Udendorf vom Referat 7 hatte sich extra einen Termin bei ihm geben lassen, um ihm so etwas wie eine Sympathieerklärung zu machen. Seine Rede war etwas gehobener und umschweifiger als die von Frau Krantz, just im Verhältnis von Besoldungsgruppe T 1 zu D 12: »Ich bin sehr angetan davon, daß wichtige Entscheidungen nun in der Hand einer Frau liegen. Wir Männer haben lange genug dafür gesorgt, daß das Arbeitsleben fast unmenschlich geworden ist. Jetzt hoffen wir auf die Frauen. Humanität am Arbeitsplatz, wer könnte sonst dafür sorgen.«

Da war wieder ganz blaß der Gedanke an seine vorherige Existenz, in der er eine solche Rede als Affront verstanden hätte. Unmenschlich, was für ein Wort im Zusammenhang mit dem Umgang in der Behörde. Nicht bei ihm. Er schob diesen Gedanken wieder weg, bevor er scharfe Umrisse bekam. Freute sich über den Teil in Udendorfs Worten, der ihm bestätigte, daß er als Frau akzeptiert war, sogar als besonders typische, die genau das zu tun in der Lage war, was Männern unmöglich war. Für dieses Kompliment freilich konnte er sich nicht bedanken. Er fragte also in dem freundlichen und trotzdem sachlichen Ton, den er schon beim Vorstellungsgespräch erprobt hatte, welche wichtigen Entscheidungen anstünden, die seiner besonderen Kompetenz bedürften. Und damit war er schon mitten im Geschäft und erhielt einen Überblick über die Strömungen und Streitigkeiten im Hause von einem, der ihm jedenfalls nicht übelwollte.

Die Themen waren ihm meist aus Kiel geläufig. Der Zulagenstreit, immer neu ausgefochten, durch immer neue Verordnungen geregelt, immer wieder neu entbrannt, Thema Nummer eins in jeder Behörde, hart in Konkurrenz mit der Erlaubnis bezahlter Nebentätigkeiten. Neu waren nur die jeweiligen Koalitionen, die dafür und dagegen waren. Mit wem mußte man hier rechnen? Welche Koalition kämpfte für welche Privilegien? War der Personalrat für die oben oder die unten? Traten die Parteien als Gruppen auf? Krüger ließ sich ein paar Meilensteine nennen, mit deren Hilfe er sein neues Gebiet würde vermessen können.

Udendorf hatte zwei Punkte, die ihm besonderer Erwähnung wert waren wegen der Heftigkeit, mit der sie im Hause umstritten waren. Die Gemüter hätten sich erhitzt, Fronten sich gebildet. Bei dieser Ankündigung erwartete Krüger etwas Bedeutenderes als eine simple technische Neuerung, denn die Fronten kämpften um nichts anderes als für oder wider die Einführung von Computern. Diese Behörde hatte spät, zu spät, zu einer Zeit, als bezahlbare PCs schon überall zu haben waren, alle Büros mit teuren Speicherschreibmaschinen ausgerüstet. Nun war kein Geld für Computer da. Die Sekretärinnen, die gerade eben die neue Technik gelernt hatten, wollten nicht schon wieder umlernen. Wer also war für die Anschaffung? Die Herren der oberen Gehaltsgruppen merkwürdigerweise, die sie gar nicht benutzen würden, meinesgleichen, wie Udendorf sagte, und er schob auch gleich eine Begründung nach: Wenn besagte Herren nämlich Artikel für Fachzeitschriften verfaßten, was ihnen nach der Nebentätigkeitsregelung ja durchaus erlaubt sei, dann wünschten besagte Fachblätter diese Artikel in Gestalt von Disketten zu erhalten, satzfertig. Woraus Krüger schloß, daß diese Herren also das Ergebnis ihrer erlaubten Nebentätigkeit unerlaubterweise während der Dienstzeit ihren Sekretärinnen diktierten.

Auch der Personalrat sei für die Anschaffung, berichtete Udendorf weiter von der Front im Hause, obwohl dieser doch wohl eher auf seiten der Damen zu stehen habe, welche ihre soeben neu erlernte Speicher-Schreibkunst nun erst mal auszuüben wünschten. »Deshalb freuen wir uns«, schloß er, »daß diese Entscheidungen nun eine Dame zu treffen hat. Sie werden weiblich entscheiden, mehr Humanität am Arbeitsplatz, nicht noch mehr kalte Technik. Sie werden auf unserer Seite sein.«

Woraus Krüger nun wieder schloß, daß Udendorf offenbar selten Artikel für Fachzeitschriften schrieb. Wenn man ihm nicht zubilligen wollte, ein aufrechter Idealist zu sein. Da Krüger sich von ihm so hoch geschätzt sah, war ihm die zweite Version lieber. Eine Entscheidung stand an, das wußte er schon aus der Aktenlage. Sein Vorgänger hatte sie offenbar monatelang vor sich her geschoben. So war ihm der Frontbericht willkommen.

Krüger bedankte sich und wollte Udendorf verabschieden, aber der hatte noch nicht alle Themen abgehakt. Ein weiteres hieß »Der kleine Dienstweg« und kam Krüger als Streitthema höchst überflüssig vor. Es handelte sich, kurz gesagt, um die Regelung, aber natürlich war Udendorf nicht in der Lage, etwas kurz zu sagen, und brauchte deshalb viele Worte und gedrehte Wendungen für die schlichte Regelung, daß jeder im Haus das Recht haben solle, sich mit seinem Anliegen direkt an den Zuständigen zu wenden, nicht nur auf dem normalen Dienstweg über die jeweiligen Leiter der jeweiligen Dienststellen.

Ein vernünftiges Verfahren, wie es auch in Kiel üblich war. Krüger sah nicht ein, was man dagegen haben sollte. Er würde es hier auch einführen. »Ich werde das auch irgendwo auf dem Tisch haben«, sagte er und zeigte auf die dicken Aktenstapel, die seinen Schreibtisch füllten, »da sind noch viel zu viele Akten, ich bin noch längst nicht eingelesen.«

Nun gab er Udendorf endgültig die Hand zum Abschied; der ergriff sie mit beiden Händen und sagte aufmunternd: »Machen Sie sich keine Sorgen, Sie schaffen das bestimmt!«

Und ging endlich. Krüger starrte ihm verblüfft nach.

Diese Unverschämtheit ihm ins Gesicht. Und auch noch freundlich gemeint, so daß er ihn nicht mal anpfeifen konnte. Einerseits sollte er sich freuen. Denn offenbar hatte er genau richtig gewirkt, hatte trotz aller Kompetenz doch noch diesen letzten Hauch von weiblicher Hilfsbedürftigkeit durchschimmern lassen, ohne den eine Frau ja wohl keine Frau mehr ist. Bei einer Chefin natürlich nur als Hauch wahrnehmbar wie ihr Parfum. Ein Zuviel von beiden wäre unmöglich. Udendorf hatte ja auch keineswegs gewagt, ihm etwa Hilfe anzubieten. Und doch empörte sich da etwas in Andreas. Ihm dies zu sagen, ihm, einem Mann. Sie schaffen das schon.

Nebengedanken. Er sah auf die gestapelten Papiere auf seinem Tisch, Auskünfte und Wegweiser durch zu eroberndes Gelände. In einer Stunde war Besprechung der Referatsleiter, bis dahin noch eine gute Lesestunde. Er machte es sich in seinem Schreibtischsessel, Luxusausführung ab Gehaltsgruppe Y, bequem, bestellte bei Frau Krantz einen Kaffee und machte sich an die Papiere. Aber da war ein Hindernis.

Frau Krantz stand noch immer in der Tür. Sie stotterte etwas, war etwas verlegen. Für das, was sie sagen wollte, eigentlich nicht verlegen genug. »Verzeihen Sie, Frau Krüger, aber Kaffee geht nicht. Also, nicht nur, daß das nicht in meinem Tarifvertrag steht, nämlich Kaffeekochen ist kein Tätigkeitsmerkmal, aber ich finde sowieso, unter Frauen, da ist es eigentlich normal, daß jede ihren Kaffee selbst kocht.«

Krüger war verdutzt, vergewisserte sich: »Hier in der Behörde kochen die Sekretärinnen keinen Kaffee?«

Frau Krantz redete ein bißchen um die Sache herum: »Hier in der Behörde, ich kenne ja nur mein Büro. Aber in meiner ganzen Arbeitsplatzbeschreibung ist jedenfalls von Kaffee nicht die Rede.«

Krüger wollte scharfsinnig wissen, ob sie denn für Herrn Pape Kaffee gekocht habe. Eins zu null für ihn. Sie hatte. Gab aber zu bedenken, Herr Pape sei ein alter Herr gewesen, habe kaum noch richtig gehen können.

Krüger glaubte nicht wirklich, daß sein Vorgänger ein Krüppel gewesen war. Sein Problem waren die drei Worte im Ablehnungsbescheid seiner Sekretärin: unter uns Frauen. Darum ging es wohl, denn sie kam noch einmal darauf zurück: »Sie können mir natürlich eine Dienstanweisung geben, daß ich Kaffee kochen soll. Ich würde dann aber erst den Personalrat fragen. Aber ich finde, unter uns Frauen sollten wir ohne Personalrat auskommen.«

Genau das hatte Krüger gerade gedacht. Per Dienstanweisung Kaffee einfordern. Daß das den PR auf den Plan rufen würde, war ihm auch klar. Aber ihnen beiden war klar, daß dabei nicht Frau Krantz siegen würde. Es sei denn, der PR wollte das gesamte beamtendeutsche, mehr noch, bürodeutsche Gewohnheitsrecht außer Kraft setzen. Krüger hätte es zweifellos auf diese Kraftprobe ankommen lassen, wären da nicht diese drei Worte gewesen. Verhielt es sich so? In Krügers Welt verhielt es sich durchaus so, daß Frauen Kaffee kochten. Daß Männer ihnen manchmal dabei halfen, etwa an Sonntagvormittagen. Wenn Frauen Kaffee kochten, müßte das wohl auch Andrea-Maria Krüger tun. War das logisch? Es ging ihm gegen den Strich. Würde er sich verraten, wenn er auf von Sekretärinnenhand zubereitetem Kaffee beharrte? Er ließ die Sache zunächst auf sich beruhen, lenkte vom Thema ab und fragte nach den Kopien der ESB-Vorgänge, die er gleich in der Sitzung benötigen würde. Frau Krantz eilte siegesfroh davon in den Kopierraum.

Das nächste verwirrende Ereignis hatte auch mit einer Dame zu tun und fing, wie die Begegnung mit Frau Krantz, mit einer Sympathieerklärung an. Die war schon verwirrend genug. Eine unbekannte Person kam ins Zimmer, während er telefonierte, nahm ungefragt in einem Besuchersessel Platz, ohne daß er sie aufgefordert hätte, und hörte interessiert seinem Gespräch zu. Das Gespräch, ärgerlich genug, bestand daraus, daß er einem Anrufer unwirsch erklärte, er sei zwar durchaus Frau Krüger, aber keineswegs sein eigenes Vorzimmer, und schließlich in den Hörer brüllte: »Informieren Sie sich gefälligst, mit wem Sie reden!« Aufknallte.

Die Frau im Besuchersessel klatschte Beifall. »Bravo«, rief sie, »toll, wie du es denen gibst! Die Kerle können's immer noch nicht fassen, daß Frauen auf Chefsesseln sitzen.«

Krüger staunte über das Du. Mußte er sie kennen? Um sich keine Blöße zu geben, vermied er zunächst die Anrede. »Ich weiß gar nicht, in welcher Angelegenheit...«

»Elisabeth Vilger«, stellte die Frau sich vor, »kurz Bettie genannt. Ich hab hier im Haus die Frauengruppe gegründet.«

Er kannte sie nicht. Das klärte die Sache mit der Anrede. Statt sachlich-freundlich sprach er jetzt sachlich-kühl, um sich zu distanzieren. »Frau Vilger. Sie – haben keinen Termin?«

Frau Vilger ignorierte das Sie. »Hätte ich mich anmelden sollen?« fragte sie erstaunt. »Dein Vorzimmer war leer.«

Krüger war irritiert von dieser ungewollten Vertraulichkeit. Verhielt es sich so, daß Frauen untereinander sich duzten? Wieso hatte ihm Thea von dieser entscheidenden Formfrage nichts gesagt? War es für sie zu selbstverständlich? Immerhin hatte Frau Krantz, Kaffee hin oder her, ihn mit Sie und mit Frau Krüger angeredet. Er ließ sich auf keine Anrede ein, schickte die Person aus dem Zimmer mit Hinweis auf die bevorstehende Konferenz und seine Zeit.

»Ich will nicht stören«, sagte die Vilger, ging aber nicht. »Man sieht sich ja nächste Woche bei der Frag. Ich wollte nur mal die Nase reinhalten, nur mal dein Gesicht sehen. Schließlich haben wir ganz schön für dich intrigiert. Ohne die Frag wärst du nicht hier.«

Krüger war sich nicht klar, wie er die aufdringliche Person loswerden sollte. Auf was spielte sie an? Wer hatte intrigiert? Ein Frack?

»Ehrlich«, sagte sie, »wir haben schon die Ausschreibung speziell auf eine Frau hin gedreht.«

»Welcher Frack?« fragte Krüger erstaunt.

Jetzt war seine Besucherin so entrüstet, daß sie sich im Ton vergriff, empört rief: »Jetzt hört sich aber alles auf! Fra-g: Frauengruppe! Stell dich doch nicht so blöd!«

Die Frauengruppe. Die hatte ihm Udendorf nicht genannt. Spielte sie eine Rolle? Spielte sie für ihn eine Rolle? Womöglich hatte er etwas versäumt. Er konnte sich nicht durchringen, zu diesem merkwürdigen Wesen freundlich zu sein. Sie war ihm zu unverhofft zu nahe gekommen. Wenn die Frauengruppe wichtig war, allerdings, dann durfte er sie nicht verärgern. Als Frau. Also sagte er so höflich, wie sein Ärger zuließ, und vermied dabei ein Du oder Sie: »Vielen Dank für die Information, Frau –« Und da hatte er schon den Namen vergessen.

»Vilger, Bettie«, sagte die Frau, »also bis dann.«

Und überreichte ihm ein Flugblatt. Eine Einladung zur Sitzung einer Frauengruppe, die als ihren Sieg die Besetzung der Chefposition mit einer Frau feierte. Selbige Chefin für die Sitzung ankündigte.

14

Am Mittwoch abend ging Thea zu den Friedensfrauen, obwohl sie jahrelang nicht mehr mitgearbeitet hatte. Sie wußte nicht einmal, ob sie sich immer noch zur selben Zeit am selben Ort trafen. Sie zögerte vor der Tür, horchte auf Stimmen, bekannte Stimmen vielleicht. »Ah, eine Neue«, sagte eine Stimme hinter ihr, eine unbekannte Stimme. Eine junge Frau hakte sie unter und sagte betont munter: »Kommen Sie mit rein, wir freuen uns über jedes neue Gesicht.« Die Friedensfrauen hatten untereinander immer du gesagt.

Sie sagten auch alle du. Untereinander. Nicht zu ihr. Sie waren alle jünger als sie, einige in Nicoles Alter. Sie redeten viel und schnell über alles mögliche, es war ja noch früh, das Treffen hatte noch nicht begonnen. Das sagten sie ihr gleich zweimal, wie sie da etwas unentschlossen und schweigsam in dem fröhlichen Gespräch saß. Sie waren übertrieben freundlich zu ihr, fast behutsam; sie erkannte den Tonfall sofort, es war genau die Art, in der sie selbst damals mit den Veteraninnen der Ostermärsche geredet hatte, mit denen, die schon in den fünfziger Jahren dabeigewesen waren. Endlich kam Ulrike Jansen, das erste bekannte Gesicht. Sie hatte Ulrike nicht besonders gemocht. Ulrike war streng und puritanisch, über Frieden lacht man nicht, sagte die etwa, wenn alle über einen Witz kreischten. Heute war Thea bei ihrem Anblick so erleichtert, daß sie sie umarmte. Später kamen noch mehrere, die sie kannte.

Das Wort führten die Jungen. Es war ein anderer Ton als früher, geschäftsmäßiger. Ein Protokoll wurde gelesen, ein neues geführt, in präzisen Drei-Minuten-Referaten wurden Zeitungsberichte über ausgewählte Krisengebiete zusammengefaßt. Dann referierte eine über die Vorbereitungen zu einer Aktion, es wurde abgehakt, was erledigt war, es wurden Aufgaben verteilt. Und dann war es doch wie früher. Als sie sich meldete, es ging nur darum, wer ein zerrissenes Transparent flicken würde, da war das Gefühl wieder da, das sie, ohne es recht zu bemerken, seit einiger Zeit vermißte. Das Gefühl, wichtig zu sein. Wichtig wie der eine Tropfen im Fluß, der doch auch mitbestimmt, wohin die gewaltigen Fluten ihren Weg nehmen, ob sie ruhig dahinströmen oder übers Ufer schäumen und donnernd die Brücke zerschlagen. Ein Schmetterling in Osaka schlägt mit den Flügeln und löst in Arizona ein Erdbeben aus: Sie hatte fasziniert eines Tages auf der Wissenschaftsseite ihrer Zeitung entdeckt, daß eine solche Kette von Ursache und Wirkung durchaus vom neuesten Stand der Forschung in Betracht gezogen wurde. Von der Chaosforschung. Ein Wort, das mit ihrem Leben sonst nichts zu tun hatte und das sie mit dem Kribbeln von Gefahr auf sich selbst bezog. Ein Tropfen rebelliert, und der Fluß ändert seinen Lauf.

»Schön, daß du wieder bei uns bist«, sagte Ulrike.

»Ja«, sagte Thea und schüttelte fast den Kopf darüber, daß es dieses Anstoßes bedurft hatte, »Andreas ist beruflich viel in Bonn, ich habe jetzt wieder Zeit.«

»Dann sind Sie hier falsch«, sagte eine junge Frau ganz ohne behutsame Freundlichkeit, »wir sind nicht die Therapiegruppe gegen Ehe-Ödnis.«

Ich habe diese Gruppe mitgegründet, hätte Thea sagen können. Als du noch auf der Schulbank saßest, haben wir gegen den Nato-

Doppelbeschluß gekämpft, haben wir amerikanische Kasernen blockiert, hätte sie sagen können, mich hat die Polizei von der Straße getragen, und einem mir nicht gleichgültigen Mann namens Udo haben sie fast den Arm ausgekugelt dabei, aber Udo hätte sie hier nicht erwähnt. Sie hätte diesem Kind erklären können, daß damals der Ost-West-Konflikt noch solche Hochkonjunktur hatte, daß sie vor Gericht gestellt und zu hohen Geldstrafen verurteilt wurden, auch jener Udo, mit dem sie während der Verhandlungstage, zu denen sie ja extra aus Kiel anreisen mußte, nicht nur aus Geldersparnisgründen ein Doppelzimmer teilte. Sie hätte andeuten können, daß es wegen des ergangenen Urteils einen handfesten Krach mit Andreas gab, den das die Karriere hätte kosten können, es war ja noch vor dem Regierungswechsel in Kiel. Und hatte jener Regierungswechsel nicht letzten Endes mit ihnen da auf der Straße zu tun? Und andere, noch wichtigere? Eine Frau wird von der Straße getragen, und in Osteuropa fallen die Regierungen. Hätte sie sagen können. Sagte es aber nicht.

»Thea hat unsere Gruppe mitgegründet, damals«, sagte Ulrike.

»Da war wohl auch ihr Mann verreist«, sagte die junge Frau und rief den nächsten Tagesordnungspunkt auf.

Hatte sie sich wegen Andreas von der Gruppe getrennt? Er hatte sich nie über ihre Abwesenheit an Mittwochabenden beschwert. Thea erinnerte sich sogar, wie er einmal von einer Dienstreise früher nach Hause gekommen war, damit sie ihren Termin halten konnte. Wie er ihr die entgeisterten Gesichter der Kollegen beschrieb, die noch nie gehört hatten, daß einer eine Dienstreise vorzeitig abbricht, um ein Kind zu hüten. Hatte sie nicht damals selbst gesagt, das gehe zu weit? Vor der Blockade hatte er sogar überlegt, ob er mitmachen solle. Der Krach kam erst später, nach dem Urteil. Aber auch dann hatte er nicht gefordert, sie solle nicht mehr zur Gruppe gehen. Oder sich wenigstens von solchen Aktionen fernhalten.

Thea musterte die jungen Frauen in der Runde. Ob sie verheiratet waren? Wer hütete die Kinder? Sie sah die Frauen an und hörte ihnen nicht mehr zu, weil ihr plötzlich klarwurde, was sie sich all die Jahre nicht eingestanden hatte. Nur wegen Andreas hatte sie sich von den Friedensfrauen getrennt. Weswegen denn sonst? War es ihr zu anstrengend, zu lästig, zu unwichtig, zu wenig erfolgreich gewesen? Sie hatte vorweggenommen, was Andreas etwa hätte wünschen oder fordern können. Bevor er es je gewünscht oder gefordert hatte.

Gewiß, Andreas war froh gewesen über jede Pflicht, die er nicht zu erfüllen hatte. Gewiß, manchmal fragte er mürrisch, wenn sie mittwochs nach Hause kam, warum es wieder so spät geworden sei, er müsse doch schließlich arbeiten am nächsten Morgen. Gewiß, es hatte Kräche gegeben. Und ihr wurde plötzlich klar, daß sie zu bequem für Auseinandersetzungen gewesen war. Daß sie sich lieber von der Gruppe getrennt hatte, als sich die Mühe zu machen, hin und wieder ihren Anspruch auf diese Gruppe zu begründen und zu verteidigen. Wahrscheinlich hatte nicht mal ein schlechtes Gewissen wegen eines gewissen Udo dabei eine Rolle gespielt.

»Ich werde jetzt wieder regelmäßig kommen«, sagte sie zu Ulrike Jansen, als die Sitzung vorbei war.

»Das solltest du tun oder ganz wegbleiben«, sagte die, »der Frieden ist zu wichtig, als daß frau sich nur für ihn einsetzt, wenn sie Strohwitwe ist.«

Thea mochte nicht mehr fragen, ob sie alle noch wie früher nach dem Treffen in dieselbe Kneipe gingen. Sie ging allein nach Haus. Nicole war noch nicht da. Nicoles Soli-Gruppe, Solidarität mit Zimbabwe, soweit Thea wußte, war offensichtlich noch in eine Kneipe gegangen.

15

Währenddessen gab es in Bonn, achthundert Kilometer weit weg, noch jemanden, der Mühe hatte, seine Abende unterhaltsam zu gestalten. Am ersten Abend nach dem ersten Bürotag als Andrea-Maria war Andreas nichts Besonderes aufgefallen. Es gab eine Menge Dinge, die er tun wollte, Wohnungsannoncen ansehen, er wollte ja nicht ewig im Hotel bleiben, ein paar Akten durcharbeiten, die er mitgenommen hatte, den »Spiegel« lesen, was er sonst immer im Büro hatte tun können. Er tat nichts von alledem. Er lag im Jogginganzug auf dem Bett, sah einen Krimi und schlief früh ein. Es war ja wohl normal, nach dem ersten Tag in einer neuen Stadt, einem neuen Job und einem neuen Geschlecht erschöpft zu sein. Am zweiten Abend, nach Duschen und Zeitunglesen, fühlte er sich besser, hatte Appetit auf ein ordentliches Gasthausessen statt Zimmerservice-Sandwiches und wollte seinen bequemen Jogginganzug wieder ausziehen, um sich stadtfein zu machen. Er wußte ja, hatte sich aber nicht wirklich klargemacht, daß er wieder das Kostüm würde anziehen müssen. Und die Perücke aufsetzen. Und daß er, statt entspannt in einer Kneipe rumzusitzen und vielleicht mit jemandem zu quatschen, einen ganzen Abend angespannt und auf der Hut würde sein müssen. Wieviel leichter würde er dort etwas falsch machen als im Büro. Lohnte das die Anstrengung? War das wirklich so viel verlockender, als sich hier im Jogginganzug herumzufläzen? Das Essen allerdings. Er sah noch einmal hoffnungsvoll auf die Karte mit dem Zimmerservice. Sie hatte sich nicht vergrößert seit gestern. Also heute zur Abwechslung Käse auf dem Sandwich statt Schinken. Er faltete wieder die Zeitung auf. Der Sessel, den das Hotel anbot, war nicht bequem, hinten zu grade und die Sitzfläche zu weich; man versank, ohne sich ordentlich anlehnen zu können. Er war auch deutlich nicht zum Lesen vorgesehen, denn die Stehlampe des Zimmers stand in der anderen Ecke. Man konnte von ihm aus aber auch nicht fernsehen, denn der Fernseher stand gegenüber vom Bett in eine Art Kommode eingebaut, ließ sich also nicht so weit schwenken, daß man ihn vom Sessel aus, der schräg daneben in der Ecke stand, hätte betrachten können.

Da gab es ja noch einen Stuhl. Der stand etwas unglücklich neben dem Bett, in der Nähe des Teils der Kommode, den man zur Not als Schreibtisch hätte benutzen können, wenn er nicht schon völlig mit den Papieren des Hotels bedeckt gewesen wäre. Ein Hotelprospekt. Eine Glanzpapier-Zeitung, in der bedeutende Personen abgebildet waren, die vor kürzerer oder längerer Zeit in diesem Hotel gewohnt hatten. Ein Heft, in dem in mehreren Sprachen die diversen Hoteleinrichtungen erklärt wurden, samt Sauna und Schwimmbad, die er unter anderen körperlichen Umständen gern benutzt hätte. Die Speisekarte des Hotelrestaurants. Die Getränkekarte der Hotelbar. Die Karte vom Zimmerservice mit ihren erbärmlichen Sandwiches. Ein dicker Telefonführer mit allen Vorwahlnummern aller Städte dieser Welt, Einheit 80 Pfennig. Ein Heft »Diesen Monat in Bonn«, in dem er versuchsweise blätterte. Aber er hatte ja schon Sandwiches bestellt und wollte bleiben.

Er warf den gesamten Packen Hotel-Lesestoff in den Papierkorb und breitete statt dessen seine Zeitung auf dem Kommodentisch aus. Viel Licht gab es hier auch nicht, nur einen beleuchteten Spiegel über dem Möbel. Schminken hätte er sich hier können. Wieso war ihm vorher nie aufgefallen, wie blödsinnig Hotelzimmer eingerichtet waren? Er war doch oft genug auf Dienstreisen gewesen. Dann freilich hatte man immer noch irgendwo mit den Kollegen zusammengesessen, war zusammen essen gegangen und dann in einer Kneipe oder in der Hotelbar hängengeblieben; wenn man auf Dienstreisen abends in sein Zimmer kam, war es immer höchste Zeit, ins Bett zu gehen, um am nächsten Morgen halbwegs fit zu sein für den eigentlichen Zweck der Reise. Ins Bett hätte er auch jetzt gehen müssen, denn vom Bett aus konnte man fernsehen, über dem Bett gab es eine Lampe, die hell genug zum Lesen war, und nur vom Bett aus konnte man telefonieren. Bis zum Ersatz-Schreibtisch reichte die Telefonschnur nicht. Die Hotelleitung schien nicht mit Menschen zu rechnen, die etwas anderes in ihren Räumen vorhatten, als ins Bett zu gehen. So setzte er sich seufzend aufs Bett und wählte die eigene Nummer.

Eigentlich hatte er mit Thea verabredet, nicht anzurufen, Einheit 80 Pfennig; sie würden sich ja am Wochenende sehen. Mit der Möglichkeit, daß sie sich nicht melden würde, hatte er nicht gerechnet. Es mußte die falsche Nummer sein. Er wählte noch einmal. Aber auch auf der richtigen meldete sie sich nicht. Er war verblüfft. Dachte kurz an die Friedensfrauen von früher, aber heute war ja Dienstag. Dann dachte er an Männer. Nicht, daß er von dem Mann auf der Straße vor der amerikanischen Kaserne etwas wußte. Aber er wußte von der Vorgängerin von Frau Laue, Jutta, die dann bald wegging; von der Hamburger Kollegin, die er selten, aber immerhin auf Dienstreisen traf, es war schon viele Jahre her, aber nun war sie plötzlich wieder gegenwärtig; von der Reiterin, die ihren Gelenkriß ausheilte während der ganzen vier Wochen seiner Kur. Und er mußte sich zugestehen, daß es ja nicht mehr als gerecht wäre, wenn Thea auch. Obwohl er sich das nicht vorstellen konnte. Wie er da auf dem Bett saß und aufs Telefon starrte und grübelte, mußte er sich selbst mehrfach erinnern, daß da nicht Mißtrauen oder Eifersucht in ihm tobten, sondern nur sein Sinn für Gerechtigkeit.

Am nächsten Abend waren die Papiere aus dem Papierkorb wieder auf dem Schreibtisch verteilt, die Stehlampe, die er endlich mühevoll neben den Sessel gerückt hatte, stand wieder in ihrer alten Ecke, auf der Zimmerservice-Karte gab es diesmal Sandwich mit geräucherter Forelle. Er zog sein Kostüm gar nicht erst aus, setzte die Perücke gar nicht erst ab, drehte um und ging aus. Eine Kneipe, laut und gemütlich. Ein Hocker an der Theke frei. Ein geglückter Sprung mit dem engen Rock auf den Hocker. Ein Bier, ein Wacholder. Entspannung.

Die Theke war dicht umlagert, ein angenehmes Gedrängel. Er nahm Gesprächsfetzen um sich wahr. Obwohl es erst zwei Tage her war, seit er sein Zuhause und sein Privatleben verlassen hatte, hatte er das dringende Bedürfnis, über etwas anderes als Büro, kleinen Dienstweg und Computer zu reden. Er sortierte Gesprächsfetzen von rechts und von links. Bei der Gruppe rechts konnte er Namen heraushören, die er nicht kannte. Bei den Männern links drehte es sich um Sport, grade fiel das Wort FC 89. Ein Stichwort.

»Sich so zu blamieren wie die«, mischte er sich ein. »Wenn die nicht noch diese Saison den Trainer wechseln, sind die weg vom Fenster.«

Die beiden lachten. Dabei war völlig klar, daß dieser Trainer eine Null war. Die beiden redeten miteinander, aber in Krügers Richtung und so laut, daß er es hören konnte. Einer sagte: »Da tut sie so, als ob sie sich für Fußball interessiert!« Und der andere: »Nur weil sie mit uns ins Gespräch kommen will!«

Dabei guckte er ihn an, aber nicht freundlich, nicht wie es Thekennachbarn zu tun pflegen. Eher herablassend. Oder herausfordernd. Krüger zuckte die Schultern und wandte sich ab. Bestellte einen weiteren Wacholder. Versuchte, vom Gespräch rechts etwas zu erhaschen. Er meinte, den Namen des Stadtdirektors gehört zu haben. Nicht unwichtig für ihn. Aber nun wollten die Männer links, die eben noch so gar nicht auf ihn eingegangen waren, ein Gespräch mit ihm anfangen. Nicht grade eins von der intelligentesten Sorte.

»Oh, die Dame ist für harte Sachen«, sagte der eine, und der andere: »Hat Ihr Mann Sie verlassen, oder was müssen Sie im Glas ertränken?«

Krüger trank seinen Wacholder, schüttelte leicht den Kopf. Das war ihm zu blöd. Lieber versuchte er, sich bei denen rechts einzumischen. Vielleicht erfuhr man da Behördeninterna. Aber die beiden links ließen nicht locker, beharrten darauf, daß er sich oder sie ihn über etwas hinwegtrösten müßten. Wollten Sorgen mit ihm teilen. Krüger, in der Großzügigkeit dieses sorgenfreien Abends, überlegte, was er ihnen zu teilen anbieten konnte; vielleicht den ärgerlichen Bürostreit um die Computer. Auch wenn der in einer Kneipe eigentlich nichts zu suchen hatte.

Mit dem Stichwort Computer stieß er auf unerklärliche Heiterkeit bei seinen Nachbarn. »Nun fehlt nur noch Boxen«, sagte der erste grinsend zum zweiten. Nicht zu Krüger. Und der zweite antwortete: »Oder wie wäre es mit Autorennen.«

Sie waren mal wieder unter sich. Krüger verstummte mitten im Satz. Trank Bier und überlegte, ob er den Platz wechseln sollte.

»Nun ist sie böse«, sagte der eine, und der andere fragte: »Reden Sie nicht mehr mit uns?«

»Worüber soll man reden mit euch«, fragte Krüger ärgerlich.

»Es müssen ja keine Themen sein, von denen Sie nichts verstehen«, sagte der erste gönnerhaft.

»Computer und Fußball«, sagte der zweite und drohte neckisch mit dem Finger. »Am Ende sitzt hier gar eine Emanze.«

Krüger hätte sich nicht gewundert, wenn zu später Stunde Kneipengespräche nicht mehr allzu geistvoll wären. Aber die Stunde war früh und die Beteiligten deutlich noch nüchtern. Sie waren offenbar auch ohne Zutun von Alkohol schon so blödsinnig, wie es manche mit zuviel davon werden. Krüger murmelte etwas Abweisendes, worin auch das Wort blödsinnig vorkam, und wollte sich endgültig wegdrehen. Und reagierte mit einem einfachen Reflex, als er die Finger des zweiten an seiner Wange spürte, eine Art Kneifen, ohne zu hören, was er im selben neckischen Tonfall von sich gab. Jemand griff in sein Gesicht, er langte zu. So war das unter Sportlern. Er langte mit guter Handballerfaust zu. Eine normale und sachliche Reaktion. Was dann passierte, war nicht normal.

Es wurde augenblicklich still im Lokal. Der ganze gemütliche Lärm der Kneipe riß plötzlich ab, als wäre er nur aus dem Radio gekommen, und das hätte jemand abgestellt. Kein Ton. Und dann Entrüstung. Und erst da fiel ihm wieder ein, was er selbst über zickige Frauen in Kneipen dachte, die sich nicht an die Spielregeln hielten und auf freundliche Ansprache hin empört taten. Hatte er sich etwa wie so eine benommen?

»Wenn Sie nicht reden wollen, dann kommen Sie nicht in 'ne Kneipe«, sagte der Wirt und fügte hinzu: »Elfachtzig.« Krüger zahlte stumm, ging unter den höhnischen Blicken der gesamten Gäste. Er grübelte, kam mit den Gedanken nicht recht zu einem Ende. Er hatte sich nur auf Frau im Beruf vorbereitet. Über Frau privat hatte er nichts erforscht. Wozu auch? Er kannte doch Frauen privat. Ärgerlich, daß ihm trotzdem diese Szene passiert war. Weiber, dachte er und seufzte. Sind die schon im Beruf schwierig genug, nun erheben die auch noch privat Anspruch auf Sonderbehandlung.

Er beschloß, mit einem besonders guten Essen den so mißlich begonnenen Abend zu retten. In einem Restaurant der Art, wo einen an der Tür ein schwarzbefrackter Ober empfängt und an den Tisch geleitet, durch den Saal, in dem man schon den zarten Hauch von Estragon, Kerbel und Wein wittern kann. Krüger stand in der Tür und witterte. Das Wasser lief ihm nach zwei Tagen Sandwich schon im Mund zusammen. Da stand auch schon der schwarzbefrackte Ober, geleitete aber nicht, sondern musterte Krüger ausgiebig und sagte mißbilligend: »Reserviert haben Sie nicht.«

Das Lokal war nur halb voll. Gleich am Eingang, hinter einer Topfpalme, war ein kleiner Tisch frei.

»Dieser Tisch ist leider reserviert, meine Dame«, sagte der Ober rasch. »Wenn ich Sie dort hinten zu der Dame setzen dürfte...« Dabei zeigte er nach hinten ins Lokal, wo eine ältere Frau mit Dackel saß. Krüger wollte nicht über Hunde reden. »Ich möchte allein sitzen«, sagte er.

»Ich fürchte – da kann ich Ihnen nichts mehr bieten«, sagte der Ober, machte ein Gesicht angestrengten Nachdenkens und sah sich suchend um. Das tat auch Krüger. Er mußte nicht weit gukken. Zwei größere Tische waren auch noch frei.

»Das sind allerdings Vierertische«, sagte der Ober bedauernd,

»die kann ich leider nicht...« Schließlich bot er ihm an, ein kleines Anrichtetischchen für ihn herzurichten. Krüger wollte grade zustimmen, da sah er, daß der Tisch genau neben dem Eingang zur Toilette stand. Also bestand der ersehnte Speisegenuß nach zwei Tagen Darben schließlich aus Hamburgern vom Plastikteller ohne Duft nach Estragon, Wein oder Toilette.

Krüger machte unschlüssig einen Gang durch die anliegenden Straßen, sah in erleuchtete Schaufenster, ging an Kneipen vorbei, aus denen Wärme und Geräusch drang, passierte seufzend einen Sexshop mit allerlei verlockenden Exponaten, wußte nicht recht, was tun. Bis jetzt war der Abend weder unterhaltsam noch entspannend gewesen. Die Frage war, ob ein weiterer Kneipenbesuch ihn diesem Ziel näher bringen würde. Für morgen abend könnte er Frau Krantz einen Tisch in einem Restaurant bestellen lassen, in einem anderen. Vielleicht sollte er in das Viertel gehen, wo die Studentenkneipen waren. Solche Typen wie die beiden von vorhin würden ihm dort sicher nicht begegnen. Dafür würde er selbst möglicherweise fehl am Platz sein. Er überlegte, ob es für eine Beamtin in leitender Position schädlich sein könnte, in Studentenkneipen gesehen zu werden. Jetzt stand er vor einem Lokal, in dem Beamtinnen vermutlich auch nur selten verkehrten. Er erkannte die Fotos wieder, die in einem Glaskasten draußen vor dem Lokal hingen. Er erkannte sie wieder nach der Art der Darstellung, nicht nach den Gesichtern der abgebildeten Personen. Die Gesichter waren sehr klein auf den Fotos, es handelte sich um Ablichtungen von Frauen in verschiedenen Positionen von Tanz oder Akrobatik, Frauen mit Formen, die ebenso üppig waren wie ihre Kleidung spärlich. Möglicherweise waren es andere Personen als vor ein paar Jahren, als er hier mit drei Kollegen am Abend einer Dienstreise den Schaukasten entdeckt hatte, aber die Positionen und der Grad der Nacktheit waren dieselben. Die Damen hatten nicht ganz das gehalten, was er sich versprochen hatte, eine vage Erwartung, da müsse noch mehr sein als Tanz und Akrobatik und Frauen, die auch nicht nackter waren als Schwimmbadbesucherinnen. Trotzdem sehnte Krüger sich jetzt nach einem Abend wie diesem. Wäre es nicht sogar relativ unverfänglich, wenn er, eine Frau, anderen Frauen beim tänzerischen Zurschaustellen ihrer körperlichen Vorzüge zusah?

Vor einem relativ großformatigen Busen, über dem er grübelte, ob er nicht der dazugehörigen Dame damals Sekt angeboten hatte, tauchte plötzlich eine Hand auf, klebte einen Zettel vor Busen und Dame. Krüger fuhr herum. Die Person, die zur Hand gehörte, war auch eine Dame. Sie kam Krüger bekannt vor.

»Kriegst du auch immer die Krätze, wenn die Typen sich so was reinziehen? Ich hab meine Kleber immer dabei!«

An der Stimme erkannte er sie. Es war die aufdringliche Person von der Frauengruppe. Hieß sie nicht Bettie? Und schon war er wieder nicht sicher, wie er richtig reagieren mußte. War es doch falsch, als Frau Interesse an Frauenkörpern zu zeigen? Und immer noch wußte er nicht sicher, welche Rolle die Frauengruppe im Hause spielte, ob es wichtig war, sie zu pflegen. Er sah sich den Aufkleber an, eine geballte Faust, ein Symbol, das christlich aussah, von dem er aber durch die Handzettel der Friedensfrauen, die Thea früher verteilt hatte, wußte, daß es das Frauenzeichen war, das Wort »Frauenfeindlich«. Mit Ausrufezeichen. Etwas lahm sagte er: »Alle Achtung.«

Das genügte dieser Bettie schon. Sie drückte ihm einen Teil ihrer Zettel in die Hand, hakte ihn unter, zog ihn mit und rief begeistert: »Und jetzt macht die Frag ihren Zug durch die Gemeinde!«

Wie sollte er sich herauswinden? Er hatte sich die Nähe einer Frau gewünscht; diese da war ihm zu nah. Ihr Arm, der seinen eingeklemmt hielt, ihr Körper, den er an seinem Körper spürte, hatten nichts Freundliches, schon gar nichts Anregendes. Es war Überrumpelung, Verletzung. Sie hielt ihn so eng, daß er ihre Wärme spürte, so warm wie ein zu dicker Pullover an einem heißen Sommertag, ein lästiges Gefühl von Bedrängung. Bald würde seine Haut mit kleinen roten Bläschen an der zu sehr berührten Stelle reagieren. Er meinte, schon das Kribbeln und Jucken zu spüren. Er hatte noch kein Wort zu ihr gesprochen außer »Alle Achtung«. Er wäre nicht in der Lage gewesen, mehr zu sagen. Sie hingegen redete fröhlich und schnell.

Endlich ließ sie ihn los. Sie standen vor dem Sexshop mit den verlockenden Exponaten; sie verteilte ihre Aufkleber auf die Schaufensterscheibe. Währenddessen sprach sie weiter; es schien sie nicht zu stören, daß sie ohne Antwort blieb. Er hätte auch nicht viel an Antwort beisteuern können, denn Bettie, wie Krüger sie zwangsläufig selbst in Gedanken nennen mußte, da er ihren Nachnamen vergessen hatte, sprach von Personen, deren Namen ihm noch weniger geläufig waren als Betties Nachname. Aus dem Zusammenhang ging hervor, daß es sich nicht um Personen aus der Behörde handelte, die ihn mehr interessiert hätten. Bettie sprach offensichtlich über private Bekannte.

Krüger wollte zunächst nicht glauben, daß diese Frau, die er vorher gerade erst einmal sehr kurz gesehen hatte, ihm Einzelheiten aus ihrem Privatleben erzählte. Täuschte er sich? Hatten die Bilder im Schaukasten des Nachtklubs, die Auslagen des Ladens, vor dem sie nun standen, seine Phantasie so erregt, daß er fälschlicherweise harmlose Bemerkungen in den entsprechenden Zusammenhang rückte? Bettie sprach von Sex. Bettie erläuterte detailliert, welche Qualitäten ein gewisser Jens auf diesem Feld zu bieten hatte. Machte zwischendurch Anmerkungen zu Lederunterwäsche oder Tuben mit Gleitcreme im Fenster vor ihnen. Es war kein Irrtum möglich. Sie sprach nicht nur von Jens. Sie sprach hauptsächlich von sich selbst, von Wünschen und Träumen, die jener Jens zu erfüllen nicht in der Lage oder nicht willens war.

Andreas Krüger hatte noch nie mit einer Frau gemeinsam das Schaufenster eines Sexshops studiert. Noch nie eine Frau so ausführlich über ihre sexuellen Vorlieben und Abneigungen reden hören. Er hatte es sich oft gewünscht, hatte bei seinen entsprechenden Partnerinnen Versuche dieser Art gemacht, Gespräche dieser Art beginnen wollen, war aber eher auf Abneigung gestoßen. Und nun, wo eine Frau mit ihm angeregt über die Verwendungsmöglichkeit von eisenbeschlagenen Lederhalsbändern und von noppenbesetzten Vibratoren sprach, wo sie Details eigener Erfahrung einfließen ließ, nun stellte sich nicht eine angenehme körperliche Erregung ein, sondern ein Gefühl von Ersticken, von Bedrängnis verstärkte sich, seine Haut brannte und juckte nun am ganzen Körper, und so froh er war, daß Bettie ihn endlich losgelassen hatte, hakte er sie nun selbst unter, um sie von diesem Schaufenster und diesem Thema wegzuziehen.

Fragte nach unverfänglichen Eigenschaften wie Alter und Beruf, wenn schon von Jens die Rede sein mußte. Nach der Harmonie der Gefühle, um von der sexuellen Dissonanz loszukommen. Aber jener Jens, den Bettie sich doch offensichtlich zum Lebensgefährten erwählt hatte, schien auch in der Welt der Gefühle nicht mit Bettie in Harmonie zu sein. Bettie beschrieb eine Szene, einen gemeinsamen Ausflug, eine Bergwanderung. Jener Jens hatte darauf hingewiesen, daß die Sonne genau hinter einer Bergkuppe stehe, diese Kuppe mit einem Schimmer umgebe, einer Art Gloriole, welche auch die Umgebung in zartrosa Licht hüllte, hatte sich erinnert, eine ähnliche Stimmung schon einmal erlebt zu haben, als etwa Sechzehnjähriger, welche damals in ihm ein eher wehmütiges Gefühl wachgerufen habe, ein Gefühl von Kleinheit und Unvollkommenheit, während diese Stimmung der Natur ihn heute eher erhebe, ihm das Gefühl eigener Größe vermittle. Und sie, Bettie, so Bettie weiter, hatte zustimmend genickt und ergänzend hinzugefügt, jener gloriolenumstrahlte Berg sei der Feldberg und ihres Wissens 1920 Meter hoch. Worauf Jens, so Bettie, sich tagelang unverstanden gefühlt hatte, und das nicht etwa deswegen, weil sie die Höhe des Feldbergs falsch angegeben hatte.

War das möglich? Diese Szene, die sie da beschrieb, hatte Krüger auch erlebt. Fast genauso. Es war nicht der Feldberg gewesen, sondern der Laacher See, der auf einer Wanderung plötzlich zwischen Wäldern auftauchte, die Sonne hatte sich gespiegelt, nicht Gloriolen gemalt, und er hatte die Entstehung des Sees erläutert; diese Unterschiede waren belanglos. Er hatte so genau behalten, wovon sie damals gesprochen hatten, weil Thea tagelang tief gekränkt war und weil er vergeblich sich diese Szene wieder und wieder in Erinnerung gerufen hatte, um ihre Kränkung zu verstehen. Der ganze Urlaub war verdorben, eine Woche hatten sie durch die Eifel wandern wollen, und schon am ersten Tag mußte dieser verteufelte See aus dem Wald auftauchen und alles verderben. Und heute ging da neben ihm eine Frau und hatte dasselbe erlebt. Und konnte ihm sogar annähernd erklären, was damals mit Thea, oder vielmehr mit ihrem Jens, von dem sie ja sprach, schiefgelaufen sein konnte. Betties Erzählung war längst kein Monolog mehr; Andreas fragte dazwischen, fügte ein, gab Meinung kund, erzählte seine Geschichte vom Laacher See, wobei er Thea als eine Freundin bezeichnete und Bettie nun allerdings zu bedenken gab, zwischen Mann und Frau seien solche Mißverständnisse grundlegend, zwischen Frauen zufällig. Sie hatten sich immer noch untergehakt, ohne daß Andreas noch Hautausschlag oder Ersticken befürchtete. Sie gingen sogar zusammen in eine Kneipe, um ihr Gespräch fortzusetzen; ein paarmal mischte sich gleichgültig-freundlich der Mann, zu dem sie sich gesetzt hatten, in ihr Gespräch ein, keiner kam ihnen blöd, das Bier schmeckte gut, in der Kneipe herrschte fröhlicher Lärm. Krüger war vergnügt.

Vor Vergnügen trank er sogar ein Bier oder zwei zuviel, denn als sie auf dem Weg von der Kneipe zum Hotel, Bettie kam noch ein Stück mit, das Restaurant kreuzten, in dem er vorher vergeblich nach Essen gefragt hatte, klebte er voller Lust mit den Aufklebern die ganze Speisekarte zu, die draußen hing und nicht eingelöste Genüsse versprach.

16

Krüger erwachte spät, ein klein bißchen verkatert. Dafür aber mit einem Gefühl von Sieg. War das keine Prüfung gewesen, zu später Stunde und mit von Wacholder und Bier flügelleichter Zunge über Privates, sogar Intimes zu reden und sich nicht zu verraten? Obwohl er sich eigentlich noch gar nicht darauf vorbereitet hatte, noch gar keinen lückenlosen privaten Lebenslauf von Andrea-Maria parat hatte. Sicher hatte ihm geholfen, daß es weit mehr Bettie gewesen war, die Intimes preisgegeben hatte, daß seine Rolle mehr die der Zuhörerin oder Zwischenfragerin gewesen war. Aber war weibliches Zuhören nicht auch eine Sache für sich, die der Übung bedurfte? Seinen Sieg verkleinerte das keineswegs.

Als besonderen Sieg rechnete er sich an, daß er an den gestrigen Abend nicht wie an eine Prüfung dachte. Daß es eine angenehme, ungewöhnliche Erinnerung war. Es hatte, und das war das Erstaunlichste an dieser Erfahrung, ihm zum erstenmal Spaß gemacht, Frau zu sein. Zum erstenmal zog er an diesem Morgen seine Seidenbluse, sein Kostüm mit anderen Gefühlen an als denen des Abenteurers, der sich mit seiner unbequemen, aber wind- und wetterfesten Kleidung ausrüstet. Denen des Soldaten, der die ungeliebte Uniform anlegt. Die fließende Seide, das schmeichelnde Cashmere riefen ihm das Gefühl von Vertrautheit und Nähe wieder zurück, das ihn plötzlich mit dieser Bettie verbunden hatte. Ein merkwürdiges Gefühl.

Er versuchte, es routinemäßig als Verliebtsein zu deuten. Wenn ihn so plötzlich eine Frau angezogen hatte, dann war er verliebt gewesen. Manchmal hatte sich eine Affäre daraus ergeben, öfter keine. Aber an Bettie zog ihn nichts an. Es war nicht dieses bekannte Gefühl, das er in verschiedenen Ausprägungen doch jedesmal sofort wiedererkannte. Betties laute, eher aufdringliche Art war ganz das Gegenteil von dem, was ihn an Frauen anzog. Er fand sie nicht einmal hübsch. Und doch hatte er mit ihr so vertraut gesprochen, wie er es kaum mit Thea tat. Nicht er. Das war ja wirklich Andrea-Maria gewesen. Er war sie gewesen, hatte sie nicht nur gespielt. Und heute morgen, wo er sich rasierte, um ihr glattes Gesicht wiederzuerlangen, wo er in ihre schmeichelnden weichen Kleider stieg, da beneidete er sie. Wieso fiel ihr in den Schoß, was ihm, Andreas, kaum möglich war? Wieso kam sie an einem Abend einer anderen Frau so nahe wie er, Andreas, es kaum nach vielen Jahren erreicht hatte? All die Male schrillten plötzlich in seinem Ohr, wo Thea ihm hingeworfen hatte, er verstehe sie eben nicht, ein Mann könne sie eben nicht verstehen. War sie dann zu einer ihrer Freundinnen gegangen und hatte sich das Verständnis geholt, das ihm zu fehlen schien? Hatte sich gar bei dieser Freundin über ihn ausgelassen wie gestern Bettie über Jens? Dieser Gedanke störte plötzlich sein Hochgefühl. Er hatte noch im Ohr, welche liebhaberischen Qualitäten Bettie an Jens zu bemängeln hatte. Er glaubte zu hören, welche entsprechenden Mängel seiner Person Thea gegenüber Inga, Loni oder anderen reklamieren würde. Verrat, heimtückischer Verrat! Hätte er gestern Solidarität mit Jens zeigen müssen?

Aber da war wieder die Woge von Nähe und Vertrautheit und schwemmte seine Bedenken hinweg. Hatte diese Bettie nicht sogar mit ihrer Frauengruppe für ihn intrigiert? Hatte, ohne ihn noch zu kennen, sich dafür eingesetzt, daß er diese Stelle bekam vor allen anderen? Er hatte ein Gefühl von Dankbarkeit für Bettie, nahm ihr nicht einmal übel, daß sie genaugenommen gegen ihn intrigiert hatte, indem sie sich für Andrea-Maria stark machte. Was hätte sie tun sollen; sie kannte ja keinen Andreas. Und heute morgen war er Andrea-Maria. Und ging als diese siegessicher in seine erste Abteilungsbesprechung. Er würde die Sitzung als Frau meistern, würde präzis sein, aber nicht autoritär, würde keinem das Wort oder die Meinung abschneiden, aber Unsachlichkeiten nicht durchgehen lassen. Weiblicher Führungsstil. So hatte er es sich vorgenommen.

Ein bißchen, ein kleines bißchen hatte er sich vor dieser Sitzung gefürchtet. Mit dieser Angst, die zugleich Ungeduld ist, Erwartung, Vorfreude. Einzeln hatte er schon fast alle gesehen, die kommen würden. Einzeln waren sie handhabbar, sachlich, kamen vielleicht mit diesem etwas frechen, neugierigen Gesicht in sein Zimmer, das verriet, daß auch der jetzt Hereinkommende sich seine besonderen Gedanken über die neue Chefin gemacht hatte, ließen diesen Anflug von Aufmüpfigkeit jedoch schnell wieder fallen. Keiner wurde indiskret oder privat. Aber er hatte von dem Forellenessen in Erinnerung, wie sie sich, wenn sie zu mehreren waren, die Bälle zuspielten, um ihm immer neue Fallen zu stellen, ihn zu immer neuen Unsachlichkeiten zu provozieren. In der AB würden sie ihm gegenübersitzen, eine gut eingespielte Mannschaft, hinten vom sicheren Tor würde jemand vorgeben, der Sturm würde ein bißchen provozieren, leicht wahrnehmbar und daher leicht abzuwehren, und dann würde unerwartet jemand aus dem Mittelfeld einen Treffer landen. Und er würde allein auf seiner Seite stehen, keine Verteidigung, die ihm helfen, kein Stürmer, der Gegenangriffe starten würde. Keine Fans, die seine Fahne hochhielten. Allenfalls einer würde für seine Seite laufen, ein Verteidiger, hauptsächlich damit beschäftigt, Eigentore zu schießen, Udendorf, der sicher wieder im falschen Moment das weibliche Einfühlungsvermögen preisen würde. Und die anderen hatten noch den Heimvorteil. Andreas Krüger war froh, daß es endlich soweit war, daß er sich endlich der ersten großen Begegnung stellen konnte.

Udendorf begrüßte ihn im Konferenzraum als erster, wie hätte es anders sein können, hieß ihn im Namen der hier Versammelten in seinem neuen Tätigkeitsfeld willkommen, mit vielen Worten wie herzlich, freundlich, erfreut, sehr glücklich, so daß es schon fast mehr wohlwollend als respektvoll klang. Krüger hörte nur halb hin, sah verblüfft in die Runde. Damit hatte er nicht gerechnet. Nicht mit einem Gedanken hatte er das in Erwägung gezogen. Da saß eine Frau.

Sie sah ihn nicht an, warf auch nur einen Seitenblick auf Udendorf, verzog kurz das Gesicht zu einem Ausdruck, den man als verächtlich hätte interpretieren können, und vertiefte sich dann in ihre Papiere. Er kannte die Namen aller Personen, die zur AB eingeladen wurden. Er kannte inzwischen auch fast alle Personen. Wer war sie? Wieso konnte er sie übersehen haben?

Als er nach Udendorfs Begrüßung nun seinerseits begrüßte, sah er bei den Worten, fast alle Damen und Herren habe er ja schon kennengelernt, in ihre Richtung.

»Gröver, Referatsleiter 4«, sagte sie.

Von Referatsleiter F. Gröver hatte er eine Vorlage auf seinem Schreibtisch. Hatte dahinter aber keine Frau vermutet. Und warum hatte sich ausgerechnet die Frau noch nicht bei ihm vorgestellt? Er hütete sich, das zu fragen.

Er begann, ohne Abschweifung die Punkte durchzugehen, die zu besprechen waren. In Kiel hatte er doch manchmal, wenn er Rickmers vertrat, ohne gleich so ausschweifend wie der zu werden, eine Randbemerkung, einen Witz einfließen lassen. Es wäre ihm auch heute daran gelegen gewesen, die angespannte Atmosphäre der ersten großen Begegnung zu lockern, eine Ahnung von der Freundlichkeit und Nähe zu verbreiten, die Andrea-Maria gestern als so angenehm empfunden hatte. Nur einen Hauch davon, nur unbewußt wahrnehmbar wie Andrea-Marias Parfum. Aber das war ein zu schwankender Boden. Welche von den Witzen, die er so parat hatte, paßten denn schon in den Mund einer Frau? Und wo war die Grenze zwischen diesem Hauch weiblicher Wärme und Anbiederung? Nun saß da gar noch eine Frau. Er zog heute die trockene Sachlichkeit vor.

Sie kamen rasch voran. Seegers war wesentlich schweigsamer als beim Forellenessen; vielleicht sprach er lieber mit vollem Mund. Udendorf versuchte ab und zu ein kleines Späßchen, aber die anderen schienen das eher störend zu finden. Auch Frau Grövers Vorlage wurde schnell abgehakt. Sie waren schon am Schluß; das Problemthema Computer hatte Krüger für die nächste AB der kommenden Woche zur Entscheidung vorgesehen. Zu einer so umstrittenen Angelegenheit wollte er noch Meinungen im Hause einholen.

Nun kam Seegers' Auftritt. Er sprach mit der übertriebenen falschen Höflichkeit, die er schon beim Forellenessen benutzt hatte.

»Kollege Udendorf wird sicher begrüßen, daß mit der weiblichen Führung nun auch eine erweiterte Mitbestimmung hier im Hause Einzug hält. Verantwortbar ist das nicht. Wir schieben dieses Thema lange genug vor uns her, von einer AB in die nächste. Eine Entscheidung ist überfällig.«

Krüger schob den Einwand ärgerlich beiseite. Ausgerechnet heute, wo er Andrea-Maria war von Kopf bis Kostüm, wollte er sich nicht erklären lassen, was weiblicher Führungsstil ist. Er schüttelte nur den Kopf und wollte die Sitzung schließen. Aber da hatte ein Herr Anders aus Seegers' Referat den Ball schon aufgenommen: »Wenn wir die Computer nicht diesen Monat ordern, ist das preiswerte Angebot hinfällig.«

Es hatte sich eine allgemeine Unruhe in der Runde ergeben, Murren. Einer namens Mitter sagte patzig: »Wieso Meinungen hören? Sie wissen doch, worum es geht.«

Udendorf lief in Verteidigungsposition, schoß mit der Bemerkung, Frau Krüger habe sich in den wenigen Tagen womöglich noch nicht eingehend mit der Materie befassen können, ein Eigentor, was sonst.

Nun kam wieder Seegers, mit dem Stichwort, das heute so besonders unpassend war: »Vielleicht sind Computer kein Frauenthema.«

Krüger sah zu Frau Gröver hinüber. Sie hatte ein kleines Lächeln in den Mundwinkeln, warf einen kurzen Blick zu Seegers hinüber. Amüsiert, nicht empört. Nahm man das so als Frau? Lachte man einfach und ging drüber weg? Krüger war heute in der Stimmung, das auch zu tun. Er durfte, sagte er sich selbst, nicht zu mißtrauisch sein, nicht jedesmal, wenn von seinem Frausein die Rede war, sich schon halb ertappt fühlen. Aber dieses Gröversche Einverständnis mit Seegers? Was hatte das zu bedeuten?

Krüger schob Irritation und Mißtrauen beiseite, lachte herzlich wie über einen gelungenen Scherz und sagte: »Speziell ein Männerthema scheinen sie aber auch nicht zu sein. Soweit ich weiß, hat mein Vorgänger die Entscheidung um Monate verzögert.«

»Eben«, sagte Anders, als habe Krüger ihm recht gegeben, »deswegen muß endlich entschieden werden. Sonst geht uns das günstige Angebot durch die Lappen.«

Da kam wieder die ungewünschte Verteidigung, Udendorf, der

die Runde erinnern zu müssen meinte, daß Frau Krüger ja erst drei Tage im Hause sei. Anschließend wandte er sich halblaut im Ton von Verbündeten an Krüger: »Ich habe Ihnen die Sachlage ja dargelegt... Humanität am Arbeitsplatz.«

Und laut sagte von der anderen Seite nun Frau Gröver, die noch immer ihr kleines Lächeln um den Mund hatte, die bisher noch nichts gesagt hatte, noch nicht einmal zu ihrer eigenen Vorlage: »Frauen sind doch entscheidungsfreudig!«

Hatte sie »Frauen« oder sogar »Wir Frauen« gesagt? Andrea-Maria die Siegreiche meinte nun, Frau Gröver klarmachen zu müssen, daß sie selbst die bessere Frau sei. Die mehr von weiblichem Führungsstil verstand. Sagte also in sehr bestimmtem Ton: »Unbedingt handeln, egal ob sinnvoll oder nicht, das nenne ich männlichen Aktionismus. Ich muß Ihnen nicht auseinandersetzen, was für Pannen sich aus solch blindem Aktionismus schon ergeben haben. Ich habe Freitag Termin mit dem Personalrat. Vorher wird nichts entschieden.«

So hatte er noch einen Treffer zum Schluß. Dachte er. Wurde allerdings etwas verunsichert durch die Gesichter in der Runde. Hämisch, amüsiert, fast grinsend, das schien nicht die rechte Reaktion auf seine Ausführung zu sein. Und Frau Grövers Lächeln war fast zufrieden. Aus ihr wurde er noch am wenigsten klug.

17

»Ich brauche einen Kaffee«, sagte er zu Frau Krantz, als er zurück in sein Zimmer kam. Diese überreichte ihm freundlich Kanne und Pulver. Unter uns Frauen. Ging sogar so weit zu fragen, ob er ihr eine Tasse mit kochen könne. Er nahm die Kanne, er nahm die Kaffeetüte. Er ging den Gang entlang zur Teeküche. Er ging voll Furcht; zugleich voll Stolz.

Da war einmal die Furcht, so gesehen zu werden. Die Chefin auf dem Weg zu untergeordneter Arbeit, die schon ein M- oder P-Mitarbeiter als unter seiner Würde betrachten müßte. Und er hatte Y 1. Und hatte nicht zu kämpfen gewagt gegen seine eigene Sekretärin, die gerade D 12 hatte. Gedemütigt war er. Früher setzte man

Menschen Narrenkappen auf, zwang sie, verkehrt auf einem Esel durch die Stadt zu reiten. Kanne und Tüte waren nicht weit entfernt von Kappe und Esel, der Gang über den Flur kam ihm so lang und so quälend vor wie ein Ritt durch die Stadt. Aber zugleich erfüllte ihn ein ganz anderes Gefühl.

Begab er sich nicht in die Teeküche, so wie sich damals Harun ar-Raschid in die Teestuben des Volkes begeben hatte? Der weise, der beliebte Kalif pflegte sich unter das Volk zu mischen, um es besser zu verstehen, um gerechter zu herrschen. Um keine Verordnungen oder Gesetze zu erlassen, die das Volk empören würden. Keine Computer zur falschen Zeit zu bestellen. Und bekam er so, auf sehr merkwürdigen Umwegen, nicht wieder einen Zipfel von dem zu fassen, was einmal Traum und Ideal gewesen war? Hatten sie sich nicht zur Studienzeit ihr Berufsleben ganz anders erhofft? Hatten sie nicht davon geträumt, anders miteinander umzugehen, als in den verkrusteten Strukturen von Behörden und Betrieben möglich war, anders, als es die Professoren vormachten, die sich vom Assistenten die Aktentasche ins Seminar tragen ließen. Es war so selbstverständlich verlorengegangen im Kampf um bessere Jobs, schnellere Karrieren, größere Gehälter, das Ideal. Er hatte es nicht einmal vermißt. Erst jetzt, wo der Zwang, Frau zu sein und anders zu sein, ihn wieder darauf stieß, dachte er, daß er vielleicht doch etwas Kostbares aufgegeben hatte. Obwohl andererseits sich diese Kostbarkeit nun darin ausdrückte, daß er an einer Kaffeemaschine hantierte, einen benutzten Filter entfernen, eine Tasse spülen mußte. Zwei Tassen, auch die von Frau Krantz.

Der Kaffee war Nebensache. Andere Regeln setzen, anders führen, Mitarbeiter ernst nehmen, nicht nur als Schachfiguren im Spiel um Macht – war das möglich? War das für ihn noch möglich nach so vielen Jahren Routine? Das war ja das Abenteuer, das begonnen hatte mit seinem Ausbruch aus der geregelten Welt der Pirchlers und Laues. Allmählich standen die Aufgaben, die er zu erfüllen hatte, klar vor seinen Augen. Nichts Kleineres, als die geltenden Regeln neu zu schreiben. Und schon wieder fühlte er einen leisen Neid auf die Person, die nun all diese Heldentaten vollbringen würde. Andrea-Maria. War es so, daß Frauen generell näher am Abenteuer waren? Standen sie generell außerhalb der Büroroutine? Sie mußten ihn ja nicht mitmachen, diesen Wettlauf um die besseren Posten, um die höheren Sprossen auf der Leiter. Sie waren darauf nicht angewiesen, ihnen stand immer die Alternative Haus und Kind offen. So waren sie freier, behielten ihre Offenheit für das Abenteuer.

Wie hatte er Thea um ihre Aktionen mit den Friedensfrauen beneidet. Sie hatte die Freiheit dafür, die er nie gehabt hatte; sie konnte eine amerikanische Kaserne blockieren und sich dafür vor Gericht verurteilen lassen, ohne daß sie befürchten mußte, ihre Karriere zu ruinieren. Es hatte einen dicken Krach gegeben zwischen Thea und ihm, weil sie nicht begreifen wollte, was für einen Luxus sie da genoß. Vielleicht hatte sich der Krach auch so sehr gesteigert, weil sein Neid mit im Spiel war und weil Thea nicht das geringste Verständnis für seine Gefühle zeigte. Sie sprach davon, sich verhöhnt zu fühlen von ihm, als er Neid erwähnte, behauptete, im Gegenteil ihn zu beneiden. Sie wollte aber nichts klären und nichts ausdiskutieren, sondern knallte Türen. Später heulte sie sogar. Als hätte nicht eher er Grund dazu gehabt!

Er hatte sich auch später nie über dieses Mißverständnis klarwerden können. Sie sprach nicht mehr darüber. Wahrscheinlich hatte sie sich bei den anderen Frauen aus der Gruppe das Verständnis holen können, das ihm angeblich fehlte. Oder bei dieser Monika, mit der sie damals befreundet war. Sicher, sie hatte sich alles irgendwo von der Seele geredet. Und er? Er hatte alles geschluckt. Er hatte mit niemandem darüber geredet. Nicht mit seinem Handballerfreund Karl, nicht mit seinem Kollegen Pirchler, der ihn noch am ehesten hätte verstehen können. Auch Pirchler hatte doch sicher einmal mit dem Anspruch des Abenteurers seine Laufbahn begonnen. Wann war ihm der kühne Entwurf zur Routine geschrumpft? Oder hatte er sich nie mehr als Routine erwartet? Fragen, die nie gefragt wurden. Mit Pirchler stand er sich dafür nicht nahe genug. Er hatte Kumpels, mit denen er alles mögliche unternahm. Auf die er sich verlassen konnte. Mit denen er so vertraut war, daß es manchmal nur eines Stichwortes bedurfte, und jeder wußte, was los war. Die er auch manchmal mißgelaunt wissen ließ, es habe Krach mit Thea gegeben. Wenn dann die Frage kam: Weswegen?, dann wurde als Antwort nicht mehr erwartet als: Du weißt schon, das Übliche. Wem konnte er mehr sagen? Wer war ihm so nahe? Als Andreas hatte er keinen solchen Freund. Nun plötzlich als Andrea-Maria hatte er Bettie.

Da stand er, wartete auf das Zischen und Dampfen, mit dem die Maschine kundgab, daß der Kaffee durchgelaufen war, und ihn durchströmte ein ungeheures Gefühl. Das Gefühl von Freundschaft. Und während Kaffee und Gefühle strömten und Krüger pfiff vor Hochgefühl, ging die Tür auf und Frau Gröver kam rein.

Musterte ihn verblüfft, sagte: »Wie in der Kneipe: Hier kocht der Chef selbst.« Sagte es so, daß es auch als Scherz hätte gelten können. Der Höhenflug der Gefühle war beendet; Krüger landete hart. Beim Kaffeekochen ertappt. Bei D12-Tätigkeit. Obwohl Gröver auch nichts anderes vorhaben konnte, warum kam sie sonst hierher? Und dann das Wort Chef. Er wußte, daß es nichts zu bedeuten hatte, sie sprach von sich ja auch als Referatsleiter ohne weibliche Endsilbe. Sie meinte nicht ihn als Mann. Trotzdem mußte er nun etwas Betontes sagen, um sein Zusammenzucken wiedergutzumachen: »Ein Chef würde wohl kaum Kaffee kochen. Im Unterschied zur Chefin.«

»Diese Woche scheinen alle Sekretärinnen krank zu sein«, sagte Frau Gröver, »ich sitze schon fünf Tage ohne, spiele mein eigenes Vorzimmer. Eine Aushilfe habe ich bei der Personalabteilung beantragt. Nun seit gestern blockiert die, sagt mir, ich solle mir auf dem kleinen Dienstweg selbst eine beschaffen.«

Jetzt hätte er wohl etwas Prinzipielles sagen sollen über Arbeitsaufteilung und weiblichen Führungsstil. Über das Abenteuer und über die Neuordnung des Arbeitslebens. Etwas von den Gedanken, die er mit Bettie austauschen wollte, hätte er auch Frau Gröver vermitteln sollen. Einfacher wäre natürlich, sich hinter einer kranken Sekretärin zu verstecken und in Zukunft Frau Krantz auf ihre Pflichten hinzuweisen.

Da ging die Tür auf, und Bettie kam rein. Blieb verblüfft in der Tür stehen, als sie gleich zwei höhere Dienstränge mit niederen Tätigkeiten beschäftigt sah. Dann umarmte sie Andreas, schmatzte einen Kuß auf seine Wange und rief: »Du bist spitzenmäßig! Scheuchst keine Kollegin zum Kaffeekochen!« Und fügte mit einem Blick auf Frau Gröver hinzu: »Das gute Beispiel scheint Schule zu machen.«

Frau Gröver stutzte. Sie hatte bisher offensichtlich wirklich an kranke Sekretärinnen geglaubt. Nun musterte sie Krüger, die Kaffeetüte, die abgewaschenen Tassen, die zischende Maschine und wieder Krüger so genau und ausführlich, als habe sie das vorher alles gar nicht wahrgenommen.

»Vielleicht werden die Küchenhilfen hier etwas zu hoch bezahlt«, sagte sie. Und ging, ohne sich weiter mit der Zubereitung eines eigenen Getränks zu befassen, ohne aufzuräumen, was sie um sich ausgebreitet hatte. Als ob sie plötzlich wahrgenommen hätte, daß in der Teeküche eine ansteckende Krankheit herrschte, der man besser aus dem Weg ging.

Da stand nun Krüger mit Bettie. Hatte die ungenaue Erinnerung, daß er mit ihr etwas Wichtiges hatte besprechen wollen, etwas, bei dem es um nichts Kleineres als sein Leben ging. Aber er wußte nicht mehr, was. Bettie war schon mitten im eigenen Redefluß, wollte mit ihm die Tagesordnung für das nächste Treffen der Frauengruppe durchgehen, und es bedurfte schon großer Anstrengung, um sie noch mal auf Frau Gröver zu bringen.

»Die kannste vergessen, schmeißt sich an die Männer ran, um nach oben zu kommen. Die lacht am lautesten, wenn die Typen ihre frauenfeindlichen Sprüche abziehen. Die wollte deinen Job haben, stell dir vor!«

Krüger stellte es sich vor. Und konnte es kaum fassen. Fragte noch einmal, ob er es wirklich glauben durfte, daß sie auch unter den Bewerbern gewesen war. Denn das bedeutete, daß er nicht nur alle Konkurrenten aus dem Feld geschlagen hatte, was ja nach der Quotenvorgabe nicht erstaunlich war; er hatte eine echte Frau besiegt. Andrea-Maria hatte gewonnen in der Konkurrenz mit einer Person, die ihm Jahrzehnte von Frausein voraushatte!

»Von weiblichem Führungsstil hat die null Ahnung«, sagte die Vilger, wie um zu bestätigen, daß Frausein sich lernen läßt, wenn man nur gut ist. Wenn man bei den richtigen Vorbildern lernt. Harun ar-Raschid verläßt den Palast. Und Krüger beschloß, nicht auf den Besuch des Personalrats zu warten. Kurz vor dem verabredeten Termin verließ er sein Büro und suchte ihn auf.

Suchte sie auf, die Vorsitzende war eine Frau. Und war, wie er berechnet hatte, angetan davon, daß er sich zu ihr bemüht hatte; erwähnte am Rand, sein Vorgänger habe kein gutes Verhältnis zu ihnen gehabt. Krüger hatte in Kiel nie Schwierigkeiten mit dem

Personalrat gehabt. Keine größeren. Damals vielleicht mehr aus Zufall; jetzt war es Teil einer weiblichen Strategie. Mitsprache zulassen. Leider zog die Strategie nicht ganz so einfach, wie er gedacht hatte. Frau Herleshoff, so hieß sie, war in den beiden wichtigen Punkten, bei denen er auf ihre Unterstützung gerechnet hatte, anderer Meinung als er. Die Computer, die er bei sich schon als überflüssig abgehakt hatte, vor allem wegen der angespannten Finanzlage der Behörde, die das Geld überall anderswo sinnvoller eingesetzt erscheinen ließ, waren ihr ein wichtiges Anliegen. Sie hatte allerdings Schwierigkeiten, das zu begründen. Redete drum herum. Gab in einem Nebensatz sogar zu, die meisten Frauen, die damit arbeiten sollten, seien gegen die Anschaffung. Krüger fragte sich, ob sie auch Artikel für Fachzeitschriften diktierte. Fragte sie, ob sie für die Interessen der höheren Angestellten argumentiere. Darauf platzte sie mit der Antwort heraus. Ihr als Frau könne sie es ja sagen.

»Ich war am Anfang auch dagegen. Das Übliche, komplizierte Technik, nichts für Frauen. Ich habe dann extra einen Kurs gemacht. Ich kann mir als Frau einfach nicht leisten, so plump zu sagen: Ich habe Angst vor komplizierter Technik.«

So war das also. Da wollte schon wieder mal eine Frau seiner Andrea-Maria erklären, was eine richtige Frau zu denken und zu tun hatte. Sich leisten oder nicht leisten konnte. Womöglich hätte Frau Gröver so ähnlich argumentiert. Nur Bettie hätte nie so töricht verdrehte Gedanken geäußert: Computer haben wollen, weil man sie eigentlich nicht haben will. Bettie war gradheraus. Außerdem stimmte das Argument nicht. Diese Technik hatte nichts mit männlich oder weiblich zu tun. Er selbst fand sie auch zu kompliziert. Konnte sich hier jedoch schlecht als Beispiel anführen.

Er legte Frau Herleshoff also auf den Nebensatz fest, der ihm nützlich war: »Jedenfalls habe ich Sie recht verstanden, daß die meisten Frauen, die damit arbeiten sollen, dagegen sind.« Das ließe sich doch verwerten. Praktizierte Mitbestimmung.

Da sie merkte, daß er sie bei dieser Aussage packen würde, sagte sie: »Ich hoffe, daß Sie wenigstens beim Kleinen Dienstweg auf unserer Seite stehen.«

Krüger erwähnte nicht, daß er schon entschieden hatte. Keine unnötigen Verletzungen. Er erklärte seine Seite. Für den kürzeren, praktischen Weg. Entscheidungen delegieren. Wenig sinnlose Formalität. Handhabbar. Weiblicher Führungsstil.

Die Herleshoff sagte verblüfft: »Weiblich? Das führt nur zu Gekungel. Wer etwas will, soll den ordentlichen Dienstweg beschreiten. Nicht einfach zu jemandem hinlaufen, den er grade kennt.« Und fügte leiser hinzu, wie unter Komplizen: »Denn sonst kommen wieder nur die Männerkungeleien zum Zuge, und wir Frauen sind mal wieder außen vor.«

Krüger wurde langsam erregt. Hier im Hause tat doch jede kleine Angestellte, als wüßte sie besser als er, was weiblich sei. Wie sich eine Chefin zu verhalten habe. Angefangen mit dieser Frau Krantz. Und dabei waren sie sich untereinander noch in jedem einzelnen Punkt uneins. Es wäre heftig geworden, wenn ihm die Vorsicht nicht geboten hätte, es nicht gleich mit dem Personalrat zu verderben.

»Na und«, sagte er leichthin, »dann kungeln wir eben mit. Kommen Sie in Zukunft mit allen Problemen direkt zu mir.« Verabschiedete sich freundlich von ihr und war sicher, eine Verbündete zu haben, wenn er in Zukunft doch Frau Krantz auf ihre Teeküchen-Pflichten hinweisen würde.

18

Frau Krantz war inzwischen in der Kantine mit Klatsch und Tratsch beschäftigt. Sie berichtete ihren Kolleginnen, die voll Neid auf ihren Informationsvorsprung zuhörten, daß Frau Krüger ohne Familie im Hotel lebe, daß sie mittags nicht mal in die Kantine gehe, Brötchen am Schreibtisch esse. »Ist mit ihrem Job verheiratet.«

»Die hat wohl wirklich keinen abgekriegt«, schloß eine der Zuhörerinnen, eine Idee, die Frau Krantz auch hatte nahelegen wollen.

Auch an einem anderen Tisch wurde bemerkt, daß Krüger nie in der Kantine erscheine. Udendorf mutmaßte: »Wahrscheinlich nutzt sie die Pause, um für ihre Kinder zu kochen. Frauen haben es da schwerer als wir.«

»Hat sie Kinder?« fragte Mitter, und Udendorf, um kein Unwissen zuzugeben, sagte: »Soweit ich weiß.«

»Keinen Mann?« fragte Mitter weiter. Udendorf schüttelte den Kopf. Das mußte er frei erfinden. Klatsch und Tratsch. Nur wer Bescheid weiß, ist wichtig.

»Ich möchte nicht mit der verheiratet sein«, sagte Mitter entschieden.

»Neuerdings haben wir einen Chef«, sagte an einem dritten Tisch Frau Gröver zu Seegers, »der seine nach Ypsilon 1 bezahlte Zeit damit verbringt, D-Tätigkeiten auszuführen.«

Seegers hatte selbst nichts Neues zu bieten, mutmaßte nur, vielleicht werde sie auch bald selbst die Flure putzen, um auf ihre Weise das Wort über die neuen Besen, die gut kehren, in die Tat umzusetzen.

»Weich ist sie«, sagte Anders. »Nichts da neue Besen. Keine Entscheidungen. Typisch Frau. Frauen als Chef sind zu weich.«

Weich oder hart war auch das Thema an noch einem anderen Tisch. Da saß mit Kolleginnen Frau Herleshoff vom Personalrat. Sie wußte etwas. »Sie ist typisch Chefin, würd ich sagen. Härte ist angesagt. Muß sich und uns beweisen, daß sie es kann. Aber wir sollten sie nicht unterschätzen. Sie scheint ziemlich raffiniert zu sein.«

19

Als Krüger nach der ersten Woche als Andrea-Maria zu Hause ankam und über die Schwierigkeiten nachdachte, nun von einer Minute zur anderen Thea gegenüber wieder Andreas und Mann zu sein, da gab es keine Thea, vor der er seine Männlichkeit hätte produzieren können. Thea war nicht zu Hause. Thea erwartete ihn nicht.

Er hatte in der Tat erst Samstag kommen wollen. Er hatte nicht damit gerechnet, daß Freitag nachmittag halb vier Uhr die gesamte Behörde so von allen Mitarbeitern entleert sein würde, daß es auch für eine Chefin nicht mehr lohnend war zu bleiben. In Kiel war er selbst immer um diese Uhrzeit gegangen. Aber er hatte vermutet, hier müßte es ganz anders sein. Frau Krantz, die er beauftragt hatte, nach Wohnungen zu telefonieren, hatte ihm Angebote hingelegt, bevor sie verschwand. Über das Angebot, das er am verlockendsten fand, dachte er noch im Zug nach. Zwei Zimmer in einem Jugendstilhaus, mit Balkon zum Garten, schon angenehm genug. Und dann das Ganze in einer Frauenwohngemeinschaft. Versprach das nicht Nähe und Wärme, Abende wie der mit Bettie, Gespräche, in denen nichts verschwiegen werden muß, Freundlichkeit, Zuflucht. Er hätte es sofort genommen, hätte Frau Krantz nicht das zu teilende Badezimmer erwähnt. Es war klar, daß mit der erwünschten seelischen Nähe auch körperliche Nähe gelegentlich unvermeidbar war. Eine würde ins Badezimmer kommen, bevor die andere es verlassen haben würde. So war leider ausgeschlossen, daß die andere er sein konnte, mit seinen Teilen des Körpers, die unübersehbar machten, daß er nicht dazugehörte. Und bitter fühlte er Andrea-Maria ausgeschlossen aus dem weiblichen Zusammenhalt, aus der Offenheit der Seelen, der Gemeinschaft.

»Willkommen in unserer Frauen-WG«, sagte Nicole, als er Türen schlug, nach Thea rief, polternd durch die Wohnung stapfte. Nicole immerhin war da. Aber sie hatte kein Essen vorbereitet, keinen Wein kalt gestellt. Sie war bereit, mit ihm zu reden, zu einem dieser Gespräche, bei denen nichts verschwiegen werden muß. Aber er pfiff auf den Gleichklang der Seelen. Er war hungrig. Durstig. Wo war seine Ehefrau? Er konnte sich kaum erinnern, wann sie das letzte Mal allein ausgegangen war. Schon Dienstag hatte sie sich am Telefon nicht gemeldet, hatte, als er am Morgen darauf vom Büro aus anrief, etwas von dieser Inga gesagt. Die er nicht einmal kannte.

Nicole maulte, weil er nichts von seinen Abenteuern berichten wollte. Sie bot an, ihm die Reste von gestern aufzuwärmen. Bald darauf strömten aus der Küche so fremde verlockende Düfte, wie er sie in diesem Haus noch nie gerochen hatte. Ein bißchen was von Weihnachtsgebäck war dabei, Zimt vielleicht, dann etwas frisches Zitroniges, ein Fruchtaroma, ein Hauch von Curry, etwas Herbes, Nussiges. Die Düfte erregten eher seinen Zorn als seinen Appetit. Wieso waren für ihn noch nie solche duftreichen Essen zubereitet worden? Wurden hier Feste gefeiert, während er nicht da war?

»Wir haben indisch gekocht«, sagte Nicole, die in mehreren Töpfen zugleich rührte. »Basmati-Reis, Hühner-Tandoori, Gemüse-Korma und Kokosnuß-Lamm. Mit Inga, Lotte und Heidi. Voll guter Weiberabend! Du hättest klasse dazu gepaßt! Ich find dich als Frau sowieso super.«

Das war ein Kompliment, über das er sich mehr ärgerte als freute. Natürlich war die Frau, die er darstellte, super. Er mußte das nicht ausgerechnet von seiner Tochter hören; von der wäre er dann doch lieber als Vater super gefunden worden. Und respektiert. Sie waren zwar keine von den Familien, wo die Eltern ständig auf die Erwachsenenautorität pochen. Das Wort Respekt war eigentlich ein Fremdwort zwischen ihnen, Nicole war kameradschaftlich mit ihm und Thea. Aber heute abend hätte er sich etwas weniger Kameradschaft gewünscht. Sie ging mit ihm um, als wäre er ein Mädchen aus ihrer Klasse, drückte ihm Schüssel und Rührlöffel in die Hand, teilte ihn zur Arbeit ein.

»Wo ist Mutti überhaupt?« fragte er.

Nicole zuckte die Schultern, erzählte von dem Weiberabend mit dem indischen Essen, ritt für seinen Geschmack zu ausführlich auf dem Punkt herum, wie toll es ohne die Kerle gewesen war. »Bist du nicht selbst viel besser drauf, wenn du mal kein Kerl sein mußt?«

Krügers Ärger stieg; er versuchte, noch halbwegs gute Miene zu machen, und drohte Nicole im Scherz männlich-väterliche Züchtigung an, wenn sie ihre frechen Bemerkungen nicht lasse. Stellte Schüssel und Löffel weg und ging erhobenen Hauptes, sich umzuziehen.

»Zu spät, Paps«, rief sie fröhlich hinter ihm her, »männliche Züchtigung ist nicht. Ich mache Selbstverteidigung.« Schon war sie neben ihm, hatte seinen Arm auf den Rücken gedreht, ihren Arm um seinen Hals gewürgt, trat ihm von hinten in die Kniekehle, so daß er aufs Sofa fiel. Sie fiel lachend neben ihn. Er war so überrascht, daß er still war. Hatte seine schmale Tochter wirklich ihn Handballer aufs Sofa geworfen?

»War so nicht vorgesehen«, erklärte sie, »eigentlich hättest du über meine Schulter fliegen sollen und ich stehen bleiben. Fortgeschrittenenkurs. Total gut. Solltest du auch machen, als Frau.«

Sie küßte ihn, sprang auf und lief in die Küche zu den siedenden Töpfen.

Sie deckte schon den Tisch, als die Tür aufging und Thea nach Hause kam. Er saß noch immer auf dem Sofa, noch immer in seinem Bonner Kostüm, und kaute an seinem Ärger. Nun lud er alles auf der zu spät Heimgekehrten ab. Etwas in der Art von: eine Woche harter Arbeit, wohl erwarten, mindestens erwarten, doch wohl immerhin erwarten, Hausfrau im Haus, amüsieren, nichts zu tun, schwer enttäuscht und noch einmal die Woche harter Arbeit.

»Muß ja sehr harte Arbeit gewesen sein, wenn du nicht mal Zeit für 'nen Anruf hattest, um dich anzukündigen.«

Krüger produzierte einen neuen Schwall, schon etwas weniger bombastisch, weil sich dagegen ja schlecht etwas sagen ließ, daß er heute abend noch gar nicht hatte kommen wollen, aber wieder unter häufiger Verwendung der Worte harte Arbeit und amüsieren.

»Vielleicht fragst du mal, woher ich komme«, antwortete Thea.

»Genau«, rief er voll Zorn, »woher kommst du eigentlich?« So als hätte sie kein Recht, irgendwoher zu kommen, eigentlich. Jedenfalls nicht ohne vorherige Abmeldung und Genehmigung. Es fehlte nur noch das Wort: sich herumtreiben.

»Ich war arbeiten«, sagte sie.

Er starrte sie an, als hätte sie grade einen Ausflug nach Sibirien gestanden, Flugzeug Touristenklasse. Vielleicht hatte er sich nur verhört. Etwas mißverstanden. Was meinte sie mit arbeiten?

»O Mami, sag bloß, das hat geklappt«, rief Nicole. Die wußte also Bescheid. Nur er wußte nichts. Waren hier Verschwörungen im Gange? Frauenfeste, geheime Einverständnisse?

»Ich war arbeiten«, sagte Thea und sah ihn erwartungsvoll an. »Du sagst ja nichts. Freust du dich nicht?«

»Vielleicht, wenn man mich vorher eingeweiht hätte. Vielleicht, wenn man solche bedeutungsvollen Entscheidungen wenigstens mit mir besprochen hätte. Vielleicht, wenn ich wenigstens ein bißchen wie jemand behandelt worden wäre, den das auch angeht. So stellt man mich vor vollendete Tatsachen, und ich habe mich zu freuen.«

Thea hatte wirklich erwartet, er werde sich freuen. So wie Nicole sich gefreut hatte, als Inga gestern beim indischen Essen davon anfing. Es klang fast wie ein Hilferuf, die Rechtsabteilung ihrer Firma sei zur Zeit durch Krankheiten und Mutterschaftsurlaub völlig leer geräumt, ein dringendes Gutachten müsse unbedingt fertig werden, sei schon fast fertig, bedürfe nur noch weniger Einzelheiten, die zu klären seien. Es klang so dringend, die Stimmung war so fröhlich, Nicole war so begeistert über diese Chance, daß Thea ja gesagt hatte. Hätte sie Zeit zum Überlegen gehabt, hätte sie es sich nicht zugetraut. Vierzehn Jahre aus dem Beruf! Sie hatte zwar letzthin wieder in juristischen Fachzeitungen gelesen, hatte sich sogar mit Büchern aus der Bibliothek versorgt, weil da ein Wunsch in ihr schlummerte. Aber das war keine ausreichende und systematische Vorbereitung. So sehr war ihr Wunsch noch gar nicht in den Bereich der Wirklichkeit getreten. Und nun saß sie da von einem Tag auf den anderen in Ingas Versicherung mit einer Verantwortung am Hals, die sie fast schwindelig machte. Ein Gutachten hing von ihr ab.

Als sie sich eingelesen hatte, schwand die Beklemmung in der Magengegend, die sie heute morgen auf das Frühstück hatte verzichten lassen. Es war, das stellte sie schnell fest, tatsächlich nur so, wie Inga gesagt hatte, es waren nur noch wenige Fragen zu klären. Sie holte sich vom nächstgelegenen Imbiß zwei Bratwürste mit Salat und legte los. Erst mühsam, hatte aber schnell begriffen, wo sie nachsehen, wo sie anrufen konnte. Fragte und las sich durch. Gegen Mittag war sie in so etwas wie einen Rausch von Arbeitsfreude geraten. Als Inga sie zum Essen abholen wollte, bat sie nur um weitere Bratwürste, blieb am Schreibtisch sitzen, konnte sich von diesen Papieren, diesen Büchern, diesem Telefon nicht trennen. Bei Büroschluß war sie nicht fertig, bot aber an, zu bleiben und weiterzuarbeiten, statt am Montag wiederzukommen. Kurz nach neun legte sie die fertige Arbeit auf die Mitte des Schreibtisches, der ihr in dem einen Tag so vertraut geworden war, als wäre es der ihre. Sie hatte vorgehabt, mit Nicole eine Flasche Sekt zu öffnen, Inga anzurufen und einzuladen, vielleicht noch auszugehen, etwas Besonderes zu tun als Abschluß dieses besonderen Tages. Jedenfalls hatte sie eine andere Reaktion erwartet als das Nörgeln eines Ehemannes.

Aber da rief Nicole, so begeistert, wie es Andreas eben nicht war: »Mami, sag doch, hast du's gerafft, wie war's, bist du total fertig, setz dich hin, Essen ist gleich soweit, soll ich einen Sekt aufmachen?« Mami ließ sich in den Sessel fallen und war glücklich.

Papi stand noch immer im Zimmer herum und war zornig. Das war genau der Empfang, auf den er Anrecht gehabt hätte. Wie war's. Total fertig. Essen. Sekt. Keine Thea, die ihm das entgegensprudelte.

Hätte er sich wirklich mit ihr freuen, sie ausfragen, ihren kleinen Erfolg des Tages durch Bewunderung vergrößern müssen? Durfte er sich wirklich ärgern, nur weil sie ihn nicht noch gestern spätabends angerufen und von der unerwarteten neuen Tätigkeit berichtet hatte? Hätte nicht wenigstens Andrea-Maria Frauensolidarität und also Zustimmung zeigen müssen? Aber das besonders war der wunde Punkt. Das besonders ärgerte ihn, daß Thea in der Lage war, mit einer unbedeutenden Aushilfsarbeit, die jeder Anfänger hätte machen können, seiner Andrea-Maria die Show zu stehlen. Die hätte nun wirklich von großen Erfolgen berichten können. Er hörte mit Erbitterung die Lächerlichkeiten an, die Thea für Erfolge hielt. Sie hatte zum Beispiel die junge Mutter, die in dem ihr zustehenden Urlaub war, zu Hause angerufen, hatte ihre Lage erklärt und um Auskünfte gebeten. War auf Verständnis und Hilfsbereitschaft gestoßen. Die Mutter, deren Kind sie durchs Telefon krähen hörte, hatte sie an die richtigen Schubladen und Regale des Büros dirigiert, das ja ihres war und ihr deshalb gut bekannt, hatte sie dort entsprechende Unterlagen hervorziehen lassen und die gefragten Seiten aufschlagen. Thea konnte im Austausch Wissenswertes mitteilen über die Vor- und Nachteile eines längeren Daseins als Hausfrau und Mutter, denn die Telefonpartnerin erwog ihrerseits, über die gesetzlich ihr zugebilligte Zeit hinaus bei Haus und Kind zu bleiben. So hatten sie sich gegenseitig Nützliches vermittelt. Auf dem kleinen Dienstweg. Problemlos unter Frauen.

»Da hast du ja Heldentaten vollbracht«, sagte er spöttisch, »du hast eine Frau angerufen, und sie hat nicht gleich aufgelegt. Wenn Andrea-Maria ihre Zeit mit solchen Lappalien verplempern würde!«

Thea war zu glücklich, um gekränkt zu sein. Nicole fragte: »Wie geht's denn Andrea-Maria? Fahren Männer auf sie ab?«

Krüger dachte daran, wie er den feindlichen Seegers zum Schweigen gebracht, wie er den geballten Widerstand in der AB gebrochen hatte, sagte: »Jedenfalls haben sie Respekt.« Und dann lachte er plötzlich. Ihm waren die Männer in den Kneipen eingefallen. Die beiden am Tresen, denen er eine gelangt hatte. Oder die Gruppe, die ihm den Abend drauf über den Weg lief, als er erneut losgezogen war, die Stadt zu erobern. Vielleicht wieder jemand zu treffen, wer weiß. Die Gruppe kam singend an, als er zögernd vor einer Kneipe stand, zog ihn mit, obwohl er eigentlich nicht mitgehen wollte. Einer sagte zu Krügers Gesichtsausdruck, er sehe aus wie Sauerbraten, und ein anderer fragte: »Und wo sind die Äpfelchen beim Sauerbraten?« und langte Richtung Krügers Brust, wo er Entsprechendes vermutete. Worauf Krüger, da apfellos, die Flucht ergriff. »Kann man schon Erfolg bei Männern nennen, was«, sagte Krüger und lachte stolz.

Weder Thea noch Nicole fanden diese Geschichte lustig. Thea regte sich ungeheuer über die Typen auf, gebrauchte das Wort Frechheit. Unnötigerweise. Andrea-Maria fand solche Späßchen nicht des Aufhebens wert. Hätte sie die gefragten Äpfelchen vorzeigen können, hätte sie mitgelacht und dann die Sache vergessen. Aber Thea machte aus diesem harmlosen Spaß eine große Sache. Andreas fragte sich in einem Anflug von weiblichem Mitgefühl, ob sie etwa so übertrieben reagierte, weil sie just eine solche Aufmerksamkeit fremder männlicher Wesen letzthin vermißte, wie sie Andrea-Maria zuteil geworden war. Oder war es nur Theas mangelnde Souveränität?

»Andrea-Maria weiß selbst, wie sie zu reagieren hat und wogegen sie sich verwahrt«, sagte er kopfschüttelnd. »Sie scheint eine etwas humorvollere Frau zu sein als du.«

Nicole erhob sich still und ging hinaus. Auf einen Krach ihrer Eltern hatte sie keine Lust.

»O ja«, sagte Thea gereizt, »die Humorvollere, die Klügere, die Bessere, gewiß.«

»Jedenfalls die Erfolgreichere, das kannst du nicht bestreiten«, sagte Andreas. Sagte es an Theas großem erfolgreichen Tag, den sie mit soviel Angst begonnen und den sie so glorreich bestanden hatte. Der ihr Hoffnung auf weitere solche Erfolge gemacht hatte. Den sie hatte genießen wollen. Und nun hielt ihr Andreas diese Person in Cashmere vor. Die Unerreichbare. Die Anspannung des Tages löste sich in unmäßigem Zorn. In Geschrei. Gezänk. Sie hatten einen solchen Krach wegen Andrea-Maria, wie ihn noch keine andere Frau in Andreas' Leben ausgelöst hatte.

20

Andrea-Maria blieb anwesend in der Familie. Und brachte Änderungen für das Familienleben. Neue Personen bringen neue Gewohnheiten. Andreas hätte damit rechnen können.

Als er sich am nächsten Morgen an den Frühstückstisch setzte und erwartete, da würden Brötchen und Eier stehen, standen da keine. Es roch auch nicht nach Kaffee. »Gehst du lieber Brötchen holen, oder willst du lieber die Küche machen?« fragte Thea. Eine Frage, die sie noch nie gestellt hatte. Denn sie hatte immer beides gemacht und so rechtzeitig, daß immer alles auf dem Tisch stand, wenn er geduscht hatte. Außer ganz früher, aber da waren sie noch nicht verheiratet, in der ersten gemeinsamen Wohnung, erinnerte er sich, da hatten sie am Sonnabend das Wochenend-Frühstück zelebriert. Einer kaufte ein, frische Brötchen, Milch, Zeitung, einer kochte Kaffee, briet Eier mit Speck. Wieso stieß er letzthin so oft auf Erinnerungen von früher?

»Wieso machst du das nicht?« fragte er. »Schick doch Nicole.«

»Schick doch Andrea-Maria«, antwortete sie, und in ihren Augen blitzte noch etwas von dem Streit von gestern.

Nicole war schon weg, auf sie konnte man nichts abschieben. Sie mußten es schon selbst austragen. Er wollte keinen Machtkampf. Nicht zu Hause. Er hatte genug davon gehabt die ganze Woche über. Er versuchte, die Sache auf die übliche Weise beizulegen, nahm Thea in den Arm, sagte: »Was ist los, Liebes«, streichelte sie ein bißchen und hoffte, sie würde einlenken. Sie ließ sich streicheln, ihr Ton wurde versöhnlich, sie murmelte zärtlich: »Weißt du nicht mehr, früher, unsere Frühstücke? Frische Brötchen, Ham and Eggs? Und du liest mir die Zeitung vor?«

Also hatte sie auch daran gedacht. Später war diese lässige, faule Zweisamkeit der Sonnabende verlorengegangen. Es gab Pflichten, es gab Nicole, es gab seinen Verein, es gab Theas Mahnwachen. Konnten die Empfindungen von damals wieder aufleben? Trotzdem zögerte er zu gehen. Er konnte sich selbst nicht genau erklären, wieso, und hätte noch weniger Thea gegenüber einen vernünftigen Grund für seine Abwehr nennen können. Etwas war nicht wie sonst. Wie ihn Nicole gestern in der Küche herumkommandieren wollte. Wie sich niemand entschuldigt hatte dafür, daß kein

Essen auf dem Tisch stand. Wie Thea so selbstverständlich annahm, er werde nun zum Bäcker gehen.

Er hätte sich natürlich der Sache entziehen können, wenn er sich nun verabschiedet hätte, Verabredungen oder den Einkauf weiterer Bürokleidung als Grund angegeben hätte. Er hätte in einem Café frühstücken können, ohne Zwang zur Mitarbeit. Und hätte dort niemandem von seiner ersten Woche als Andrea-Maria erzählen können. Dafür kamen als Publikum nur Thea und Nicole in Frage. Nicht einmal Bettie. Denn trotz aller Nähe zu ihr würde er über dieses Geheimnis seines Lebens keine Gedanken mit ihr austauschen dürfen. Also war er bereit, sich mit einer Tüte Brötchen eine Zuhörerin einzuhandeln.

Als er ging, tat es Thea schon fast leid, so darauf beharrt zu haben. Sie meinte ja nicht ihn. Sie meinte diese Frau, die glaubte, mit dem besseren Job ein Anrecht auf Sonderbehandlung zu haben. Aber der jetzt in Jeans, Hemd und ohne Locken einkaufen ging, hatte mit dieser Frau nichts mehr gemein. Sie liebte solche Auseinandersetzung nicht. Sie hätte auch zurückgesteckt, wenn es mit Charme nicht gegangen wäre. Sie war immer eher bereit, zurückzustecken, um Streit zu vermeiden. Vielleicht hatte sie gestern so erbittert zurückgestritten, weil da eben diese Frau ihre Gegnerin war. Sie hatte sonst nach Streit immer ein häßliches Gefühl, die Sorge, zu weit gegangen zu sein, im Unrecht gewesen zu sein, grundlos verletzt zu haben. Von gestern war ein ganz anderes Gefühl zurückgeblieben: die Gewißheit, ein Stück von ihrem Leben verteidigt zu haben, und zwar mit vollem Recht.

Dieses Gefühl war ganz neu für sie. Sie probierte es erstaunt aus, wie ein besonders gewagtes neues Kleid. Doch, es stand ihr. Womöglich würde Andreas sagen, es sei zu verrückt, und Karl Ebinghausen würde sicher blöde Witze machen, wenn er sie darin sah. Aber es hatte Pfiff und gab ihr die Ahnung, daß sie aus ihrem Typ noch weit mehr machen könnte, daß da noch ungeahnte weitere Möglichkeiten offenstanden. Sie war sich sicher, es mit Andrea-Maria aufnehmen zu können.

Aber darum ging es dann gar nicht mehr, als sie ihre frischen Brötchen kauten. Was Andreas von Bonn erzählte, erfüllte Thea nicht mit Neid oder gar Haß auf Andrea-Maria. Im Gegenteil, es weckte in ihr das Bedürfnis, diese Frau gegen Andreas zu verteidigen. Wieso ließ er zu, daß so mit einer Chefin umgesprungen wurde? Daß einer der Untergebenen es wagte, ihr tröstend zu sagen: Das schaffen Sie schon! Thea kannte diesen Satz nur zu gut. Als sie selbst noch im Büro war, hatten zu oft irgendwelche Trottel, weniger kompetent als sie selbst, sie damit aufmuntern zu müssen gemeint. Das war noch beleidigender als die Frage: »Schaffen Sie das auch?« So direkt hatte sich das keiner getraut, dafür war sie zu gut, sie versteckten sich hinter dieser falschen Fürsorge. Sie hatte sich geärgert und hatte es geschluckt. Sie war ja noch unten auf der Leiter und erwartete, daß ein paar Stufen weiter solche Frechheiten aufhören würden. Daß eine Chefin sich das bieten ließ, nahm sie Andreas übel. In was für ein Licht stellte er Andrea-Maria?

Andreas verstand sie nicht, fand es eher nett, daß die Männer des Hauses sich so fürsorgliche Gedanken um ihre Chefin machten. »Ich bin im ersten Moment auch zusammengezuckt, als er das sagte, mir – einem Mann! Aber beweist das nicht, wie gut ich bin als Frau? Ich rufe sogar die Beschützerinstinkte wach.«

Thea schwieg. Sie wollte nicht schon wieder Streit. Sie hörte sich stumm an, daß man Andrea-Maria für zu weiblich halte, um kompetent für Computer zu sein. Sie schüttelte sorgenvoll den Kopf, als Andreas lachend hinzufügte: »Da ist es nicht so schlimm, daß ich wirklich nichts davon verstehe. Von Andrea-Maria erwartet das keiner.«

Wie naiv, wie sorglos er mit dieser Frau umging. An ihr würde sich das rächen, nicht an ihm. Konnte Thea sie nicht warnen? Aber die Warnung mußte ja über Andreas laufen, und der nahm ihre Bedenken nicht wahr, verstand ihre Sorge nicht.

»Es sind nicht nur die Männer, die Andrea-Maria weiblich und toll finden«, sagte er, »Bettie ist auch begeistert von ihr. Bettie findet Andrea-Marias weiblichen Führungsstil Spitze.«

»Wer ist Bettie«, fragte Thea, mißtrauisch gegenüber dieser Zeugin, die Andrea-Maria offenbar in ihrer falschen Weibchenrolle bestätigte.

Andreas deutete das Mißtrauen auf Ehepartnerweise, da es ja immerhin um eine Frau ging, und beeilte sich, über die rein freundschaftlichen Bande zu berichten, welche ihn mit der Leiterin der Frauengruppe verbanden. Erwähnte auch, da das Thema

Freundschaft nun einmal angeschnitten war, seine neue Erfahrung von Nähe und Vertrautheit, die er Bettie verdankte, fügte sogar hinzu, noch mit keinem Mann so intim und umfassend Gedanken ausgetauscht zu haben. Vielleicht sei das eben nur mit Frauen möglich.

Und die Frau, die dir gegenübersitzt und deine eigenhändig gekauften Brötchen ißt, dachte Thea, was ist mit der? Wie intim und wie vertraut tauschst du mit der Gedanken aus? Und sie hörte Andreas schon diesen Satz sagen, diesen ewig wiederholten Satz, der immer nur Tünche über das schlechte Gewissen ist, der nie Anstoß wird, sich selbst zu ändern, hörte ihn zu Bettie sagen: Meine Frau versteht mich nicht. Aber das, glücklicherweise, konnte er nun doch nicht. Meine Frau durfte es gegenüber dieser Bettie nicht geben. Aber es wäre schlimm genug, wenn er diesen Satz denken würde.

»Und ich?« fragte sie schließlich.

»Du«, sagte Andreas, verstand gar nicht, worauf sie hinauswollte, »bei dir bin ich doch keine Frau. Du kannst ja schlecht mit dem eigenen Mann eine Freundinnenbeziehung haben.« Und fragte plötzlich: »Mit deinen Freundinnen – redet ihr eigentlich über eure Männer?« Es hatte beiläufig klingen sollen. Klang es aber nicht.

»Was hat dir diese Bettie erzählt?« fragte Thea hellhörig.

Andreas versuchte, um eine Antwort auf seine Frage zu bekommen, zunächst ihre Rückfrage zu befriedigen. Eigentlich hätte er daraufhin die Unterhaltung vor dem Sexshop referieren müssen. Begann aber lieber mit der etwas philosophischeren Seite von Betties Gedanken. »Weißt du noch, unsere Wanderung am Laacher See, damals. Unser Mißverständnis. Stell dir vor, Bettie hat genau dasselbe erlebt.«

»War sie auch in der Eifel wandern?« fragte Thea.

»Nein, es war im Schwarzwald, und sie sind auch nicht gewandert. Aber –«

»Das ist ja wie ein Radio-Eriwan-Witz«, sagte Thea. »Erstens war es nicht und zweitens auch nicht.«

Sie kauten beide stumm. Was redest du, wenn ihr über eure Männer redet, dachte Andreas.

»Was hat sie denn erlebt?« fragte schließlich Thea.

»Dasselbe Mißverständnis. Mit ihrem Partner. So wie wir uns damals gestritten haben.«

Thea sah ihn unbehaglich an. Ihr war nicht wohl bei dem Gedanken, daß Andreas mit jemand anders besprach, worüber er sich mit ihr stritt. Mußte sich allerdings selbst eingestehen, daß sie jeden Streit mit Andreas sofort weiterberichtet hatte, sich von Monika, Loni oder wem sonst hatte bestätigen lassen, daß sie im Recht und Andreas im Unrecht gewesen war. Schon deshalb, weil sie selbst das ungute Gefühl vom Gegenteil hatte. Aber das waren Frauen. Einem Mann gegenüber würde sie Andreas nicht bloßstellen. Hatte sie Andreas nicht bloßgestellt. Sie hatte ihn nicht benutzt, diesen Satz, der ihr die Affäre mit dem Mann vor der amerikanischen Kaserne sehr erleichtert hätte, den Satz: Mein Mann versteht mich nicht. Auch wenn das sogar gestimmt hätte, für manche Gelegenheiten. Sie hatte es sich bewußt schwergemacht.

Sie zuckte zusammen, als Andreas jetzt auch von der Kaserne und der Blockade anfing. Als ob sie laut gedacht und er zugehört hätte. Es war doch nun lange genug her, sie mußte nichts mehr befürchten. Und was hatte diese Bettie mit der Blockade zu tun? Gehörte sie auch zu den Friedensfrauen? Offenbar hatte sie in einer Woche ihren Andreas mehr von deren Bedeutung überzeugt als sie selbst in vielen Jahren. Jedenfalls behauptete er nun, er hätte gern an der Blockade teilgenommen. Sie hatte ihn damals darum gebeten, sie wäre froh gewesen, in seiner Begleitung zu sein, sie hatte Angst gehabt. Vorher. Nach der Begegnung mit Udo war sie natürlich froh, daß sie ohne Begleitung war, daß Andreas mehr Rücksicht auf seine Karriere als auf die Sicherheit seiner Frau genommen hatte.

»Das fehlt mir noch als Frau«, sagte Andreas und faßte damit seine Gedanken zusammen, die Thea kaum mitbekommen hatte, weil ihre Gedanken bei Udo waren und bei der Frage, ob diese Bettie damals womöglich etwas mitbekommen und nun weiterberichtet hatte, »das fehlt mir noch, diese Leichtigkeit gegenüber der Karriere. Verstehst du?«

Thea verstand nicht.

»Ich meine, daß ihr Frauen viel leichter und ungezwungener an eure Jobs rangeht, weil ihr diesen Erfolgsdruck nicht habt. Ihr habt ja ein männliches Sicherheitsnetz. Wir haben nur die eigene Karriere.«

Udo und die Kaserne waren vergessen. The sagte spöttisch: »Deine Bettie könnte glatt Familienminister werden mit solchen Erkenntnissen. Liegt voll im Trend.«

Andreas' neue Einsichten über sich selbst und das Leben fanden kein Echo. Waren denn mit Thea keine ernsthaften Gespräche möglich? Jetzt dachte er ihn, diesen Satz, der ihm im Zusammenhang mit Bettie noch nicht in den Kopf gekommen war: Meine Frau versteht mich nicht.

21

Familien-Wochenende. Vatermutterkind. Keine Andrea-Maria mit ihren Träumen von Frauengemeinschaft. Vater, der in der Landkarte suchte und ein Auflugsziel vorschlug. Ostsee. Mutter, die Picknick vorbereitete, Badezeug und Federball einpackte, das Surfbrett aufs Autodach schnallte. Tochter, die lieber mit ihren Freundinnen baden gegangen wäre, aber am Familienvergnügen teilnahm, weil sie als einzige Vaters Verkleidungskomödie noch als Spaß ansah, an dem sie teilhaben wollte. Aber Vater war nicht sehr gesprächig. Thea versuchte andere Themen, das schöne Wetter, wie lange hatten sie keinen Ausflug mehr zu dritt gemacht, und was war dieses Jahr mit Urlaub, fing schließlich, da sie ohne Echo blieb, sogar vom tropfenden Wasserhahn und von Nicoles schlechter Mathearbeit an.

Vater reagierte nicht. Er war noch in Bonn. Aber Witziges fiel ihm nicht ein, mit dem Sentimentalen war er bei Thea nicht gelandet. Nun blieb nur noch das Unangenehme.

»Ein Patzer ist mir schon unterlaufen«, sagte er. Das hatte er eigentlich nicht erzählen wollen. Wäre das nicht gewesen, hätte er eine perfekte Vorstellung gegeben. Er dachte nicht gern daran.

Thea zeigte Mitgefühl, erinnerte ihn, keiner sei perfekt, was ja für einen Mann in Frauenrolle schon klassisch war. Sie hörte sich sogar geduldig seine Hinweise auf Steigung und Runterschalten an, die er in sein Bonner Thema einflocht. Sie saß am Steuer. Ausnahmsweise. Sie hatte es sich angewöhnt in dieser Woche, Andreas war ja per Bahn nach Bonn gefahren.

Er berichtete ungern: »Ausgerechnet bei den AVD-Vorgängen. Da hängen die Bürgerbewegungen mit drin, ganz heikle Sache. Natürlich weiß ich, daß das nicht ohne Rückfrage beim MD zur Presse darf.«

Thea merkte wieder einmal, wie lange sie schon aus der Behörde weg war. AVD, das Kürzel kannte sie nicht aus ihrer Zeit. »Was ist AVD«, fragte Nicole.

»Du kannst deinen Chef doch jetzt noch informieren«, sagte Thea.

»Darum geht es gar nicht, ich habe ihn informiert«, sagte er, ärgerlich, daß sie es so leicht nahm. Es für nicht schlimmer als einen tropfenden Wasserhahn oder eine schlechte Mathearbeit hielt. Und sagte im selben Ton: »Oh, laß nicht solche Abstände. Der VW wird dich sonst gleich überholen.«

»Fährst du oder fahr ich«, knurrte Thea. Und beharrte, um klarzustellen, wer hier die Fehler machte: »Was hast du denn falsch gemacht?«

»Ich habe ja den MD informiert. Ich habe ihm alles Material rübergegeben«, sagte Andreas und sprach nicht weiter, denn was jetzt kam, war zu lächerlich. Absurd, daß ihm das passieren konnte.

»Und? Womit kriegst du nun Ärger?« fragte Thea. Aber nun tat er, als wäre da nichts der Rede wert, als würde sich alles leicht ausbügeln lassen. Vielleicht würde es das wirklich noch.

»Was ist denn passiert«, fragte Thea, »du bist doch so korrekt?«

»Weiß der Teufel«, sagte er, »sie waren alle so kooperativ, es ist doppelt ärgerlich. Aber die haben mich völlig nervös gemacht. Udendorf von 7 ruft mich zweimal an. Unbedingt den Vorgang dem MD geben! Nicht einmal, zweimal! Eben als ob ich wirklich eine Frau wäre.«

»Frauen sind ja dankbar für solche Hinweise«, sagte Thea und sah ihn zweifelnd an, ob ihm nichts auffiel. »Das baut ja enorm auf, wenn einem ständig unterstellt wird, man wäre allein zu dumm dafür.« Offenbar fiel ihm nichts auf.

»Dann hat auch meine Sekretärin mich zweimal erinnert. So als ob jede Frau auf die andere aufpassen muß, daß die keine Fehler macht. Der MD, der MD! Natürlich habe ich daran gedacht. Daran schon.«

Andreas hatte bis jetzt nicht recht begriffen, wieso das dann passiert war. Es war ein Vorgang, wie er ihn Dutzende, vielleicht Hunderte von Malen schon gehabt hatte. Ein brisantes Thema, bei dem man doppelt aufmerksam ist. Er hatte den ganzen Freitagvormittag damit zugebracht, die Unterlagen zu prüfen, hatte sich Vergleichsdaten kommen lassen, sich noch einmal von der Koordination die neuesten Zahlen beschafft. Ein Routinevorgang. Als Udendorf das erste Mal anrief, fühlte er sich gestört. Als ihn Frau Krantz das erste Mal erinnerte, hatte er sie angepfiffen. Und dann hatte es an ihm genagt. Wieso waren die beiden so besorgt? Bei einem Routinevorgang? Und mit geschärftem Blick waren ihm nun auch Merkwürdigkeiten aufgefallen. Die Zahlen der Koordination stimmten nicht mit denen von Referat 7 überein. Er ließ sich beide noch einmal bestätigen. Sie stammten aus verschiedenen Monaten, aber der Unterschied war enorm. Die Kritik der Bürgerbewegung, die sie zu widerlegen hatten, hielt sich an Zahlen, die denen von Referat 7 entsprachen. Auf sie stützte sich die Beurteilung der Abteilung, die er weitgehend übernommen hatte. Machten die neuen Zahlen eine ganz neue Beurteilung fällig?

Er ließ den Sachbearbeiter kommen, verglich, telefonierte, formulierte neu. Als Frau Krantz zum zweitenmal den Kopf hereinsteckte, hatte er herausgefunden, daß die verschiedenen Zahlen nur durch die unterschiedlich angesetzten Vergleichswerte entstanden und also in Wahrheit nicht voneinander abwichen. Hatte er sonst etwas übersehen? Wieso rief Udendorf zum zweitenmal an? Er hatte alles abgeschlossen und schon mittags dem MD vorgelegt. Den ganzen Freitagnachmittag und noch auf der Heimfahrt beunruhigte ihn das Gefühl, etwas vergessen zu haben. Als er aus dem Zug stieg, fiel es ihm ein. Die Hauptsache. Er hatte die Hauptsache vergessen. Die Pressestelle. Er hatte das Material nicht an die Pressestelle weitergegeben.

»Echt? Du hast das nicht gerafft? Nur weil die dich genervt haben?« fragte Nicole. »Was soll ich da sagen? Womit Mami mich manchmal nervt!«

»Hast du Lotte gesagt, ich brauche mein Fahrrad wieder«, sagte Thea aufs Stichwort, und Nicole meinte, Lotte könne es doch noch eine Weile behalten, Thea habe jetzt ja das Auto. Andreas war ärgerlich, daß sich das Gespräch so schnell von seinen Problemen entfernte, als wären sie belanglos. Er hatte auch das Gefühl, die beiden Frauen verplanten da etwas, bei dem er mitzureden habe, und ließ vorsichtshalber wissen, vielleicht wolle er mit dem Auto nach Bonn fahren. Obwohl es andererseits gut wäre, wenn Thea mehr führe, damit sie sicherer würde. »Fahr nicht so dicht auf, du willst doch hier nicht überholen?«

»Ihr Kerle legt es ja wirklich darauf an, Andrea-Maria zu verunsichern!« rief Thea zornig. »Du auch!« Und überholte mit Schwung, scherte haarscharf vor dem entgegenkommenden Wagen wieder ein, den sie wegen der Kurve natürlich nicht hatte sehen können.

Andreas stutzte, konnte ihren Gedanken nicht folgen. Zog aber aus ihrem Fahrmanöver seinen eigenen Schluß, und der stimmte ihn wieder heiter. »Aber ihr Frauen seid auch sehr sorglos«, sagte er, »diesen Fehler macht ja nicht mal ein Anfänger.« Die Sache war für ihn geregelt. Die Verantwortung lag bei dieser Frau, mit der er am Wochenende nichts zu tun hatte. Am Montag käme wohl die Wiedervorlage der Sache auf ihn zu. Aber heute konnte er sich ungestört seinen Badefreuden widmen.

Was dann doch störte, als er am Strand döste und Thea mit Nicole neben sich schwatzen und kichern hörte, war der Gedanke an seine Handballer. Jetzt grade würden sie spielen. Er hatte auf den Verein verzichtet, um das kurze Wochenende ganz für die Familie zu haben; Sonntag nachmittag mußte er ja schon wieder fahren. Er hatte sich für das ganze Bonner Jahr von seinem Verein verabschiedet. Leichtsinnigerweise. Schon vermißte er ihn.

Nicht den Sport, er hatte ja mit der Familie geschwommen, getaucht, sogar das Surfbrett in dem etwas mageren Wind in Bewegung versetzt. Auch nicht speziell ein einzelnes Mitglied seiner Mannschaft; es gab keinen Besonderen, mit dem er etwas Besonderes hätte bereden wollen. Eher vielleicht schon das Bier hinterher, die vertrauten Gespräche, die Späße, die sie meist schon kannten, bei denen sie zum Lachen nur das Stichwort brauchten. Er vermißte die Männergemeinschaft. Die Woche war zu weiblich gewesen.

Nun tuschelten da neben ihm zwei Frauen, verstanden sich nur auf ein hingeworfenes Wort hin, hätten in ihre weiblichen Geheimnisse sicher gern Andrea-Maria mit einbezogen. Aber er hatte

Andrea-Maria für heute freigegeben. Heute wollte er nicht über sie, nicht mit ihr nachdenken.

Das wollten allerdings Thea und Nicole. Nicole glaubte nicht, daß Andrea-Maria immer noch keinen Verehrer hatte, zur Verkleidungskomödie gehörte doch auch immer jemand, der sich aus Versehen ins falsche Geschlecht verliebte. Es hätte Nicole brennend interessiert, wie Andreas auf einen erotischen Mann reagiert hätte. Thea fragte ihn, ob er wie unter Frauen üblich seine Sekretärin duze, ob er die Hierarchie des Hauses durchbrechen werde, ob er mit seinen Untergebenen auch Privates bespreche, ob er sich von der Frauengruppe beraten lasse. So stellte sie sich eine Frau im Beruf vor. Mit all den Eigenschaften, die ihn an Frauen hinter Schreibtischen immer schon gestört hatten. Er dachte daran, daß sie gestern wieder in einem Büro gesessen hatte. Nichts Ernstes, eine Aushilfe. Aber was war, wenn das öfter vorkam? Ihr wichtigstes Erlebnis von gestern war offenbar, daß sie mit ihrer Vorgängerin über Mutterschaftsurlaub telefoniert hatte. Würde sie, wenn dieses Versicherungsunternehmen sie ließ, in Zukunft dort am Schreibtisch sitzen und über Privates schwatzen, unsachlich sein, sich reinreden lassen? Sich nicht durchsetzen können? Genau das Bild von Frau abgeben, gegen das seine Andrea-Maria so mühsam kämpfen mußte? Für jedes private Telefongespräch von Thea würde Andrea-Maria doppelt sachbezogen sein müssen, für jeden schlechten Ratschlag, den Thea von einer Kollegin annehmen würde, würde Andrea-Maria doppelt schnell entscheiden müssen. Solche Angestellten wie Thea machten es Karrierefrauen wie Andrea-Maria doppelt schwer. Und dann würde so eine wie Thea sich womöglich auf eine Quotenstelle bewerben und würde das Vorurteil gegen Quotenfrauen voll bestätigen. Und Andrea-Maria würde es auszubaden haben.

Thea würde auch im Büro den unsäglichen Witz weitererzählen, den Unterschied zwischen Ehemann und Dackel, den Nicole von sich gab mit der Bemerkung: »Wetten daß deine Typen den noch nicht gehört haben. Mußt du mal bringen als Frau, Papi.« Und das, was ihm die vierzehnjährige Tochter dann präsentierte, war, daß es eben keinen Unterschied gab, »beide gucken treudoof und wakkeln mit dem Schwanz.« Er sah Thea an, mit einem Blick, der sie aufforderte, etwas zu sagen, einzuschreiten, aber Thea lachte nur und sagte: »Mußt du mal bringen, wenn eine Konferenz zu steif wird.«

Auf welches Niveau sie Andrea-Maria niederzuziehen versuchte! Das war allenfalls ein Sekretärinnenscherz. Wäre Thea selbst noch im Büro gewesen, hätte er das klarstellen müssen, um sie vor Entgleisungen zu bewahren. So aber brummte er nur väterlich-zornig: »Was ihr komisch findet!«

»Und was findest du komisch, Paps?« sagte Nicole. »Erzähl uns einen Witz.«

Andreas hatte genügend parat, die Witze, die er brachte, wenn eine Konferenz zu steif wurde, die Witze, die unter den Handballern kursierten. Aber eigentlich war keiner dabei, der zu seiner vierzehnjährigen Tochter gepaßt hätte. Nicht mal zu Thea. Also teilte er Federbälle und Schläger aus, um dieses Thema zu beenden.

Ein schöner Tag, ein harmonischer Tag. Am Ende des harmonischen Tages lag das Ehepaar im Bett und wollte nachholen, was es am Vorabend wegen Streit versäumt hatte. Andreas hatte durch Streicheln seine Wünsche, Thea durch leise und innige Sprache die ihren signalisiert. Aber was sie sagte, paßte nur halb in die Szene: »Ich versteh dich so gut, deine Probleme mit dem Job. Ich kann das genau nachfühlen.«

Andreas wollte jetzt nicht verstanden werden, jedenfalls nicht auf diesem Gebiet. Er brummte ablehnend. Streichelte weiter. Das war jetzt das Gebiet, das zählte. Thea streichelte zurück, wollte aber noch weiter Verständnis zeigen: »Dir ist das neu. Ich kenn das alles. Aus der Zeit, wo ich noch gearbeitet habe.«

Nun war die Szene gestört. Andreas hörte auf zu streicheln, sagte fast ärgerlich: »Nichts kennst du. Bist du je Chef gewesen? Dein kümmerlicher Job!«

»Sogar daß man nicht wahrhaben will, daß es etwas mit Frausein zu tun hat. Man denkt, man taugt nichts, man zweifelt an sich ...«

Das hatte Andreas nun gerade nicht getan. Wollte Thea an seiner perfekten Andrea-Maria kratzen? Wollte sie sich an diesem einen winzigen Fehler festhalten? Dem noch gar nicht entdeckten, leicht wiedergutzumachenden? Hätte er ihr bloß nichts erzählt!

Thea wurde zärtlicher, wollte küssen, wollte mehr, aber Andreas wollte nun gar nichts mehr. Er drehte sich weg. Thea war ratlos. War es nicht ein schöner, harmonischer Tag gewesen? Sie sagte leise: »Du bist jetzt öfter gereizt als früher. Streß.«

Krüger wurde laut. »Kein Wunder, wenn mich jeder hier falsch versteht!«

Thea hatte den lauten Satz kaum gehört, weil ihre Empfangsstärke immer noch auf leise und zärtlich eingestellt war, den Ton, in dem sie sagte: »Aber auf eine Weise bist du mir näher. Weil ich dich so gut verstehe.«

Doch Andreas war zwar nah, aber unerreichbar. Er hatte jetzt endgültig die Decke über die Ohren gezogen.

22

Das Wochenende im Kreise der Familie hatte Andreas nicht so aufgebaut, wie er es für die Mühen der kommenden Arbeitstage gebraucht hätte. Wäre er wirklich Andrea-Maria gewesen, hätte er damit gar nicht erst gerechnet, hätte im Gegenteil mit einem Ehemann gerechnet, der sich von der erschöpften Y1-Beamtin seinerseits Zuspruch, Aufmerksamkeit und allerlei dienende Tätigkeiten erwartet hätte, hätte damit gerechnet, Unterwäsche und Seidenblusen fürs Büro selbst zu waschen und zu bügeln, wenn es nicht angestelltes Hauspersonal dafür gegeben hätte. Kurz, Andrea-Maria wäre von diesem Wochenende, wo Waschen und Bügeln von Partnerhand erledigt wurde und in Wahrheit nichts als einmaliges Brötchenholen von ihr verlangt wurde, erholt und zufrieden zur Arbeit zurückgekehrt. Andreas aber fühlte sich zu wenig beachtet, zu wenig umsorgt und daher unzufrieden.

Er saß im Zug, sah in die langsam dunkler werdende Landschaft, auf dem Klapptischchen vor ihm lagen einige Akten, die er eigens für die lange Bahnfahrt mitgenommen hatte. Er hatte sich beim Schaffner ein Bier bestellt. Trotz all dieser Bequemlichkeit wäre es besser gewesen, er hätte das Auto genommen. Allein schon, um als Andrea-Maria zu demonstrieren, daß nicht alle Frauen am Steuer so waren wie Thea. Wieso fuhr sie überhaupt dauernd, wenn er nicht da war? Sie hatte das Auto sonst auch nicht gebraucht. Für den Motor war es gar nicht gut, Thea fuhr zu untertourig, schaltete zu früh. Womöglich ließ sie sogar ihre Freundinnen ans Steuer; wenigstens hatte Nicole noch keinen Führerschein.

Er fand allmählich, er bewege sich zuviel unter Frauen. Er vermißte nicht nur die Handballer. Er vermißte auch die Bürozweisamkeit mit Pirchler, den morgendlichen Kaffee, die bekannten Rituale. Das Mittagessen mit den Kollegen, die Gespräche am Kantinentisch, die doch mehr als Betriebliches und Büroklatsch waren; man kannte sich schon lange. In Bonn hatte er zweimal in der Kantine gesessen, beide Male hatten sich Frauen an seinen Tisch gesetzt, es war nicht klar, ob sie wußten, wer er war. Mit größter Selbstverständlichkeit hatten sie ihn in ihre Gespräche gezogen, die er nicht teilen wollte; er wünschte nicht über das Fernsehprogramm des Vorabends, über das Kind einer unbekannten Kollegin, nicht einmal über die Ergebnisse im Tennis zu reden. So hatte er die anderen Tage in seinem Büro gegessen und hatte Frau Krantz' Erzählungen über ihren Mann und ihre Wohnungsrenovierung abgewehrt. Am Wochenende hatte er nur Frau und Tochter gesehen. Auch Bettie, obwohl etwas völlig anderes, war doch eine Frau. Es waren plötzlich zu viele. Und plötzlich waren die Männer verschwunden. Er war wie ausgesetzt in einem fremden Land.

Nicht, daß er Frauen nicht mochte, das war es nicht. Aber es war eben wie im Urlaub, während der drei Wochen in Griechenland, die man sich ja ausgesucht hatte und auch durchaus genoß. Das Hotelzimmer mochte schön sein und Balkon zum Meer haben, aber in diesem fremd eingerichteten Zimmer brachte er keine Gewohnheit unter. Nach kurzer Zeit dachte er an den Sessel zu Haus neben dem flachen Tisch, auf den man die Füße legen konnte. Er dachte auch an das Essen daheim; so herrlich frisch die Fische hier sein mochten, aber es gab sie nie vor acht Uhr, nicht zwischen sechs und sieben wie gewohnt. Es hätte gar nicht der fremden Sprache bedurft, die er nicht verstand, um ihn unsicher zu machen. Wie leicht benahm man sich falsch. Nutzte die griechische Gastfreundschaft aus auf der Wanderung, wo sie sich verirrt hatten und von der Bauersfamilie reich beköstigt wurden, bevor sie mit Eseln zur nächsten Bushaltestelle gebracht wurden. Erst hinterher sagten sie sich, sie hätten den Gastgebern für die Mühe etwas bezahlen müssen, mindestens den Kindern ein Geldgeschenk in die Hand drücken. Oder man biederte sich an, wie bei den jungen Leuten auf der Fähre, welche nur höflich gewesen waren und also die Flaschen voll Retsina, die sie daraufhin gemeinsam mit ihnen leeren wollten, mit Verwunderung zur Kenntnis nahmen und ablehnten. Es war schwer, sich im fremden Land normal zu benehmen.

War er nicht ausgezogen, fremde Gebiete zu erobern? Mit Anbiederung würde er nicht weit kommen. Er gab am Montagmorgen, gleich nach der Ankunft im Büro und der Begrüßung Frau Krantz die dienstliche Anweisung, Kaffee zu kochen. Sie stand gleichmütig auf und nahm die Kanne.

»Sie müssen aber damit rechnen, daß ich das vom Personalrat klären lasse«, sagte sie.

Ein schneller Sieg. Hätte er nur nicht eine Woche gewartet. Er würde aber mit dieser Herleshoff reden müssen, ehe die Krantz bei ihr erschien.

Als zweites rief er die Pressestelle an. Es nahm noch keiner ab. Er war früher gekommen als üblich, weil er damit gerechnet hatte. Die Pressestelle fing später am Vormittag an. Er schickte einen Boten mit den Unterlagen hin. Freitag nachmittag oder Montag früh, das machte ja wohl keinen Unterschied.

Auch andere schienen es nicht so genau zu nehmen. Krüger fiel auf, daß der Bericht über die bisherige Durchführung der 89er Verordnungen, den er von Seegers angefordert hatte, noch nicht auf seinem Schreibtisch lag. Er hätte zwar im Augenblick sowieso noch keine Zeit gehabt, ihn zu lesen, weil sich noch einiges von Vorrang auf diesem Schreibtisch türmte, aber nun wünschte er doch festzuhalten, daß Seegers den zugesagten Termin nicht eingehalten hatte. Vielleicht war das noch mal nützlich. Er bekam also einen Seegers ans Telefon, der sich zwar entschuldigte, aber hinzufügte, er denke, es habe noch ein bißchen Zeit, Frau Krüger sei sicher von anderen Vorgängen in Anspruch genommen, die sie mit Vorrang zu bearbeiten wünsche, zum Beispiel stehe doch dringend AVD an, er wünsche Frau Krüger nicht zu überlasten.

Einen Augenblick war Krüger sprachlos. Hier konnte er beim besten Willen nicht mehr Fürsorglichkeit vermuten. Wußte Seegers etwas? Unmöglich. War das offene Rebellion? Es war klar, daß

Seegers sein Gegner war. Aber es war auch klar, daß dieser Angriff zu einfach war.

»Bitte beurteilen Sie keine Dinge, deren Beurteilung Ihnen nicht zusteht«, sagte Krüger, »heute mittag liegt der Bericht auf meinem Tisch.« Legte auf.

Dann kam Frau Krantz mit dem dampfenden Kaffee, und Krügers Laune besserte sich.

»Herr Mitter wollte mit Ihnen über die Umstrukturierung noch mal sprechen«, sagte sie, »wenn sie einen Termin für ihn haben.«

Eigentlich hätte Herr Mitter nicht reden sollen, sondern auch einen Bericht vorlegen. Darüber, an welcher anderen Stelle die fünf oder sechs Mitarbeiter abgezogen werden könnten, welche die Behörde benötigen würde, um die zahlreichen Bürgeranträge und Bürgeranfragen zu bearbeiten, welche die 89er Verordnungen mit sich brachten. Krüger hatte ihn beauftragt, mehrere denkbare Modelle zu erarbeiten. Mitter brachte keines mit, als er in Krügers Büro kam, machte auch nicht den geringsten Versuch, sich zu entschuldigen, sagte nur: »Das habe ich natürlich noch nicht machen wollen.« Dann schnupperte er die Luft in Krügers Büro und sagte: »Es duftet nach Kaffee, wenn ich vielleicht auch einen…«

So wurde noch einmal Frau Krantz bemüht, während Krüger sich erklären ließ, wieso Herr Mitter einen Bericht, den er zu machen beauftragt war, nicht hatte machen wollen. Wollen, nicht etwa aus Zeitmangel nicht machen können. Er hatte die simple Erklärung, daß er der Meinung sei, man solle die fünf oder sechs Leute zusätzlich einstellen. Eine Umsetzung erübrige sich also. Wozu sich den Kopf zerbrechen über Änderungen, die dann gar nicht stattfinden würden.

Krüger hörte ihn schweigend an. Er war verblüfft. Er konnte sich nicht erinnern, Ähnliches erlebt zu haben. Glatte Arbeitsverweigerung. Hatten die beiden sich abgesprochen? War das ein Boykott? Was ging in dieser Behörde vor, wo offensichtlich keiner daran dachte, Aufträge ordnungsgemäß auszuführen? War das ein Test, wie weit sie gehen konnten bei dem neuen Chef?

Krüger machte sich nicht die Mühe, Mitter zu erklären, daß Neueinstellungen etatmäßig nicht drin seien. Mitter mußte das ohnehin wissen. Er sagte mit betont leiser Stimme: »Ich hatte Sie beauftragt, für heute denkbare Modelle einer Umstrukturierung zu erarbeiten. Heute abend liegen diese Vorschläge auf meinem Schreibtisch.« Öffnete einen Aktendeckel und vertiefte sich. Das Gespräch war beendet.

Bevor Mitter aufgestanden war, klingelte das Telefon. Der Pressesprecher bedankte sich, daß er nun zum zweitenmal die AVD-Akten erhalte.

Zum zweitenmal?

»Das erste Mal allerdings nicht von Ihnen«, sagte der Pressesprecher süffisant. »Sie wissen, ich hatte Samstag Termin mit den Sprechern der anderen Ministerien, die betroffen sind.«

Das hatte Krüger nicht gewußt. Sonst wäre er auf dem Bahnhof in Kiel, als er sein Versäumnis bemerkte, in den Gegenzug gestiegen. Er bemühte sich, ein gleichgültiges Gesicht zu machen. War er blaß geworden? Da saß dieser Mitter, dem der deutliche Hinweis nicht genügt hatte und der nun interessiert zuhörte. Er verstand doch nicht, was am anderen Ende gesagt wurde? Krüger preßte den Hörer fester ans Ohr.

»Aber Sie haben die Unterlagen erhalten«, fragte er so allgemein wie möglich, er konnte doch nicht vor diesem Zeugen zu Erklärungen ansetzen. Er hielt den Hörer zu, sagte über den Tisch: »Wir sind fertig«, und machte eine winkende Handbewegung zur Tür.

»Ich trinke meinen Kaffee noch aus«, sagte Mitter, »ich wollte Sie unbedingt noch darauf hinweisen, daß es vom Etat her kein Problem mit den Neueinstellungen geben dürfte. Jedenfalls, wenn wir die Computer nicht bestellen, wie Sie ja wohl vorziehen.« Und er zog eine Liste mit Zahlen aus der Tasche.

Währenddessen beklagte an Krügers rechtem Ohr die Stimme des Pressesprechers, wie er bis ins Wochenende hinein der Akte nachgelaufen sei, schon um halb fünf Uhr sei Frau Krüger ja nicht mehr im Büro gewesen, auch nicht im Hotel erreichbar, er habe dem MD bis nach München hinterhertelefoniert und dann schließlich am Samstag früh dessen Referenten aus dem Bett geholt, der ins Büro gefahren sei und dort die Akte gefunden habe.

Krüger packte die Kaltblütigkeit der Verzweiflung. Da saß dieser unverschämte Mensch und tat so, als müsse er seiner Aufforderung keineswegs folgen. Da hielt ihm einer einen unverzeihlichen Fehler vor. »Das Büro des MD hätte Ihnen die Akte Freitag noch reinreichen sollen«, sagte er freundlich ins Telefon, »unverzeihlich, daß das vergessen wurde.« Und ebenso freundlich zu Mitter: »Würden Sie Ihren Kaffee bitte draußen trinken, ich lasse Sie wieder rufen.« Mitter verschwand, der Pressesprecher beeilte sich zu sagen, er habe nicht etwa Frau Krüger einen Vorwurf machen wollen, sie möge das bitte nicht mißverstehen. Krüger legte auf. So könnte es gehen. Obwohl es dann falsch gewesen war, ihm heute die Unterlagen noch einmal zu schicken.

Bisher hatte er nur gekämpft, nicht gearbeitet. Bevor er zum Arbeiten kam, lag noch ein Stück Kampf vor ihm. Der Personalrat. Er rief die Herleshoff an; es durfte nicht so aussehen, als wäre es wegen Kaffee. Er war bei seinem Besuch entgegenkommend genug gewesen, daß sie ihm eigentlich diesen Gefallen schuldig war. Aber vorsichtshalber bot er ihr ein weiteres Bonbon, bot ihr eine Aussprache über die geplanten Umsetzungen. Er wünsche das nicht ohne den Personalrat zu entscheiden, sagte er, und während beide in ihren Kalendern nach einem passenden Termin suchten, sagte sie: »Wir hoffen doch auf Neueinstellungen.«

Er seufzte. Vielleicht war er zu entgegenkommend. Er gab einen Finger, und sie war unzufrieden, daß es nicht zwei Hände waren. Wenn die Sache mit Frau Krantz geregelt war, würde er auch hier eine härtere Gangart anschlagen.

»Das ist ja glücklicherweise ein Problem, wo wir nicht einschreiten müssen«, sagte die Herleshoff zur Kaffeefrage. »Eine Kleinigkeit. Das wird überall im Haus per Absprache geregelt. Natürlich steht es nicht im Dienstvertrag, und natürlich kocht jede Sekretärin Kaffee fürs Büro. Das können Sie auch per Absprache regeln. Gerade unter Frauen.«

Das war die Trumpfkarte, die sie wie die Taschenspieler immer hervorzogen, wenn er gerade dabei war zu gewinnen. Die Dame. Er wollte sich auf dieses Spiel nicht einlassen, in dem die Dame immer stach. Aber nur, wenn die anderen sie ausspielten. Wieso stach sie bei ihm nicht?

Es war allmählich so, daß sein Enthusiasmus für Andrea-Maria nachließ. Nicht nur wegen dieses törichten Fehlers, den sie ihm eingebrockt hatte. Gewiß, für eine Frau war sie brillant. Aber sie hatte doch zuviel von dem, was ihn bisher immer an Frauen hinterm Schreibtisch gestört hatte. Sie ließ sich zuviel reinreden. Sie ließ sich zu leicht auf Nebensachen ablenken. Sie hatte zugesagt, beim Treffen der Frauengruppe zu erscheinen, obwohl dies nur ein inoffizieller Zusammenschluß war, kein Organ des Personalrats oder der Gewerkschaft. Zeitverschwendung. Sie hatte sich in Debatten darüber ziehen lassen, ob Frauen mit Computern umgehen können, statt direkt und sachbezogen zu entscheiden. Wieviel Zeit hatte sie schon mit diesem törichten Hin und Her um das Kaffeekochen vertan! Absolut überflüssig. Auf Ebene Ypsilon geht man anders mit solchen Problemen um. Und sie schien es auch zu sein, die ihm diesen Trotz einhandelte, diese Front von Verweigerung. Oder hatte das nichts mit Andrea-Maria zu tun? Wäre ein männlicher Chef auch so bekämpft worden? Er überlegte, wer im Haus auf seiner Seite war. Udendorf. Nicht ernst zu nehmen. Bettie.

Er sehnte sich nach einer Begegnung mit Bettie. Nach Verständnis. Die Teeküche kam nicht in Frage. Wo sonst könnte er ihr begegnen? Er mußte es nicht dem Zufall überlassen. Er konnte sie zu einem Gespräch bitten. Konnte er? Wo er eigentlich nichts Dienstliches zu besprechen hatte, nur schwatzen wollte? Er ließ nicht Frau Krantz anrufen, um sie zu sich zu bitten, er rief selbst an.

»Du hast 'ne Hierarchie wie 'n Typ«, sagte sie zur Antwort. Und erklärte, als er nicht begriff, was sie meinte: »Zur Personalratsvorsitzenden gehst du hin, die Vorsitzende der Frauengruppe zitierst du zu dir.«

Das hatte er keineswegs getan, er hatte Bettie auf ein Schwätzchen gebeten. Aber ihr Ton schreckte ihn ab, ihr das zu erklären.

»Übrigens, hattest du nicht den Kleinen Dienstweg einführen wollen?« fragte sie. »In unserem Laden läuft das nicht.«

Sie war in Referat 8, soweit er wußte. Oder 7? Und wieso lief es nicht? Er hatte ja nicht nur einführen *wollen*, er hatte in der Tat schon in seiner ersten Bonner Dienstwoche eingeführt. Wenigstens war Andrea-Maria nicht so zögerlich wie die meisten Frauen, die er kannte.

»Ich bin in 7«, sagte Bettie. »Würd ich mal nachhaken. Sonst denken die Typen, bei 'ner Frau können sie sich so was rausnehmen. Bis morgen dann. Frauengruppe.« Und damit legte sie auf und dachte offensichtlich, bei einer Frau könne sie sich rausnehmen, nicht zu kommen, wenn sie aufgefordert wurde. Es hätte doch etwas Dienstliches anstehen können! Vom Schwatz hatte Krüger nichts gesagt. Aber wenn er sie nun ernsthaft herzitieren würde, müßte er sich einen dienstlichen Anlaß ausdenken. Vielleicht sich ausführlich berichten lassen, was mit dem Kleinen Dienstweg nicht lief.

Was war los in dieser Behörde? In Kiel wurde erledigt, was angeordnet wurde. Da war meist er derjenige gewesen, der erledigte, selten der, der anordnete. War das der Unterschied? Es konnte nicht sein, daß es an Andrea-Maria lag, der man die Anordnungen nicht abnahm, die von den Herren boykottiert wurde, denn der Leiter von 7, der offenbar Andrea-Marias Anordnungen umging, war Udendorf, der sich bisher in Bekundungen von Loyalität geradezu überschlagen hatte.

Er überschlug sich auch diesmal, diesmal in Entschuldigungen und Beteuerungen, daß es allein die Rücksicht auf sie, die verehrte Chefin, Frau Krüger, gewesen sei, die ihn habe zögern lassen. Nicht, weil er selbst diese Regelung für unglücklich halte, ganz im Gegenteil. Aber er habe doch von Herzen gewünscht, Frau Krüger noch einmal seine Bedenken zu unterbreiten, daß sie damit zu viele Kompetenzen weggebe. »Die Fäden, verstehen Sie, laufen nicht mehr in Ihrer Hand zusammen. Könnte Ihnen das nicht möglicherweise Führungsprobleme machen? Gerade als Frau, der die Herren der Schöpfung doch so gern jede Führungsqualität bestreiten.«

Nun brüllte Krüger. Brüllte Udendorf an, ausgerechnet ihn, Andrea-Marias treuen Vasallen. »Kann man in diesem Haus denn nicht einmal zur Sache kommen ohne diesen verdammten Weiberkram!«

»Verzeihen Sie, ich wollte nicht auf Ihr Geschlecht anspielen«, sagte Udendorf. Und wurde dabei rot.

Rot war auch Krüger, allerdings vor Zorn. Wäre er es nicht selbst gewesen, er hätte diese Andrea-Maria gehaßt.

23

Am Montag, als Andreas wieder in Bonn war und Nicole in der Schule und die Wohnung wieder leer und still, fiel Thea ein, was sie alles am Wochenende hatte machen wollen. Sich mit Inga treffen und ihren ersten Arbeitstag feiern. Sie hatte Inga nicht einmal angerufen. In der Stadtbücherei den juristischen Kommentar ausleihen, den sie vorige Woche nicht bekommen hatte. Am Sonnabend ganz früh die Stellenanzeigen lesen und Briefe losschicken, vielleicht schon anrufen. Die erste sein, die sich meldet. Sie hatte nicht mal nach ihrer eigenen Anzeige geblättert. »Wer gibt Juristin, vierzehn Jahre aus dem Beruf wegen Kindererziehung, eine Chance.« Sie hatte diese Anzeige schon Anfang der Woche aufgegeben, nach dem ersten stillen Abend ohne Andreas. Heute hätte sie anders formuliert, etwa: Juristin mit Gutachter-Erfahrung, oder: Juristin, Berufserfahrung in Behörde und freier Wirtschaft, Computer- und Spanischkenntnisse. Denn im Gegensatz zu Andrea-Maria hatte sie einen Computerkurs an der Volkshochschule gemacht. Anfang der Woche war noch nicht abzusehen gewesen, wie schnell ihr Selbstbewußtsein erwachen würde. Da hatte sie sich noch überlegt, ob sie mit dem Wort Kindererziehung bei nur einem Kind nicht den Mund zu voll nahm.

Sie nahm sich die Zeitung vom Wochenende. Nicht, daß sie die noch nicht gelesen hätte. Sie und Andreas hatten jeder ein Stück Zeitung am Frühstückstisch gehabt und sich gegenseitig vorgelesen. Wieso hatte sie die Stellenanzeigen ausgelassen? War es, um nicht noch mehr von dem Ärger heraufzubeschwören, der leise zwischen ihnen grollte? Und wieso hatte sie nicht einmal daran gedacht, Inga anzurufen? Sie hatte das ja keineswegs Andreas zuliebe unterlassen. Sie hatte es wirklich vergessen. Auch wenn sie das heute, am Montag, selbst kaum noch glauben konnte. Der Gehirnteil, der Theas eigene Pläne und Vorhaben gespeichert hatte, war in Andreas' Anwesenheit offenbar nicht zu benutzen. Der Zugang war blockiert. Falscher Befehl oder Dateiname. Sie hatte Ehefrau statt Ich eingegeben und damit Dutzende von Dateien gelöscht. Das Retrieve-Programm stand erst nach Andreas' Abreise wieder zur Verfügung.

Aber der Schaden war inzwischen unübersehbar. Ein paar Dateien aus dem Verzeichnis Inga waren durch diese falsche Eingabe auch gelöscht worden. Inga ließ sich am Telefon nicht sprechen, ließ sie durch die Sekretärin abfertigen. Gab sich nicht mal die Mühe, ihre Stimme zu dämpfen, so daß Thea sie deutlich am Telefon rufen hörte: »Sagen Sie Frau Krüger, ich bin nicht erreichbar.« »Frau Frege ist in einer Konferenz«, sagte die Sekretärin, »es kann länger dauern.« Thea legte zaghaft den Hörer auf. Ihre Größe einer spanischsprechenden Juristin mit Gutachtererfahrung schrumpfte schnell wieder auf das Kleinformat der Hausfrau mit vierzehn Jahren Berufslücke. Keine gute Stimmung, um in den Anzeigen zu blättern.

Sie machte sich keine Illusionen. Auch wenn in ihrer »Brigitte« ab und zu die schönen Reportagen zu lesen waren über die Frauen, die es geschafft hatten und in den alten Beruf zurückgekehrt waren oder sogar einen neuen gefunden hatten. Groß und in Farbe, mit vielen Bildern. Strahlend und mit perfektem Make-up die Hauptfigur. Versagerinnen alle die, die es ihr nicht gleichtun konnten. Aber sie hatte in eben dieser »Brigitte«, meist schon im selben Heft oder im nächsten, nachlesen können, wie schwer bis unmöglich der Wiedereinstieg war. Wenn auch in kleineren Artikeln hinten im Schwarzweißteil, etwa in einem kurzen Text, der eine Statistik erläuterte. Die magische Grenze hatte sie immerhin noch nicht überschritten. Ab vierzig waren Frauen in der Gewerkschafts- und Arbeitsamtssprache ältere Arbeitnehmerinnen, und wenn sie nur älter und keine Arbeitnehmerinnen waren, hatten sie auch keine Chance mehr, sich in eine solche zu verwandeln.

Die Begriffe jung, jugendliches Team, flexibel, dynamisch, kreativ, für Neuheiten aufgeschlossen, voll unkonventioneller Ideen, Innovationsfähigkeit schienen sich allerdings auch nicht gezielt an eine Frau von Ende Dreißig zu richten. Sie blätterte, suchte. Es gab auch Anzeigen, in denen anderes als Jugendlichkeit gefragt war. Sie überlegte, welche der gewünschten Eigenschaften sie zu bieten hatte. Durchsetzungsfähigkeit. Grade demonstriert, widerwilligen Ehemann zum Brötchenholen geschickt. Mehrjährige Tätigkeit in leitender Position. Vierzehn Jahre nachweisbar. Wenn ihre Abteilung auch nur aus einer Mitarbeiterin namens Nicole bestand. Erfahrung. Persönlichkeit. Wer wollte ihr das absprechen. Solides Fachwissen. Freitag unter Streß bewiesen.

Management-Erfahrung. Wenn ein Haushalt kein Management erforderte.

Je größer die Anzeigen waren, desto mehr Führungsqualität und leitende Funktion, Kreativität und Innovationsfähigkeit wurden gefordert. Thea blätterte weiter nach hinten, wo die Anzeigen nur noch aus zwei oder drei Zeilen bestanden. Verkäuferin im Fachgeschäft. Büglerin. Entbeinerin. Vertreterin unserer hochwertigen Produkte. Das war zu weit hinten. In der Größe von acht bis zwölf Zeilen fand sie zwei Angebote, deren Menge an erwünschter Einsatzbereitschaft und Aufgeschlossenheit sie glaubte bieten zu können. Ihre beiden Briefe würden dann also mit einigen hundert anderer eintreffen.

So was macht man über Beziehungen, sagte sie sich in Ingas Tonfall und überlegte, wer als Beziehung in Frage käme. Inga zur Zeit deutlich nicht. Sonst auch nicht viele. Die sie aus ihrer eigenen Behördenzeit kannte, hatten sich alle in Kollegen von Andreas verwandelt, seit sie ausgeschieden war. Und würden ebensowenig wie er Verständnis dafür aufbringen, daß die Frau eines Y1 wieder von unten anfangen wollte. Und die Kolleginnen? Es genügte nicht, daß sie noch vorhanden waren, sie mußten auch weit genug oben sein, um eventuelle Beziehungen spielen lassen zu können. Thea fiel nur eine ein. Jutta Belmann. Mit Doktortitel. Mit genug Ehrgeiz, um nicht ausgestiegen zu sein. Sie hatte sogar schon vor Andreas Y1 gehabt. Sie war eine von der Sorte, über die Thea gesagt hätte, die hat wohl keinen abgekriegt, wenn sie nicht gewußt hätte, daß da jemand war, von dem Dr. Belmann als der Belmann sprach, mit dem gemeinsam sie eine so beängstigende Menge Komitees, Gruppen, Ehrenämter und Vereine betrieb, wie es eigentlich nur die tun, die keinen abgekriegt haben. Dachte Thea damals. Heute sah sie die Sache anders. Und hoffte, die Belmann würde das auch tun. Würde ihr jedenfalls nicht mehr übelnehmen, daß sie damals alle Aufforderungen, sich in Komitees zu engagieren, Ehrenämter zu übernehmen, Gruppen zu betreuen, nicht nur abgelehnt, sondern sich darüber lustig gemacht hatte. Immerhin hatte die Belmann einen Termin für sie.

Thea war sich der Peinlichkeit bewußt, nach vierzehn Jahren ohne Kontakt jetzt aufzutauchen und um Hilfe zu bitten. Damals saßen sie eine Zeitlang im selben Raum, hatten viel miteinander zu tun. Als sie wegging, hatte die Belmann gesagt: »In spätestens sechs Monaten sitzt du wieder hier. Sonst bist du weg vom Fenster.« Oder hatten sie Sie zueinander gesagt? Thea hatte sie meist mit Doktor angeredet, was nicht nur Spott war. Auch Hochachtung war dabei.

Thea vermied die Anrede. »Nach sechs Monaten hab ich die Kurve nicht gekratzt, und nun bin ich weg vom Fenster«, sagte sie zur Begrüßung. »Vierzehn Jahre nichts als Haus und Kind. Vertane Zeit.«

»Der Belmann würde das nicht so sehen«, sagte die Belmann, »er genießt das sehr. Manchmal beneide ich ihn sogar, daß er diese Behördenzwänge los ist.«

Thea begriff nicht.

»Der Belmann erzieht unsere Kinder«, erklärte die Belmann.

»Vermißt er nicht seine Arbeit?« fragte Thea verblüfft, und so wurde die Hausfrau von der Nichthausfrau aufgeklärt, daß Haushalt und Kinder Arbeit waren.

»Aber fällt ihm nicht die Decke auf den Kopf? Ich jedenfalls, ich möchte so gern wieder was machen.«

Doktor Jutta Belmann wurde geschäftlich. Ob sie deshalb gekommen sei, welche Qualifikationen, bei welcher Stufe ausgeschieden, was sonst gemacht, Spanisch, Computer, welche Ehrenämter, keine, doch Friedensfrauen. Dann rief sie ein paar Leute an, ließ die Sekretärin Unterlagen holen, telefonierte noch mal, blätterte. Sie sagte nicht: Du bist zu alt; oder: Das ist ganz ausgeschlossen; nicht mal: Sieht schlecht aus, aber da ist eine kleine Chance.

Sie telefonierte und blätterte, als habe sie eine kleine Anfrage zu klären, eine Nebensache, die man zwischendrin erledigt. Mehr war es auch nicht. Thea war keine Viertelstunde bei ihr im Zimmer, da lag das Angebot auf dem Tisch. Rechtsberatung in einem Verein für Bewährungshilfe. »Spanisch kannst du brauchen, es sind auch ausländische Jugendliche dabei. Türkisch wäre besser. Du solltest dich noch heute melden, sie warten.« Und sie gab ihr einen Zettel mit Adresse und Telefonnummer.

Thea nahm den Zettel, sah auf die Zahlen der Telefonnummer, als wären da die sechs Richtigen. Ein einziges Los gekauft und schon den Hauptgewinn. Nun konnten die Scheinwerfer angehen, die Reporter und Fotografen erscheinen und die große Bildreportage aufnehmen. Die Frau, die es geschafft hat, in den alten Beruf zurückzukehren. Sie hat sich fleißig fortgebildet, ohne Fleiß kein Preis, Kurse an der Volkshochschule. Sie hat sich mit der Fachliteratur auf dem laufenden gehalten. Ihre Tochter, vierzehn, die vielseitige Interessen und Hobbys hat und von der Mutter zur Selbständigkeit erzogen wurde, freut sich mit ihr über die neue Chance. Foto Nicole und Originalton: »Find ich voll gut.« Interview mit dem Ehemann, der seine Frau unterstützt. Der Zweifel anmeldet. Der eigentlich nicht einverstanden ist. Der Ehemann wird ausgelassen. Auch weil er sich nicht fotografieren lassen will. Dann aber das Interview mit Thea. Wissen Sie, daß Sie eine unter Tausenden sind? Haben Sie die Statistik hinten in unserem Heft gesehen? Aber Sie haben sich nicht abschrecken lassen. Und dann das Großfoto von Thea. Make-up von einer Kosmetikerin, perfekt, dezent. Gestylte Frisur. Und natürlich das Cashmere-Kostüm.

Die Belmann war schon dabei, Thea zu verabschieden, ließ schon durch die Sekretärin den nächsten Besucher hereinbitten und antwortete schon ungeduldig auf die vielen Fragen, die Thea noch hatte. »Ein neues Konzept, eine hochinteressante Sache, Hilfe statt Strafe, arbeiten gut mit den Gerichten zusammen, lauter engagierte Leute, zum Teil im Hauptberuf auch Juristen, einige ABM-Kräfte. Großartige Sache. Viel Erfolg.«

Und da knipsten die Fotografen ihre Lampen aus, die Reporter stellten das Tonband ab, steckten den Block ein. Das Los war ungültig. Die Belmann hatte Thea ein Ehrenamt vermittelt.

Und sie mußte es annehmen. Sie hatte sich festgelegt, sogar versprochen, sich heute noch zu melden. Sie konnte jetzt nicht noch mal zurück in Belmanns Zimmer gehen und sagen, sie habe an etwas Bezahltes gedacht.

»Wär schon toll, wenn die auch löhnen würden, aber ehe du zu Haus versauerst...«, sagte Nicole beim Mittagessen, hatte wenig Zeit, mußte zur Selbstverteidigung, anschließend Mathe lernen mit Lotte und Heidi. Tochter Nicole, vierzehn, die vielseitige Interessen und Hobbys hat und von der Mutter zur Selbständigkeit erzogen wurde, freut sich mit ihr über die neue Chance. »Papi sahnt doch genug ab in seinem neuen Job«, sagte sie und mußte schon weg.

Eigentlich hatte Nicole recht, dachte Thea. Sie brauchte nicht dringend mehr Geld. Außer wenn sie nun auch solch teure Kleidung tragen wollte wie Andreas. Was sie brauchte, war eine Arbeit, eine interessante. Und diese Gruppe versprach interessant zu werden. Sie wäre damals vielleicht ins Jugendstrafrecht gegangen, wenn sie geblieben wäre. Hatte sich die Belmann so lange gemerkt, daß sie das vorgehabt hatte? Sie würde sich die Auseinandersetzung mit Andreas ersparen. Falls es eine geben würde; über ein Ehrenamt würde es jedenfalls keine geben.

Aber dann war da der Gedanke an Andrea-Maria. Und damit war ihr klar, daß etwas Unbezahltes, was andere Berufstätige nebenher machen, nicht in Frage kam. Sie wollte auch dieses Cashmere-Kostüm. Nicht weil sie teure Klamotten wollte. Weil sie die Hochachtung wollte, auf die Personen in solchen Klamotten Anrecht haben. Die Hochachtung, die Andreas für seine Andrea-Maria einzufordern offenbar nicht in der Lage war.

24

Andrea-Maria Krüger scharte allmählich ihre Gefolgsleute um sich. Jedenfalls schien auch Mitter langsam auf Krügers Linie einzuschwenken. Er kam, um die geforderten Vorschläge abzuliefern. Er saß da, machte sich breit wie am Vortag, verlangte wieder Kaffee, als wäre er hier zu Haus, und redete weit mehr, als Krüger wissen wollte. Aber er redete Erfreuliches. Berichtete etwa, wieviel angenehmer es sich mit dem Kleinen Dienstweg arbeiten lasse, wieviel Schwerfälligkeit damit aus dem Büroalltag genommen sei.

»Es ist eigentlich das Normalste von der Welt«, sagte er strahlend, »man geht zu dem, von dem man etwas will. Unvorstellbar, daß wir uns jahrelang überflüssige Instanzen dazwischengeschaltet haben. Da muß erst eine Frau kommen und uns das klarmachen.«

In Kiel wurde es immer so gehandhabt, und das hat ein Mann eingeführt, hätte Krüger am liebsten gesagt. Sagte es nicht, denn er hätte nichts davon, Andrea-Marias Position zu schwächen. Aber er merkte, daß es ihm allmählich auf den Wecker ging, speziell als Frau gelobt zu werden. So etwas Besonderes waren Frauen ja nun wieder nicht. Es bedurfte keiner großen Leistung, eins von diesen unbedeutenden Wesen mehr oder minder perfekt nachzuahmen, und es machte ihn nicht stolz, das ständig bestätigt zu bekommen. Immerhin hatte Andrea-Maria nun offenbar Mitter als Anhänger gewonnen, auch in der Computerfrage. Er hatte seine Meinung geändert, bestand nicht mehr auf Anschaffung, hatte statt dessen das Geld, das dafür benötigt würde, in seinem Papier auf die fünf oder sechs neuen Stellen verplant. Neue Stellen oder Umsetzungen, er hatte für beide Möglichkeiten Vorschläge dabei. In allen Vorschlägen waren diese neuen Stellen bei ihm angesiedelt. Aus seinem Drei-Mann-Bereich würde damit eine richtige Abteilung. Was lag dann näher, als daß er Abteilungsleiter würde.

Krüger war keineswegs erstaunt. Das war schon im Mittelalter so, daß der Kaiser oder Fürst seine Gefolgsleute mit Grund und Boden belehnte dafür, daß sie Treue hielten. Mitter steckte seine Grundstücksgrenzen ab. Krüger war von ihm eingenommen. Seine selbstbewußt fordernde Art war ihm sympathischer als Udendorfs grundlose Liebedienerei. Neueinstellungen würde es nicht geben. Aber von diesen Umsetzungen könnte er einige Mitter zuschieben.

Krüger schenkte noch zwei Tassen Kaffee ein. »Der Personalrat ist für die Computer«, sagte er gedankenvoll, »obwohl anscheinend viele Frauen dagegen sind.«

»Dann spannen Sie doch die Frauengruppe ein«, meinte Mitter, »das ist nach dem PR die zweite Wahl; wie bei der Vilger.«

»Ach?« fragte Krüger interessiert.

»Die steckt seit Jahren in Stufe H fest, schafft nicht den Sprung in die I. Dann hat sie für den Personalrat kandidiert, um auf die Weise die Beförderung zu beschleunigen. Und weil die Stimmen nicht reichten, hat sie die Frag gegründet. Nun hat sie Hausmacht.«

»Ach«, sagte Krüger wieder. Er war im Haus schon mehrfach auf diese wegwerfenden Handbewegungen, diese leicht verächtlichen Gesichter gestoßen, wenn von der Frauengruppe die Rede war. Er hatte schon beschlossen, nach dem heutigen Treffen den Kontakt zu dieser Gruppe zu reduzieren. Er hatte sogar überlegt, ob er die Zusage für heute, die er Bettie gegeben hatte, würde einhalten müssen. Der Personalrat wäre ihm lieber gewesen. Aber diese Herleshoff war glatt wie ein Aal. Immer wenn er sie zu haben glaubte, rutschte sie ihm weg.

»Herr Anders wird wohl kämpfen wie ein Löwe«, sagte Mitter noch, »er arbeitet grade an einer größeren Publikation.«

»Schreibt Udendorf nicht für die Fachpresse?« hakte Krüger nach, und Mitter glaubte zu wissen, daß Udendorf eine Frau habe, die ihm zu Hause entsprechende Hilfsdienste verrichte. Vermutlich auf einem eigenen Heimcomputer.

Krüger war beeindruckt. In dieser Behörde war offenbar jeder von solchem Format, daß er in der Lage war zu publizieren. Hier herrschte ein anderes Niveau als zu Hause, hier wurden andere Maßstäbe angelegt. Maßstäbe, denen er sich gewachsen gezeigt hatte. Er konnte sich nicht erinnern, daß in Kiel ein einziger Kollege mehr geschrieben oder gedacht hätte, als für den Büroalltag nötig war. Manche hatte er dann und wann klagen gehört über die Arbeitsbelastung, die ihnen die Zeit raube, sich gründlich und ausführlich einer längeren Forschungsarbeit zu widmen oder eine weitblickende Planung zu konzipieren. »Wir arbeiten von der Hand in den Mund«, pflegten sie zu sagen, »ohne seriöse Grundlagen, ohne fundierte Zukunftskonzepte.« Aber Krüger wußte aus eigener Erfahrung, daß die Arbeitsüberlastung so enorm nicht war. Kiel war eben nicht Bonn, war Provinz. Dort war man anspruchslos; hier wurde man gefordert, hier würde er selbst, Krüger war sich sicher, auch wieder publizieren, wie er es sich seit seiner Examensarbeit immer gewünscht hatte. Das Thema, das er damals gewählt hatte, »Die grundbuchliche Aufarbeitung von Umsiedlung und Neusiedlung in den Kirchspielen Mossau, Güttersbach und Erbach und ihre Bedeutung für die Kommunalpolitik in und nach dem Dreißigjährigen Krieg«, war durchaus ausbaufähig. Mit entsprechender Zeit und Kapazität hätte er statt der drei Beispiele eine weit größere Anzahl zusammentragen können, und – darüber dachte er seit langem nach, und seit der komplizierten Grundbuch- und Eigentumsfrage, die sich mit der Wiedervereinigung ergeben hatte, schien es ihm fast zwingend – er hätte den Vergleich zu entsprechenden Vorgängen in und nach dem Zweiten Weltkrieg ziehen wollen.

Nun sah er Chancen für dieses Vorhaben. Er dachte an die geplanten Umsetzungen. Eine oder zwei würde er direkt bei sich ansiedeln, ohne sie einem bestimmten Referat zuzuteilen. Eine Art Stabsstelle, die alle mögliche Zuarbeit für ihn würde leisten können. Der oder vielleicht die beiden Mitarbeiter sollten durchaus auch für die Durchführung der 89er zuständig sein, irgendwie leitend und koordinierend. Aber nicht so davon in Anspruch genommen sein, daß sie nicht als Zuarbeiter seine Forschungs- und Planungsvorhaben betreuen könnten. Er sah es da schon liegen, das dicke Buch, denn es müßte schon mehr als ein Fachartikel sein. Auf dem Titel würde fett sein Name stehen und zierlich klein darunter »unter Mitarbeit von...« Mußte er sie überhaupt nennen? Vielleicht genügte es, sie im Inneren auf Seite fünf zu erwähnen, dort wo stehen würde: »Für Dorothea, die meine Arbeit immer unterstützt hat.« Er könnte Thea weglassen, von Unterstützung merkte er zur Zeit sowieso nicht viel, und die beiden dort nennen. Falls er sie bekäme. Dafür müßte er Truppen sammeln. Mitter gehörte offenbar schon dazu.

Als Mitter gegangen war, wurde ihm klar, daß es da ein Problem gab. Er würde das Buch als Andrea-Maria veröffentlichen müssen. Sonst würde er sich verraten. Aber konnte er zulassen, daß das Werk, an das er schon so viel Arbeit, so viele Ideen verwendet hatte, nun einfach dieser Frau in den Schoß fiel? Er begann die Post zu lesen, die auf seinem Schreibtisch lag, kam aber von diesem Gedanken noch nicht recht los. Möglicherweise würde die Fachwelt eine Ähnlichkeit dieses Werkes mit der damaligen Examensarbeit bemerken. Falls jemand diese Arbeit damals gelesen hatte. Und schon stände er, stände Andrea-Maria als Plagiatorin da. »Sehr geehrter Herr Krüger«, las er in seiner Post. So mußte es sein. Er mußte das Buch als Herr Krüger veröffentlichen. Notfalls das Manuskript ein paar Jahre liegenlassen, bis die weibliche Bonner Zeit vergessen war.

Sehr geehrter Herr Krüger? Hatte er sich verlesen? Was hatte das zu bedeuten? Schlagartig war das Werk vergessen, die beiden Mitarbeiter, seine Stabsstelle. Von wem war der Brief? Eine harmlose Einladung zu einem Kongreß über europäische Koordinierung von Verwaltungsaufgaben. Vorige Woche war davon die Rede gewesen. War es nicht Seegers gewesen, der das erwähnt hatte? Das Kongreßprogramm zu schicken versprochen hatte? Krüger versicherte sich, daß er ruhig war. Kein Herzklopfen. Keine zitternden Hände. Gleichmäßiger Atem. Er las den Text, ob irgendein Hinweis, eine versteckte Drohung zu finden war. Seegers hatte sich schon einmal so benommen, als wüßte er etwas. Warum hatte er dann nicht gleich etwas gesagt? War er sich vielleicht nicht sicher und wollte ihn nun testen? Oder war es gar nicht Seegers? Der Kongreß war zwar in Brüssel, die Einladung kam aber aus Bonn. Von einem Büro des Europäischen Parlaments. Wer kannte ihn dort? Hatte nicht die Gröver eine Kollegin erwähnt, die Europa-Abgeordnete geworden war? Verschworen sich da die Frauen gegen die falsche Konkurrenz? Er war sich seit dem Abend mit Bettie seiner Frauenrolle so sicher gewesen, daß er nicht einmal mehr daran gedacht hatte, er könne irgend etwas falsch machen, sich irgendwie verraten. Andrea-Maria die Superfrau. Eher war ihm ihre Weiblichkeit schon auf die Nerven gegangen. Er hatte wohl zuviel Kaffee getrunken, Frau Krantz kochte ihn sehr stark. Ihm war ziemlich übel im Magen.

Der Brief lag auf dem Schreibtisch, und die Anrede leuchtete weithin wie in Neonschrift: Sehr geehrter Herr Krüger. Es kamen eigentlich nur die beiden in Frage, Seegers oder Gröver, die ihm ja beide nicht wohlwollten. Oder hatte gar der MD selbst etwas bemerkt? Er hatte ihn nur einmal gesehen bisher, vorigen Freitag, als sie kurz über die Unterlagen sprachen. Die Unterlagen, die er vergessen hatte weiterzuleiten. Erst das, und nun der Herr. Er konnte einpacken.

Er atmete tief und ruhig und beruhigte sich selbst. Noch war ja nichts passiert. Vielleicht ein dummer Zufall. Der MD jedenfalls war freundlich gewesen am Freitag, hatte sich erkundigt, wie er sich eingearbeitet habe, er habe schon Gutes über ihn gehört. Er hatte nicht gefragt, von wem. Von Udendorf wahrscheinlich.

Die Tür ging auf, und es erschien Udendorf. »Verzeihen Sie, daß ich einbreche, Ihre Vorzimmerdame ist nicht am Platz, zu Tisch vermutlich, es ist ja Mittagsstunde, und in der Tat habe ich – da Sie sich nie in die Kantine begeben –«

Er hatte einen Korb bei sich, aus dem er ein Päckchen nahm, sorgfältig von mehreren Klebestreifen befreite und öffnete. Es enthielt zwei belegte Brötchen. Wie beim Rotkäppchen ragte auch eine Flasche aus dem Korb. Er hatte das offene Päckchen neben den Brief auf den Schreibtisch gelegt. Sehr geehrter Herr Krüger.

Krüger nahm einen anderen Brief, legte ihn von einer Seite des Schreibtisches auf die andere und konnte nun unauffällig auch diesen Brief von seinem Platz entfernen. Bevor er ihn in der Hand hielt, hatte Udendorf ihn gesehen, griff danach, hielt das belastende Dokument fest in der Hand. »Oh, dieser Kongreß, in der Tat, Frau Krüger, ich hatte Sie fragen wollen...«

Täuschte sich Krüger, oder hatte Udendorf wirklich einen kleinen ironischen Schlenker in die Anrede »Frau« gelegt? Sehr geehrter Herr Krüger. Die Buchstaben leuchteten fett über der Einladung. Es war ja nicht zu übersehen. War Udendorfs kriecherisches Lächeln nicht fast lauernd? Und wie kam er zu dieser Vertraulichkeit, ungefragt mit belegten Brötchen zu erscheinen? Was wollte er von ihm?

Udendorf machte eine Pause und sah ihn erwartungsvoll an. Krüger hatte nicht zugehört. Mit einer energischen Geste nahm er seinem Gegenüber den Brief aus der Hand. Obwohl das nichts mehr nützte, er hatte ihn ja genau betrachtet.

»Wenn Sie freilich selbst fahren wollen, würde ich mich natürlich in Ihre Entscheidung schicken«, sagte Udendorf, »ich wage dann allerdings zu hoffen, daß Sie trotzdem meiner Bewerbung nicht ablehnend gegenüberstehen, die europäischen Aufgaben hier im Hause mit zu übernehmen.«

Krüger mußte sich anstrengen, nicht allzu weggetreten zu wirken. Hätte er diesen Menschen nur gleich rausgeworfen, als der anfing, aus seinem Schreibtisch einen Schnellimbiß zu machen. »Sie wollen die Europa-Aufgaben mitmachen?« fragte er.

»Wie ich soeben sagte«, antwortete Udendorf, und fügte hinzu: »Es ist nicht nur das Inhaltliche der Aufgabe, das mich reizt. Es ist auch so, daß ich gern hin und wieder einmal aus den Mauern dieser Stadt herauskomme und mir fremden Wind um die Nase wehen lasse.«

»Warum fahren Sie dann nicht auf diesen Kongreß?« fragte Krüger.

»Darum hatte ich mir erlaubt, Sie zu bitten«, sagte Udendorf, nun deutlich etwas beleidigt. Und streckte die Hand nach dem Brief aus.

Krüger hielt den Brief fest. »Ich schicke Ihnen eine Kopie«, sagte er, »im Augenblick habe ich zu tun«, und schob Udendorf so hastig zur Tür, daß der seinen Rotkäppchen-Korb vergaß. Zog seine eigenen Brötchen aus der Aktentasche und legte sie zu den anderen auf den Schreibtisch. Aß aber nichts, weil ihm immer noch etwas flau im Magen war.

Statt dessen ging er zur Toilette, zu einem Spiegel, um zu kontrollieren, ob denn wenigstens sein Aussehen noch stimmte, kein Bartansatz unter dem Make-up hervorsproß, die Perücke nicht verrutscht war. Glattes Kinn und Perücke stimmten. Aber sonst stimmte nichts. Andrea-Maria die Siegreiche ließ die Schultern hängen, war blaß unter ihrem maskenhaft wirkenden Make-up, guckte unsicher ihrem Spiegelbild in die Augen. Das teure Kostüm wirkte wie ein grauer Lappen, die Seidenbluse hing schlapp. Irgendwie sah die ganze Person zu groß, zu knochig, zu unbeholfen aus in diesen Kleidern, wie eine verkleidete Bautruppführerin aus Eisenhüttenstadt. Das sollte eine Chefin sein? Würde er sich von einer solchen Person beeindrucken lassen, ihrer Führung folgen? Er drückte sein Kreuz nach vorn, seine Schultern nach hinten. Hob das Kinn. Seufzte. Viel Unterschied machte das nicht. Er war in diesem garstigen Mannweib gefangen, ohne Entrinnen, mindestens für das kommende Jahr. Es war noch schlimmer, als wenn er mit so einer verheiratet gewesen wäre, wenn er die von ihr lieblos zusammengekochten Mahlzeiten hätte essen müssen und nächtens das Bett mit ihr teilen. Dann hätte er wenigstens abends in eine Kneipe verschwinden, hätte auf getrennten Schlafzimmern bestehen können. Aber wohin sollte er denn fliehen, wenn er es selbst war? Er ging mit hängenden Schultern und gesenktem Kinn in sein Büro zurück.

Dort saß Bettie, auf seinem Platz an seinem Schreibtisch. Der Schreck konnte ihn nicht verzweifelter machen, als er schon war; er hatte den Brief offen liegenlassen. Bettie hatte ihn schon gelesen.

»Da kriegst du den kalten Haß«, rief sie und schwenkte den Brief. Rief Bettie, seine Seelenfreundin. Er war müde. Er setzte sich in den Besuchersessel. Er sagte nichts. Was sollte er ihr erklären?

Sie blickte ihn erstaunt an. »Sag bloß, du kriegst von so was den Turkey. Wenn diese Typen immer noch nichts geschnallt haben.

Machen sie sogar bei mir. Herrn Elisabeth Vilger, Leiter der Frauengruppe. Ich hab ein paarmal telefoniert oder gefaxt und die angepfiffen. Es handelt sich um einen Fehler des Textsystems, haben die geantwortet. Jetzt sind es nicht mehr die Machos selbst, sondern nur noch deren Textsysteme! Die spucken auch 'ne Einladung aus für Frau Andrea-Maria Krüger und Frau Gemahlin.«

Vor Erleichterung fing Krüger zu kichern an, albern, unkontrolliert. War das alles? Keine Intrige von Seegers, keine Enttarnung durch die Gröver, kein Hohn und Spott der ganzen Behörde, kein Rausschmiß in Schande. Er lachte sich die Beklemmung aus dem Körper, seine vibrierende Brust sprengte die Eisenringe, der Frosch war wieder in den Prinzen verwandelt, und aus dem abstoßenden Mannweib wurde wieder die strahlende Chefin. Er teilte seine und Udendorfs Brötchen mit Bettie und öffnete sogar die Rotkäppchen-Flasche. Mitten in der Dienstzeit. Er war so erleichtert, daß er Bettie nicht einmal einen Vorwurf wegen gestern machte, als sie nicht gekommen war. Nun war sie ja da.

Und plötzlich war auch wieder die Vertrautheit von jenem Abend da. Ihr Gespräch hatte sich schnell von Sachlichem und Dienstlichem entfernt hin zu Intimem und Intimstem. Bettie wollte mit ihm diskutieren, ob Spirale oder Diaphragma besser sei, »oder wirfst du dir etwa diese Chemiebomben rein?«, womit offensichtlich die Pille gemeint war. Krüger hatte zu dem Thema nicht viel beizutragen. Um Verhütung hatte sich immer Thea gekümmert, bei den drei Seitensprüngen damals war es eben sein Risiko gewesen. Oder das der Seitensprünge. Er glaubte, Thea nahm die Pille, wußte es aber nicht sicher und wußte jedenfalls zu wenig über Vorteile oder Nachteile, um mit Bettie ein sachkundiges Gespräch führen zu können. Thea hatte nie über Nachteile geklagt, soweit er wußte.

Bettie wunderte sich nach einer Weile über seine Schweigsamkeit. »Oder bist du schon jenseits –«, fragte sie, und als sie seinen verwirrten Blick sah, fügte sie entschuldigend hinzu: »Bei manchen hört's ja früher auf; nicht daß ich dich schon für 'ne Gruftie halte.« Und sie plauderte auch ohne Antwort und Aufmunterung weiter über all jene Körperteile, über die er sich so detailliert zuletzt im Alter von zehn oder zwölf Jahren unterhalten hatte. Damals saßen er und noch drei oder vier Schulfreunde zu Hause bei

Ernst Tappert, dessen Vater Arzt war; Ernst hatte heimlich aus Vaters Bibliothek das dicke Lexikon für Medizin und Anatomie geholt, und sie saßen über das Buch gebeugt, wahrscheinlich mit roten Ohren, studierten die Farbabbildungen und lasen sich gegenseitig laut vor, wie die jeweiligen Teile hießen und wozu sie gut waren. Jeder tat natürlich, als wisse er das längst und lese nur noch einmal laut zur Information der anderen.

Natürlich tat Krüger jetzt auch Bettie gegenüber, als wisse er alles längst. Und er fragte sich, wieso er noch nie, nicht ein einziges Mal in all diesen Jahren seiner Ehe, in denen er oft genug diese besagten Teile berührt, gestreichelt, geküßt, von innen erforscht hatte, ihre Funktion und Reaktion mit Thea so vertraut besprochen hatte wie jetzt mit Bettie. Und grade in letzter Zeit hatte er noch mehr das Gefühl, Thea sei für ihn fast eine Fremde. Über nichts hatte er mit ihr reden können an diesem Wochenende. Es war fast so, als ob ihn Andrea-Maria von Thea entfernte, während sie ihn doch in solche Nähe zu Bettie gebracht hatte.

»Ist echt super, wenn man sich so gut versteht«, sagte Bettie und schlürfte Rotwein.

»Das habe ich auch grade gedacht«, sagte er. »Meine Frau versteht mich manchmal so wenig.«

»Wer, sagst du? Deine Frau?« Bettie beugte sich interessiert vor.

Krüger verschluckte sich an seinem Wein. Hustete so, daß er nicht gleich antworten konnte. Was hätte er auch antworten sollen. Das Wort war heraus. Abstreiten konnte er nichts. Meine Frau. Es war ihm von vornherein klar gewesen, daß es viele Fallen geben würde. Aber das hätte er völlig ausgeschlossen, daß er in eine so simple hineinstolpern würde. Auch noch in dem Augenblick, wo er schon geglaubt hatte, er säße fest, und dann doch entkommen war. Gab es noch ein Schlupfloch?

»Deine Frau?« fragte Bettie noch mal. »Sag bloß, du lebst mit 'ner Frau.«

Da war der Ausweg. Das würde zwar kompliziert werden, aber es war einfacher, als jetzt etwas abzustreiten.

»Ja«, sagte er einfach. Und löste damit einen Ausbruch von Begeisterung aus.

»Du bist Spitze«, rief Bettie, »ich hab's nicht geschafft, ich häng einfach zu sehr an den Kerlen. Theorie und Praxis. Wenn frau das so einfach unter einen Hut kriegen könnte. Im Kopf hab ich die Sache klar, feministische Theorie, lesbische Praxis. Aber ich bin halt nicht so ein Kopf-Typ, ich lebe mehr aus dem Bauch. Und im Bauch sieht die Sache anders aus.« Und dann lachte sie laut los: »Deswegen hast du vorhin so über die Frau Gemahlin gekichert. Ich hab mich schon gewundert, was daran so komisch sein soll. Und ich rede 'ne halbe Stunde mit dir über Verhütung!« Und sie lachte und umarmte ihn und schenkte die Gläser wieder voll. »Auf die Frau Gemahlin!« rief sie übermütig.

Aber Andreas trank jetzt nicht mehr mit. Er mußte vorsichtig sein. Zweimal war es gutgegangen. Die Gefahr war zu groß, daß ein drittes Mal ihn endgültig verraten würde.

25

Bettie blieb, bis es Zeit war, zum Treffen der Frauengruppe aufzubrechen. Um diese Zeit saß Frau Krantz schon wieder im Vorzimmer. Krüger befürchetete schon, sie werde mitkommen wollen. Im eigenen Büro war ihm Frauensolidarität nicht angenehm. Bettie sagte im Hinausgehen sehr betont zu ihr: »Wir gehen zum Treffen der Frauengruppe!« Und erklärte Krüger, so laut, daß die Krantz es noch hören mußte: »Die Chefsekretärin geht natürlich nicht zu den wilden Emanzen.« Krüger hatte das Gefühl, die Chefin hätte das auch besser sein lassen. Erst recht, als sie im Versammlungsraum ankamen.

Soviel geballte Weiblichkeit hatte Krüger noch nie erlebt. Wo er sich beruflich bewegte, waren Frauen immer in der Minderheit. Beim Handball kamen keine vor. Zu Hause mit Gästen war man meist paritätisch besetzt, allerdings waren es dann insgesamt nur zwei bis vier Frauen. Nur im Chor damals war die Mehrheit weiblich gewesen, Singen galt wohl eher als Frauensache, manchmal wurde sogar der Tenor von Alt-Sängerinnen verstärkt. Aber nach dem Konzert, beim Feiern, saßen die immer beim Sopran und Alt mit am Tisch, die Männer blieben unter sich. Das war nichts gegen heute. Heute waren es tatsächlich nur Frauen.

Der Anblick kam ihm unwirklich vor, wie Theater, wie ein Gemälde. Etwa wie das in der Kunstausstellung, zu der Thea ihn einmal überredet hatte. Da waren Bilder eines alten französischen Malers, die mit Frauen überfüllt waren, Gruppen von zahllosen üppigen Frauen mal am Fluß beim Baden, mal in antiken Gemächern mit orientalischen Fensterbögen. Oder seine nächtlichen Besuche mancher Dienstreisen in den erst spät öffnenden Gaststättenbetrieben, in denen vorn auf einer kleinen Bühne sich Gruppen von Frauen bewegten. Frauen in solchen Mengen, lehrte seine Erfahrung, waren nur spärlich bekleidet, mit dem Faltenwurf eines Tuches wie auf den Gemälden, mit bunden Federn und glitzernden Badeanzügen wie auf den nächtlichen Bühnen. Selbst die Sportlerinnen, die in größerer Anzahl auf dem jährlichen norddeutschen *Treffen der Vereine* auftauchten, waren spärlich mit Turnhemd und Höschen bekleidet. Frauen in solchen Mengen, total angezogen, das war ein neuer und verblüffender Anblick.

Diese Versammlung erinnerte in nichts an normale Konferenzen mit Männern. Dort trug man einheitlich Grau, allenfalls Blau oder Schwarz als Variante. Hier war die Kleidung bunt. Sie saßen nicht ordentlich um einen Konferenztisch herum, Unterlagen vor sich ausgebreitet, sondern drängelten sich noch in zweiter und dritter Reihe, manche standen, einige saßen auf dem Fensterbrett. Der Lärmpegel war enorm, als wäre man wirklich beim Schwimmen am Fluß oder in einer musikdurchdröhnten Nachtbar. Bettie flüsterte Krüger leise zu, aber sie hätte auch schreien können, es hätte keine gehört, daß es heute so voll sei wie noch nie, alle wollten wohl mal die neue Chefin erleben.

Sie versuchte eine Art Begrüßung, hielt dabei Krüger fest wie eine Trophäe. »Frauen, die neue Chefin, die ja ein Stück weit ein Produkt der Frag ist, wie ihr wißt. Andrea-Maria Krüger ist unser Erfolg! Sie hat übrigens ein Super-Frauenbewußtsein drauf! Wir haben schon gemeinsam eine Klebe-Aktion durchgezogen.«

Allmählich wurde es stiller. Krüger versuchte, sich aus Betties Arm zu winden. Ihre blödsinnigen Begrüßungsworte hatte wegen des Lärms hoffentlich keine verstanden.

Aber es kam noch schlimmer, Bettie fuhr fort: »Und Andrea-Maria lebt auch feministisch. Sie teilt ihr Leben...«

»Es geht hier absolut niemanden etwas an, was ich privat mache oder nicht mache«, sagte Krüger zornig. Wollte sie hier in alle Öffentlichkeit zerren, was er ihr in seiner Verlegenheit aufgetischt hatte?

Eine Wortmeldung aus dem Publikum, eine junge Frau, die sich als Erika aus der EDV vorgestellt hatte, teilte ihm mit, Privates sei bekanntlich politisch, das wisse eine Frau in Andrea-Marias Position doch wohl.

»Dann könntest du auch sagen, unsere Klebe-Aktion war in unserer Privatzeit«, sagte Bettie beleidigt.

»Genau«, sagte Krüger, »und ich finde es durchaus unpassend, darüber auf einer Betriebszusammenkunft zu reden. Ich möchte Sie gern«, und damit wandte er seinen Blick von Bettie in die Runde und wurde freundlich, »mit einigen Umstrukturierungen bekannt machen, die ich im Hause vorhabe.« Und begann, in wohlüberlegten Worten seine Vorhaben den anwesenden Frauen schmackhaft zu machen. Er wollte ja ihre Unterstützung. Weit kam er nicht. Arme fuhren hoch, während er sprach, und mitten in seine Rede hinein sagte Bettie: »Wir machen die Gruppe mehr in Gesprächsform«, und erteilte einer das Wort.

»Ich möchte meine Ausführungen erst beenden«, sagte Krüger entschieden und sprach weiter, und zugleich sprach die andere, die das Wort zu haben glaubte. Er kam leicht ins Schlingern beim Versuch, neben seinen eigenen Worten deren Beitrag zu verstehen, in dem von Überfahren, fertiges Konzept, keine Diskussion die Rede war. Die Rednerin war deutlich unzufrieden. Aber Krüger war das nun auch.

»Bitte, sorge für Ruhe, damit ich zu Ende reden kann«, herrschte er Bettie an.

»Also Frauen, dann laßt doch erst Andrea-Maria ausreden, und wir diskutieren dann«, sagte Bettie. In das unzufriedene Gemurmel hinein, das sich nun erhob, sprach Krüger weiter. Sprach durchaus entgegenkommend, fast werbend, nun, wo er seine Autorität bewiesen hatte. Verteilte gebratene Ochsen und ließ Wein aus dem Dorfbrunnen fließen, wie es neu gekrönte Herrscher zu tun pflegen. Um Land und Lehen ging es hier wohl nicht. Denn hier saßen ja nicht die berittenen Vasallen, hier saß das Fußvolk. Für sie würden kleine Geschenke ausreichen: das Versprechen, sie mit Computern und also neu zu lernender Technik zu verschonen. Aber das Volk fraß den Ochsen nicht und fand den Wein zu sauer.

»Wir sollen weiter an diesen vorsintflutlichen Schreibmaschinen sitzen«, rief eine junge Frau.

Was hatte das zu bedeuten? Hatte ihm die Herleshoff nicht versichert, die Mehrheit der Frauen sei dagegen? Warum meldete sich keine von der Mehrheit zu Wort? Zu Wort meldete sich jetzt eine, die zuallererst doch einmal wissen wollte, was diese Frau Krüger, für welche die Frag sich so eingesetzt hatte, denn eigentlich in der Frauenbewegung schon geleistet habe. Krüger sah auf Bettie, ob diese: Zur Sache! rufen würde. Das tat sie aber nicht. Eher sah sie ihn auch erwartungsvoll an. Er tat die Frage also mit dem Scherz ab, mit dem er im Vorstellungsgespräch so gut durchgekommen war, mit dem Hinweis auf die unbeweglichen Männer, mit denen er leider mehr zu tun habe. Aber offensichtlich hatten Frauen keinen Sinn für Humor. Damals hatten alle gelacht, sogar Seegers. Heute lachte keine. Das unruhige, ungeduldige Gemurmel nahm zu. Waren sie wirklich zu dumm, ein Wortspiel zu begreifen? Nicht einmal Bettie lachte. Sie sah ihn immer noch erwartungsvoll an, tat nichts, damit man endlich zur Sache zurückkam. So rief er also selbst eine Wortmeldung auf, eine etwas ältere Frau, die sich dort hinten etwas schüchtern meldete. Aber die gehörte auch nicht zur Mehrheit.

»Es ist sicher schwer zu lernen«, sagte sie bedächtig, »vor allem, wo wir grade auf die neuen Speichermaschinen umgelernt haben. Ich gebe ganz offen zu, daß ich mich damit schwergetan habe. Computer, schon das Wort macht einem angst. Aber das Problem ist, daß wir nirgendwo in der freien Wirtschaft je einen Job bekommen, wenn wir nicht mit Computern umgehen können.«

Krüger beherrschte sich nur mühsam. Das war eine offene Beleidigung. Diese schlafmützige Alte, die es im Leben nicht weiter als bis zur Sekretärin gebracht hatte, sprach von der freien Wirtschaft. Als wäre sie in der Lage, den kühnen Sprung in diese gefährliche Welt mühelos zu schaffen. Als müßte sie sich nicht schon vor dem bloßen Wort fürchten. Hatte er nicht selbst gehofft, mit Hilfe von Andrea-Marias Erfahrungen einst auch diesen entscheidenden Sprung in die Zone der Traumgehälter und der Dienstwagen riskieren zu können? Und hatte er nicht schon nach den wenigen Tagen, ohne es sich selbst recht einzugestehen, diese Hoffnung in weite und ferne Zeiten vertagt? Und da saß eine und benutzte das Zauberwort freie Wirtschaft, um gegen seine Entscheidung zu opponieren.

Er hatte die Herleshoff eigentlich nicht gegen die Frauengruppe ausspielen wollen; jetzt blieb ihm nichts anderes übrig. »Vom Personalrat habe ich die Information, daß die Mehrheit der Frauen gegen Computer ist«, sagte er kurz und bestimmt.

»Der Personalrat hat sich für Computer ausgesprochen«, kam ebenso kurz und bestimmt eine Stimme aus dem Raum. Die Herleshoff. Er hatte sie nicht bemerkt.

»Obwohl Sie mir versichert haben, daß die Mehrheit der Frauen gegen Computer ist«, sagte er direkt zu ihr. Das hatte er nicht gewollt. Er hatte sie auf diese Aussage festlegen wollen, aber nicht öffentlich. Nicht sie in diese peinliche Lage bringen wollen. Warum hatte er sich selbst in diese Lage gebracht? Hatte er nicht schon vorher Ungutes geahnt? Hatte ihn nicht eine warnende innere Stimme daran hindern wollen, sich zu den Frauen zu begeben? Warum war er hier? Aus Dankbarkeit, weil sie für ihn intrigiert hatten? In Wahrheit war es ja eben nicht so gewesen. In Wahrheit hatten sie gegen ihn intrigiert, als sie durchsetzten, daß diese Stelle einer Frau zukommen sollte. Wäre die Frauengruppe, wäre Bettie nicht gewesen, er säße jetzt als Andreas Krüger in seinem Bonner Büro, fühlte sich mittags am Kantinentisch in der lachenden Abteilungsleiterrunde wohl und machte gemeinsam mit Seegers seine spöttischen Bemerkungen über die Frauengruppe. Dieser Seegers beeindruckte ihn. Es war zu unglücklich, daß die Konstellation im Hause so war, daß der in Opposition zu ihm gegangen war. Nicht zu ihm, zu dieser weiblichen Chefin. Wenn er nicht diese Frau gewesen wäre, hätte er gewiß Seegers auf seiner Seite gehabt. Der hatte Format. Er war ein Herr. Er strahlte Macht aus. Ein Wunder, daß er nicht diesen Posten bekommen hatte.

Frauen konnten mit Macht nicht umgehen. Die Herleshoff war vor seinen direkten Worten sofort zurückgewichen und hatte es zugegeben. Daraufhin geriet Bettie in Zorn. »Ach, für uns Frauen immer nur vom Billigsten, ja«, sagte sie spitz zur Herleshoff. »Der Personalrat gönnt den Frauen wohl die teuren Geräte nicht.«

Das paßte nicht zu dem, was er vorher mit Bettie besprochen hatte. Da hatte sie noch gesagt, ihr sei das egal. Krüger sagte halblaut zu ihr, sie brauche sich nicht einzumischen, sie selbst habe doch weder mit Schreibmaschinen noch Computern zu tun. Der Beruhigungsversuch bewirkte das Gegenteil. Die spitze, zornige Stimme wurde kreischend. »Es soll ja auch Frauen im Hause geben«, schrie Bettie in Richtung Herleshoff, »die nicht nur ihre eigenen Interessen vertreten. Die ihr Amt nicht nur für sich nutzen.«

Offenbar hatte Mitter richtig beobachtet. Vielleicht hätte er sich besser mit Herleshoff verbündet statt mit Bettie. Er war ärgerlich, wie ihr diese Versammlung entglitt. Auch andere Frauen übernahmen jetzt ihren bitteren, gereizten Ton, es ging mehr ums Rechthaben als um die Sache. Wie sollte er hier noch zu einem Votum für seine Vorhaben kommen? Er mußte die Atmosphäre entspannen. Eine geistreiche Bemerkung, die sie zum Lachen bringen würde. Und dann erzählte er den Witz vom Ehemann und vom Dackel. Er erzählte wahrhaftig den unsäglichen Witz, er begriff selbst nicht, wieso, es war wie eine Wut auf diese Andrea-Maria, die sich in eine so unsägliche Versammlung begeben hatte, welche noch dazu in der Struktur des Hauses ohne jede Funktion war. Nur eine Frau konnte sich auf diese Ebene begeben, im Hause würde man über sie lachen, wenn es sich herumsprach, er sah schon Seegers und den MD mit den spöttischen Gesichtern, mit denen sie damals beim Forellenessen nach der Quote gefragt hatten. Es war fast, um Andrea-Maria zu kränken, daß er sie diesen Witz erzählen ließ. Und auch um sich und ihr das Niveau dieser Versammlung zu demonstrieren. Sie würden genauso blöde lachen wie Thea und Nicole.

Sie lachten nicht. Im Saal wurde es totenstill. So still war es während der ganzen Versammlung noch nicht gewesen. Er hörte sogar das leise Rascheln der Papiere, in die Bettie sich so angestrengt vertiefte, daß sie nicht in den Saal oder zu ihrer Chefin blicken mußte. Dann fingen leise einige zu flüstern an. Dann zu kichern. Aber es war klar, daß hier nicht über einen Witz, sondern über die Erzählerin gekichert wurde.

Der fiel nichts ein, um die Lage zu retten. Und dann wurde sie weggeschickt wie eine kleine Referentin, welche die Konferenzunterlagen erläutert hat und nun bei der Diskussion nicht mehr benötigt wird. Wie eine kleine Sekretärin, welche die Unterlagen gebracht hat und nun den Kaffee machen soll.

»Danke, daß du deine Vorstellung gemacht hast, Andrea-Maria, ich denke, du bist damit abgehakt«, sagte Bettie. Und Andreas ließ

Andrea-Maria ohne Widerspruch gehen. Ihre Schuld, daß sie sich auf die Weiber eingelassen hatte.

Dafür war die Männergruppe heute angenehmer. In der Abteilungsbesprechung war Udendorf loyal, Mitter kollegial, Anders neutral. Die Atmosphäre normal. Es wurde sachlich debattiert, hauptsächlich über die Veränderungen, die sich durch die 89er ergeben würden. Mitter stellte seinen Plan vor, die anderen ergänzten, kritisierten. Von Computern war nicht mehr die Rede. Krüger konnte hoffen, sie vielleicht ohne weitere Abstimmung durch Vergessen zu erledigen.

Der einzige angriffslustige Ton kam von Seegers. Als Mitter zu dem Teil seines Planes kam, in dem zwei der neuzuschaffenden und umzubesetzenden Stellen direkt beim Hauptabteilungsleiter angesiedelt sein sollten, sagte Seegers ironisch: »Der bisherige kam ohne zwei Zuarbeiter aus. Aber gewiß, Frauen brauchen wohl etwas mehr Unterstützung.«

Krüger ließ ihn gewähren, parierte nicht scharf. Er gönnte ihm diesen kleinen Sieg gegenüber einer Vorgesetzten, die ihn noch vor kurzem angepfiffen hatte, weil er eine Vorlage nicht rechtzeitig geliefert hatte. Einen Herrn wie Seegers mußte das doppelt kränken. Eigentlich hätte Krüger jetzt Hochachtung und Respekt für die Chefin einfordern müssen. Aber es war nun mal so, daß ihm Seegers näherstand als Andrea-Maria. Und daß er selbst Andrea-Maria so besonders sympathisch nicht mehr fand.

26

Thea hatte in der Anzeige, in der sie nach vierzehn Jahren Kindererziehung eine neue Chance suchte, ihre Telefonnummer angegeben. Sie hatte zwischen Telefon und Adresse geschwankt, hatte sich ausgemalt, wie sie morgens die Angebote aus dem Briefkasten holen, vor sich auf dem Frühstückstisch ausbreiten und die Absender studieren würde, bevor sie sie öffnete. Hatte sich realistisch gesagt, daß wahrscheinlich kein Brief kommen würde. Einmal täglich eine Enttäuschung am Briefkasten wäre leichter zu ertragen, als tagelang zu warten, ob das Telefon klingelte; als sich nicht aus dem Haus zu trauen, falls es grade dann klingeln würde; als bei jedem Falsch-Verbunden, bei jeder Rückfrage der Autowerkstatt, ob die Rechnung schon bezahlt sei, bei jeder Schulfreundin von Nicole sich wieder vergeblich gefreut zu haben. Sie hatte trotzdem die Telefonnummer angegeben. Wer würde schon umständlich einen Brief schreiben wollen? Würde man nicht eher unkompliziert zum Hörer greifen?

Es traf sich gut, daß sie fast den ganzen Montag, dem ersten Arbeitstag nach der Anzeige, selbst telefonierte oder unterwegs war. Falls vielleicht doch niemand unkompliziert zum Hörer greifen wollte.

Daß sie am nächsten Tag häufiger als sonst auf den Apparat starrte, den Hörer schon mehrfach in der Hand hielt, hatte seinen Grund darin, daß sie sich bei den Bewährungshelfern melden wollte. Um abzusagen. Um wenigstens mal einen Termin auszumachen? Sie wollte es nicht mit der Belmann verderben. Vielleicht gab es ein andermal eine ernsthafe Chance. Sie überlegte, den Zettel mit der Nummer in der Hand, konnte sich nicht entschließen. Da klingelte das Telefon. Nicht falsch verbunden. Keine Freundin von Nicole. Es war wegen der Anzeige.

Thea wagte kaum zu atmen, als ob ein zu aufgeregtes Schnaufen die Anruferin sofort wieder verscheuchen würde. Ja gewiß, die Anzeige. Ja, sie sei es selbst. Und wer war da am anderen Ende?

Es war das Jugendamt. In dem Augenblick, wo die Justizbehörde, zu der sie doch gehört hatte, sie mit einem unbezahlten Job abspeisen wollte, meldete sich von selbst das Jugendamt. Vielleicht war es gut, die Kindererziehung erwähnt zu haben. Das Jugendamt wollte sie für Vormundschaftssachen haben. Davon verstand sie nichts. Sollte sie das zugeben? »Es ist nicht direkt mein Spezialgebiet«, sagte sie.

Die Frau am anderen Ende versicherte großzügig, das mache nichts, sie sei doch eine gestandene Erzieherin. Die juristischen Details könne sie sich schnell aneignen.

Etwas lief zu glatt. Etwas stimmte nicht. Etwas war wie im Büro der Belmann. Als die Anruferin sie zu einer Begegnung einlud, fragte Thea genauer nach. Vermied auf diese Weise, den weiten Weg zum Jugendamt zurückzulegen, um sich dort von einer geschäftigen Mitarbeiterin zum ehrenamtlichen Vormund für Kinder machen zu lassen, deren Eltern jenes Amt das Sorgerecht zu entziehen gedachte.

Das Telefon klingelte noch mehrfach in dieser Woche. Thea hätte nie vermutet, wie gefragt eine Frau ist, die Zeit hat. Und wie klar es allen außer ihr selbst war, daß Frauenzeit umsonst zu haben ist. Die nächste Anruferin wollte sie dafür gewinnen, Patienten in Krankenhäusern zu besuchen, die – ohne Angehörige oder nur mit solchen männlichen Geschlechts – sonst unbesucht blieben.

»Sie wollen mich für ein Ehrenamt gewinnen«, sagte Thea.

»Sie haben an ein Ehrenamt gedacht«, sagte die Frau am anderen Ende erleichtert, »ich hatte schon befürchtet, Ihnen gehe es um eine bezahlte Stelle.«

Am nächsten Tag meldete sich ein Gesangverein, der auch kommerziell auftrat und deshalb eine Buchprüferin brauchte. Dann ein Altenklub, der eine ehrenamtliche Geschäftsführerin suchte. Sie forderte als Mindestbezahlung Stufe G. Die Stimme am anderen Ende wurde entrüstet: »Ich biete Ihnen eine helfende, eine schöne Tätigkeit, und Sie kommen als Antwort mit unverschämten Forderungen. Unser ganzer Altenklub wird von ehrenamtlichen Helferinnen betrieben.«

»Hier ist das Fräulein vom Ehrenamt«, sagte sie, als das Telefon wieder klingelte. Aber dieser Anrufer hatte nicht die freundlich werbende Stimme, sprach nicht von verlassenen Kindern oder einsamen Alten. Er sprach von ihr. Von ihrem Körper. So direkt, als ob er sie durch den Apparat anstieren, ausziehen und begrapschen könnte. Thea hörte zu, stumm vor Verblüffung. Einen kurzen Moment hatte sie gedacht, es könne Udo sein, der sich da so unverblümt wieder in Erinnerung brachte. Aber niemals hatte Udo solche Worte benutzt. Udo sprach nicht von Titten, sondern von den Häagen-Dasz-Super-Kugeln. Doppel-Kernkraftwerk, hatte er auch gesagt, obwohl es doch auch eckige Kraftwerksblöcke gab. Er sprach auch nicht von Votze, sondern vom Regenwald, vom naturgeschützten Feucht-Biotop. Und ein Wort wie Ficken benutzte er auch nicht. Was hatte er dazu gesagt? Sie konnte nicht an Udo denken, das plumpe Gerede walzte solche Gedanken platt. Woher kannte er sie? Wie kam er an ihre Nummer? Hatte die Anzeige ihr auch den eingebrockt? Dann lieber noch ein paar Angebote für Ehrenämter.

Er war nicht sehr einfallsreich. Dieselben Worte wiederholten sich in immer neuen Kombinationen. Worte, die auch Andreas nie benutzt hätte. Andreas hatte nicht Udos Einfälle, sprach eher umschreibend von den schönen Stellen, von da, wo es dir Spaß macht, und da, wo es mir Spaß macht. Und Andrea-Maria? Was sagte die in solcher Lage? Thea dachte ärgerlich an die aufdringlichen Männer, die Andrea-Marias Äpfelchen begrapschen wollten. Komisch hatte Andreas sie das finden lassen. Wahrscheinlich würde er sie sich auch über solch ein Telefongespräch amüsieren lassen. »Der komische Typ, der mich da angerufen hat«, würde Andrea-Maria am nächsten Tag im Büro erzählen, »wollt ihr wissen, was der für Worte gebraucht hat?« Was sollten die Kollegen, die Untergebenen dazu sagen! Mußte sie, eine arbeitslose Hausfrau auf der Suche nach einem Job, einer Chefin klarmachen, wie man sich verhält!

»Läuft in Ihrer Ehe etwas schief«, fragte sie mit möglichst sachlicher Stimme ins Telefon. Solche Typen waren meist biedere Ehemänner, erinnerte sie sich irgendwo gelesen zu haben. Am anderen Ende wurde es still.

»Sprechen Sie bitte weiter«, sagte sie, »ich schreibe mit, ich schicke es dann Ihrer Frau zu.«

Der Typ hängte ein. Theas Hände waren feucht. Ein bißchen anstrengend war es gewesen, aber sie war mit sich zufrieden. Noch vor wenigen Wochen hätte sie vielleicht, wer weiß, erschrocken eingehängt und damit nur neue Attacken provoziert.

Da klingelte das Telefon von neuem. Sie ging nicht dran. Es klingelte lange und ausdauernd. Also nahm sie den Hörer und sagte höflich statt ihres Namens: »Bitte sprechen Sie so lange, bis die Fangschaltung greift, es handelt sich um etwa zwei Minuten.«

»Thea, was ist los«, sagte eine weibliche Stimme. Thea erkannte sie nicht gleich. Auch sie rief wegen der Anzeige an. Es war Loni Ebinghausen. Sie hatte in den Stellenanzeigen geblättert und Theas Telefonnummer erkannt. »Ich hab natürlich nicht am Wochenende angerufen. Falls Andreas nichts erfahren soll.«

Thea rückte sich den bequemen Sessel zurecht, schenkte sich einen Sherry ein und blockierte für längere Zeit das Telefon für weitere Annoncen-Kunden. Genauso erstaunt wie Loni, daß Thea eine Stellenanzeige aufgab, war Thea, daß Loni Stellenanzeigen las. Und daß sie für selbstverständlich hielt, man müsse das vor den jeweiligen Männern geheimhalten. Vor Karl vielleicht, aber war ihr Andreas nicht viel partnerschaftlicher, toleranter als dieser Karl? Hätte sie ihm auch verheimlichen müssen, was Loni schon seit Jahren erfolgreich vor Karl geheimhielt: daß sie arbeitete. Für Geld.

Loni hatte schon Prospekte verteilt, Kosmetika von Tür zu Tür verkauft, im Supermarkt ausgeholfen, geputzt. Zur Zeit war sie Küchenhilfe in den Ratsstuben. Sie war auch Vorsitzende der Schulpflegschaft, hochrespektiert, reich an Verantwortung. Aber das andere wurde bezahlt.

Thea kannte nur das Ehrenamt. Ihr wurde klar, wie wenig sie von Loni wußte. Sie sahen sich häufig, aber fast nur zu viert oder sechst. Mit Karl. Da wurde über solche Themen nicht geredet. Da spottete er allenfalls über Lonis Eifer in der Schulpflegschaft, seine verrückte Frau rackere sich zum Nulltarif für die Gören ab, nur damit man sie einmal im Jahr zum Schüleraustausch nach Amerika mitnehme. Und was tue sie dort? Sich für die Gören abrackern.

Hätte er nicht über ihren Eifer gespottet, hätte er sich vielleicht gewundert. Hätte vielleicht nachgefragt, ob das Schulamt wirklich so großzügig war, ihr Jahr für Jahr die Fahrt zu finanzieren. Ob sie dort wirklich bei irgendwelchen Lehrern oder Eltern wohnte und Ausflüge und Museumsbesuche für Kinder organisierte. Loni lachte. »Nein, dafür muß ich schon das Jahr über schuften. Aber dann drei Wochen die große Freiheit!«

Thea fügte der Geschichte im stillen einen amerikanischen Udo hinzu. Sie erzählte vom Job in Ingas Versicherung, von der Angebotsflut in Sachen Ehrenamt. Sie hätte gern von Andrea-Maria erzählt. Wenn Loni darüber weitertratschen würde, dann jedenfalls nicht mit Karl. Aber gerade, als sie sich entschlossen hatte, das Geheimnis zu lüften, gerade, als Loni bei der Ankündigung von Enthüllung sich auch einen Sherry eingeschenkt hatte und »nun kann's losgehen« gerufen, gerade als Thea den passenden Anfang gesucht und mit »also, es geht um Andrea-Maria« begonnen hatte, da kam von der anderen Seite eine enttäuschte Stimme: »O Thea, ein andermal.« Die Eingangstür hatte geklappt, Karl war gekommen, das Gespräch war beendet. Loni, die eben noch so viel Zeit hatte, war plötzlich eilig.

Und Thea fühlte sich so gekränkt, wie es wahrscheinlich Inga gewesen war, als Thea ein Wochenende lang nichts von sich hatte hören lassen. Es konnte sie eigentlich nicht wundern. Sie wußte ja, daß Frauenzeit nur dann reichlich vorhanden war, wenn kein Mann in der Nähe war. Für Frauen gab es andere Uhren, die andere Zeit anzeigten als für Männer. Männerzeit war immer knapp, in Terminkalender eingezwängt, organisiert und natürlich gut bezahlt. Frauenzeit war von diesen Terminen und von dieser Organisation abhängig. Sie rankte sich um die Männerzeit herum, verschwenderisch wie bunte Girlanden um einen Fahnenmast. Frauenzeit bestand im Warten, im Parat-Sein, im Sich-Widmen. Frauenzeit gehörte den Männern, nicht den Frauen selbst. Und war unbezahlt. Ehrenämter. Liebesdienste. Inga hatte ihr solche Gedanken um die Ohren gehauen, als sie sich im Spanischkurs wiedersahen. Im Sinne der Zeitordnung schien Inga sich nicht zu den Frauen zu rechnen.

Thea hatte laut protestiert. Ihr heimlich recht gegeben. Bestand die Freundschaft mit Inga nicht genaugenommen nur deshalb, weil Andreas jetzt in Bonn war? Wäre sie abends mit ihr ins Konzert gegangen, in die Kneipe, wenn da ein Mann zu Hause gewartet hätte? Wie war es denn vor der Bonner Zeit gewesen? Da waren nur die Spanischstunden und danach manchmal ein Kaffee oder ein Sherry, ein Einkaufsbummel, ein Schwatz, wenn Inga nicht sofort ins Büro zurückmußte. Freundschaft war es erst jetzt geworden. Es traf sich gut, daß Inga vor Samstag abend keine Zeit hatte. So verabredete sich Thea also für den einen kostbaren Abend, den Andreas zu Hause verbringen würde, mit ihrer Freundin. Sie wünschte, etwas zu beweisen.

27

Am Freitagabend stand Thea auf dem Bahnhof. Diesmal hatte Andreas seine Ankunft angekündigt. Diesmal saß sie nicht in einem Versicherungsbüro am Schreibtisch. Diesmal hatte sie nur in der Bibliothek der Universität gesessen, und die schloß um 19 Uhr. Sie saß da häufiger in letzter Zeit, lieber, als daß sie Bücher auslieh und zu Hause las; die Zeitschriften, mit denen sie sich auf den neuesten

Stand brachte, waren ohnehin nicht ausleihbar. Sie liebte diese Stille zwischen den raschelnden Seiten, diese Hingabe an ein Thema, dieses versunkene Suchen und Forschen. Nach so vielen Jahren Haushalt mit ratternden Maschinen, mit lauter Einzeltätigkeiten, die nie ein rechtes Ganzes ergaben, tat ihr Konzentration wohl, nicht nur die eigene, auch die gesammelte stille Konzentration um sie her. Und sie liebte diese Atmosphäre von Hoffnung; hier war noch nichts festgefahren, hier wurden Lebensentwürfe wie auf Probe versucht und waren noch revidierbar. Möglicherweise nahm kein anderer hier eine solche Atmosphäre wahr, war es eher ihre eigene Hoffnung, die sie auf die anderen Lesenden übertrug, die Hoffnung, daß der Entwurf ihres Lebens änderbar war, auch jetzt noch.

Sie saß und las hier mit doppeltem Ernst, seit sie dieses Sitzen und Lesen als Grund angegeben hatte, eine von ihr erwartete unbezahlte Tätigkeit abzulehnen. Sie hatte sich nämlich bei dem Verein gemeldet, an den die Belmann sie vermittelt hatte, um trotz aller Zweifel ihre Bereitschaft zu signalisieren. Nun hatte sie eigentlich erwartet, am anderen Ende der Leitung einen Jubelchor zu hören: Bravo! Hier kommt wieder eine von den tapferen Frauen, welche den Teil ihrer Zeit, den ihr Ehemann nicht beansprucht, der Allgemeinheit widmen will! Die Allgemeinheit spart mal wieder eine Sozialarbeiterstelle! Bravo, Tusch, Applaus!

Nichts von alledem. Eine säuerliche Stimme sagte am anderen Ende: »Frau Krüger? Sie hatten sich doch Montag melden wollen. Heute ist Donnerstag.«

Sie hätte beleidigt auflegen können. Aber eine Frau, die Cashmere tragen will, ist nicht gleich beleidigt. Sie sagte also mit freundlichem Spott, sie rufe nicht wegen einer Kalenderauskunft an, sondern weil sie unbezahlt Zeit zur Verfügung stellen wolle. Also wurde ein Termin ausgemacht, für den Abend, damit auch Herr Enkerten dabeisein könne, »die Herren haben ja nur am Abend Zeit«.

Von Thea wurde nun im Gegenteil erwartet, sie möge auch tagsüber Zeit haben, und die versammelte Runde war regelrecht empört, als sie das bedauernd verneinte. Zwei Abende in der Woche war sie zu opfern bereit. Einer ging nun wieder an die Friedensfrauen, zwei an Andreas. Blieben zwei für sie. Die Tage waren für die Bibliothek reserviert und später einmal, oder vielleicht bald, für den Beruf.

Sie rechnete das der Runde nicht so ausführlich vor, die Runde war ja auch mit ihr nicht sehr ausführlich gewesen. Jeder hatte kurz seinen Namen gemurmelt, drei Frauen, ein Mann, welcher offenbar der Herr Enkerten mit der knapp bemessenen Zeit war. Und der wollte nun genau wissen, warum denn ihre Zeit so knapp bemessen sei. »Sie sind doch Hausfrau, sagte Frau Dr. Belmann, sie müßten doch auch tagsüber zur Verfügung stehen.«

»Die meiste Arbeit fällt in der Bürozeit an«, erklärte eine der Frauen und bot Thea selbstgebackene Plätzchen an, »verstehen Sie, Kontakt mit den Gerichten halten, dem Jugendamt, der Behörden.«

»Aber ich kann mich tagsüber nicht freimachen«, sagte Thea und überlegte, ob sie nicht doch wenigstens einmal die Woche ausleihen und abends zu Hause lesen könnte. So wie es jetzt war, gab es ihr das Gefühl einer richtigen Arbeit: Sie ging morgens aus dem Haus wie ins Büro, machte mittags Pause, aß gemeinsam mit Nicole und brach dann wieder auf mit Aktentasche und Papieren.

Herr Enkerten sagte unwirsch: »Was gibt es denn so Wichtiges für eine Hausfrau zu tun, daß sie nicht für eine sozial wirklich notwendige Aufgabe Zeit erübrigen könnte?«

Thea rief nicht: Sie spinnen wohl! Warf ihm nicht die selbstgebackenen Plätzchen ins Gesicht. Sie reagierte, wie sie glaubte, daß Andrea-Maria reagiert hätte, sagte kühl: »Ich bin nicht hier, um mit Ihnen über die Prioritäten meiner Zeiteinteilung zu debattieren. Ich biete Ihnen zwei Abende pro Woche an.«

Herr Enkerten zog seinen Schluß, sagte: »Ach, Sie sind berufstätig«, und wurde höflich. Reklamierte nicht mehr ungeduldig ihre ehemannfreie Zeit, sondern sagte bedauernd: »Zwei Abende, das ist gewiß für Sie ein großes Opfer. Aber leider, Frau Krüger, sucht unser Verein Helfer, die tagsüber tätig werden. Mir scheint, Frau Doktor Belmann hat da ein Mißverständnis provoziert.«

Thea mutmaßte, Frau Dr. Belmann habe nicht ganz überlegt, was für eine fordernde Tätigkeit der Hausmanns- oder Hausfrauenberuf sei, und zwinkerte den anderen Frauen zu. Fügte aber, da das Zwinkern nicht erwidert wurde, hinzu: »Vor allem, wenn noch ein Forschungsprojekt Zeit verschlingt.«

Seitdem mußte sie sich bei ihrem Forschungsprojekt manchmal einen Anflug von schlechtem Gewissen vertreiben. So als hätte sie nicht wirklich Anrecht auf ihre eigene Zeit. Als schuldete sie der Allgemeinheit Rechenschaft. Oder Andreas. Dieser Teil des schlechten Gewissens bezog sich schon vorausschauend auf den kommenden Samstag, an dem sie Andreas wegen einer Verabredung mit Inga allein zu lassen vorhatte. Es war hauptsächlich deswegen, daß sie Freitag abend am Bahnhof stand und daß zu Hause kleine Appetithäppchen vorbereitet waren. Sekt kalt gestellt. Blumen in der Vase.

Als der Zug einlief, glaubte Thea, am anderen Ende des Bahnsteigs Inga zu sehen. Sie lief ein Stückchen näher. Da hatte Inga sie auch gesehen, kam auf sie zu, fröhlich, begrüßte sie und redete drauflos, als hätte es niemals Streit gegeben. Thea war erleichtert. Also hatte Inga das Zeichen begriffen, das sie ihr mit der Samstagabend-Verabredung gegeben hatte. »Oh, wegen morgen abend, ich wollte dir noch sagen –«, begann Inga, aber nun stand der Zug, die Türen waren schon offen, und Thea mußte wieder zu ihrem Bahnsteig-Ende laufen, wo die erste Klasse hielt. Inga wartete zweite Klasse, merkwürdigerweise, denn eigentlich gehörte eher die Hausfrau in die zweite und die erfolgreiche Geschäftsfrau in die erste, dachte Thea.

Sie guckte an den drei Wagen entlang, die in Frage kamen. Es stiegen nur wenige aus, Andreas war nicht dabei. War er doch zweiter gefahren? Die Behörde bezahlte ihm die Fahrten, jedenfalls für die Anfangszeit. Sie guckte noch einmal. Zwei Herren mit Aktenmappen, eine elegante Frau, ein dicker Mann, der schnaufend einen Koffer zog. Sie hatte ihn tatsächlich nicht erkannt. Er war die elegante Frau.

Er nahm sie in seine Arme und küßte sie so ausführlich, wie es die lange Abwesenheit nahelegte. Thea war verlegen, wehrte ab, flüsterte ihm zu, daß ihre Freundin Inga auch auf dem Bahnsteig sei.

»Müssen deine Freundinnen überall stören«, sagte er. Keine gute Einleitung für die Ankündigung, daß sie morgen abend mit dieser Inga unterwegs sein werde. Sie mußte es ja nicht gleich sagen. Sie versuchte, eine Begegnung zu vermeiden, wartete, bis der Bahnsteig leer war. Aber Inga wartete auch, stand mit einer anderen Frau an der Treppe, wollte ihr noch etwas sagen. Die andere Frau nahm den Arm, den sie um Ingas Schultern gelegt hatte, herunter, als Thea und Andreas näher kamen, und auch Andreas lockerte bei der Aussicht, von bekannten Menschen gesehen zu werden, seine männliche Gebärde, mit der er Theas Hüfte umfaßt hatte, und hakte sie unter, wie es Bettie bei ihm getan hatte.

Er sah auf die beiden Wartenden. Konnte das möglich sein? War das Theas Freundin? »Kennst du die?« fragte er erstaunt. »Die ist doch von uns.«

»Von euch? Inga?« flüsterte Thea erstaunt zurück. Und nun waren sie schon bei den beiden, die auch miteinander geflüstert hatten, auch erstaunte Gesichter machten und nun darangingen, sich gegenseitig und kreuzweise zu erklären, wer wen woher kannte. Denn Andreas kannte die Frau, die von Inga abgeholt worden war. Sie kam wie er aus Bonn. Es war die Herleshoff.

Andreas mußte sich anstrengen, jetzt noch richtig zu schalten. Er war schon auf zu Hause eingestellt, auf Ehemann, und mußte mühsam wieder auf Andrea-Maria umdenken. Mußte sich Mühe geben, von Thea nicht als von seiner Frau zu reden. »Frau Herleshoff aus meiner Behörde«, erklärte er Thea, aber wie sollte er nun Thea der Herleshoff vorstellen? Er konnte schlecht »Frau Krüger« sagen. Frau Krüger war doch er! »Meine Freundin«, sagte er also. Das schien noch am ehesten »meiner Frau« zu entsprechen.

Dann legte Inga ihren Arm um die Herleshoff, sagte lachend zu Thea: »Das haben wir aber gut voreinander geheimgehalten. Das ist also meine Lebensgefährtin Regine.«

»Das ist Andrea-Maria«, sagte Thea, und das Lächeln gelang nur mühsam.

»Andrea-Maria«, wiederholte Inga erstaunt und schien sich noch genau zu erinnern, wie häßlich Thea neulich abends über eine Andrea-Maria gesprochen hatte.

»Komischer Zufall, daß ihr beide eure Freundin in Kiel habt«, sagte sie dann zur Herleshoff, und die war fast verlegen darüber, mit ihrer Chefin eine so private Gemeinsamkeit zu haben.

Auch die Chefin mochte sich über dieses Thema nicht weiter auslassen. Sie hatte es eilig, zerrte an Thea, auf welche Inga einredete, ging dann allein voraus. Inga wollte die Verabredung absagen. »Du siehst ja, Regine ist da, das war eigentlich anders geplant. Wir sehen uns ja nur am Wochenende, wenn überhaupt.«

Thea war noch zu verwirrt, zu verlegen, um so recht zu bemerken, daß ihr da unversehens eine Schwierigkeit mit Andreas erspart bleiben würde. Inga verstand Theas Schweigen als Übelnehmen. Grade nach ihrer Auseinandersetzung über verfügbare Zeit. »Sehen wir uns statt dessen nachmittags eine Stunde zum Kaffee, alle vier«, schlug sie vor. So wurde zu diesem seltsamen Treffen am Zug eine Wiederholung verabredet. Eine ausführlichere, aus der man nicht so schnell zum Ausgang hasten konnte.

Mit dieser Aussicht gab Thea den Freitagabend schon verloren. Er würde werden wie der vorige, obwohl da die leckeren Avocadomus- und Lachshäppchen standen, die Melonenwürfel mit Schinken, der kalte Sekt perlte. Andreas schob das Glas beiseite, das Thea gefüllt hatte, ging zum Kühlschrank und nahm sich ein Bier. Stellte den Fernseher laut an, faltete eine Zeitung auf und verschwand dahinter. Stumm. Thea saß am Tisch, trank Sekt und las ein juristisches Fachbuch. Die Ehe zu dritt war nicht einfach. Andrea-Maria brachte mehr Unordnung, als sie erwartet hatten.

Aber Andreas hielt nicht lange durch. Er war zu neugierig, mehr über Inga und ihre Bonner Freundin zu erfahren. War zu hungrig, im Speisewagen hatte er nur ein Würstchen gegessen. War zu sehnsüchtig nach Thea, schon am vorigen Wochenende hatte sich entsprechende Erfüllung nicht eingestellt. So kamen Häppchen und Sekt doch noch zu ihrem Recht, und als Nicole nach Hause kam, waren die Eltern längst einträchtig im Schlafzimmer verschwunden.

Am nächsten Morgen ging Andreas Brötchen holen, wie immer, dachte er schon fast. Nicole deckte den Tisch, Thea kochte Kaffee und Eier. Nicole war begeistert von der Aussicht auf den Besuch am Nachmittag; am Frühstückstisch machte sie Pläne, als ob alle drei auf einen großen Karnevallsball gehen wollten. »Schade, daß Inga mich schon kennt. Sonst könnte ich als euer Sohn gehen, der einzige Mann im Haus.« Und warf schon mal versuchsweise Sprüche hin wie: »Ich und einkaufen? Macht eure Weiberarbeit selbst!«

»Kein Essen auf dem Tisch, aber im Büro die große Nummer schieben, per Quote und außer Konkurrenz«, sekundierte Andreas. Es kam ihm aus dem Herzen.

»Wie war's denn im Büro«, lenkte Thea ab.

»Die Männer hab ich allmählich im Griff«, berichtete Andreas, »sie kämpfen offen, und ich kämpfe zurück. Seegers zum Beispiel. Anständiger Kollege.«

»Unterstützt er dich?« fragte Thea.

»Nein, ich sagte doch, er kämpft.«

»Und wieso ist er anständig, wenn er dich bekämpft, Papi«, wollte Nicole wissen.

»Er bekämpft nicht mich, sondern diese Frau«, korrigierte Papi. Er spielte sie, und er spielte sie gut, fand er selbst. Aber mußte er sich mit der Rolle identifizieren? Wird ein Schauspieler, der den Part des Mephisto bekommt, über Nacht zum Teufel? Er fand seine Leistung eher beachtlicher, seit er von dieser Frau, die er verkörperte, Abstand hielt.

Auch Thea fand normal, daß er nicht »ich« sagte, sondern »diese Frau«. Für sie war er längst nicht mehr diese Frau. Er war zu klein für Andrea-Maria, er füllte sie nicht aus. Wenigstens fand sie nicht falsch, daß er sie auf Kampf eingestellt hatte. Voriges Wochenende hatte er ein bißchen viel von Weiblichkeit geredet. Sie äußerte Zustimmung zu dieser Art Verhalten.

»Sie könnte es besser machen«, sagte Andreas, »sie läßt sich immer wieder auf diese Weiberebene hinunterziehen. Mitten in einer ernsthaften Diskussion landet sie beim Kochtopf oder bei der Frauengruppe.«

»Weil ihr Männer sie darauf festlegen wollt, du doch auch«, sagte Thea. Sie war ärgerlich, als hätte er sie selbst angegriffen.

»Ich«, sagte Andreas, nun auch empört, »meinst du, ich suche mir solche Themen aus? Ich achte schon darauf, daß sich eine Führungsfigur nicht zu sehr mit Frauen identifiziert. Die Weiber machen mir sowieso den meisten Ärger!«

»Und dann noch zwei Weiber zu Haus«, rief Nicole vergnügt, »Mami, laß uns den Typ ein bißchen aufmischen.«

Der Typ entzog sich dieser Drohung. Er hatte gerade vor, die Weiber zu verlassen und sich unter Männer zu begeben; er wollte wieder zu den Handballern. Das eröffnete er den beiden betont nebenbei. Sie hätten in ihrer Eigenschaft als Frau und Tochter ja Anspruch auf seine spärliche Zeit zu Hause erheben können.

In der Tat erhob Thea Einspruch. Nicht, weil sie wirklich etwas dagegen hatte. Sie vermutete, es würde die Nachmittagseinladung und vielleicht auch weitere Wochenendtreffen mit Inga erleichtern, wenn sie ihm jetzt die Zeit vorrechnen würde, die er der Familie nahm. Sie erhob nicht zu heftig Einspruch. Gehen sollte er ja trotzdem.

»Als Andrea-Maria solltest du lieber Tai Chi machen. Oder Bauchtanz«, schlug Nicole vor. »Dann hast du wenigstens Gesprächsstoff für die Kantine oder die Frauengruppe.«

Andreas lachte. Von Tai Chi hatte in der Tat Bettie etwas erzählt. Er wußte nicht, was das war. »Vielleicht solltest lieber du als Andrea-Maria gehen«, sagte er, »du kennst dich ja aus.«

Thea sagte nichts, schüttelte nur leise den Kopf darüber, wie schlecht Andreas diese Andrea-Maria verstand. Es war doch schlimmer geworden seit dem letzten Wochenende. Er kam offensichtlich mit der Rolle nicht klar. Es wurde höchste Zeit, daß sie selbst die Andrea-Maria übernahm.

28

Zu Theas Erstaunen protestierte Andreas nicht, als sie nachmittags den Kaffeetisch deckte und an die erwarteten Gäste erinnerte. Er war schon lange vor der Kaffeezeit nach Hause gekommen, stumm und gedrückt, nicht verschwitzt oder abgekämpft. Sie hatte befürchtet, er werde zu spät vom Handball wiederkommen, erst in sicherem Abstand zur Kaffeestunde, wenn die Gäste längst wieder verschwunden waren.

In der Tat hatte er das auch vorgehabt. Er hatte zunächst überlegt, daß der freundschaftliche Nachmittagskaffee die beste Chance böte, diese schwierige Herleshoff für sich zu gewinnen. Klar war, daß Bettie nicht zulassen würde, daß er Freundschaft mit ihrer Gegnerin schloß. Wollte er es mit Bettie verderben? War ihm ein beruflicher Vorteil das wert? Also würde er sich lieber dieser Entscheidung entziehen. Was war einfacher, als sich mit den Sportsfreunden festzureden, nachdem man sich eine Weile nicht mehr gesehen hatte.

Aber so einfach war das dann doch nicht. Als er sich im Vereinshaus umziehen wollte, er war tatsächlich der erste, so begierig war er auf das Treffen mit den Männern, bekam er seinen Schrank nicht mehr auf. War das nicht ein neues Vorhängeschloß? Seines hatte keinen Plastiküberzug. Als dann die ersten kamen, Egon und Hans-Günter, er hörte schon von weitem mit Vergnügen ihre dröhnend lauten, tiefen Männerstimmen, klärten sie schnell die Lage. Sein Verein hatte, wundern konnte es ihn nicht, sich nach einem neuen Mitglied für die Mannschaft umgesehen, der nun seinen Platz und seinen Schrank hatte. Martin. Martin schien beliebt zu sein, gleich mehrere der Handballer riefen ihm etwas zu, fragten etwas, begannen ein vertrautes Gespräch, als er kam und mit seinem Schlüssel Andreas' Schrank aufschloß. Mit Andreas hingegen schien ihnen der Gesprächsstoff ausgegangen zu sein. »Was macht Bonn«, sagt einer, aber in diesem gleichgültigen Ton, der keine Frage ist und auch keine Antwort will. Er wollte trotzdem erzählen, aber da waren sie schon bei der Niederlage von voriger Woche und daß man es wieder ausbügeln müsse. Nicht einmal Karl wirkte wie ein Freund, mit dem man schon oft zu Hause gegessen und getrunken hatte. »Grüß Thea«, sagte er, was ja nur Sinn gemacht hätte, wenn Andreas gerade hätte gehen wollen. Er hatte aber schon sein Sportzeug an, hatte seine Sachen mangels Schrank auf der Bank zusammengefaltet und wollte bleiben.

Er war auch am Abteilungsleitertisch sitzen geblieben, an dem einzigen Tag, an dem er quer durch die Kantine auf jenen Tisch zugesteuert war und sich mit möglichst selbstverständlichem Gesicht dazugesetzt hatte. Das war sein dritter Kantinengang in den zwei Wochen. Er konnte nicht ewig von belegten Brötchen leben, vor allem, wenn er nicht einmal abends essen ging. Die beiden Male, wo er mit irgendwelchen ihm unbekannten Frauen über ihn nicht interessierende Themen hatte reden müssen, hatte er manchmal von jenem Tisch eine Woge von Lachen gehört, aufgeräumte laute Stimmen, die dann wieder leise im allgemeinen Lärm untergingen. Dort war die Insel der Seligen. Wieso war sie ihm verschlossen? Gehörte jemand vom Rang einer Andrea-Maria nicht besonders in diese erhabene Runde? Sie machten höflich Platz, als er sich dazusetzte. Rückten Stühle, rückten Teller, schoben ihm Besteck zu. Nachdem dieser Krach des Umräumens vorbei war, wurde es still am Tisch. Niemand erzählte mit lauter aufgeräumter

Stimme. Niemand fühlte sich zu einer Woge von Lachen animiert. Ein bißchen gequält wurden Höflichkeiten ausgetauscht, haben Sie sich schon eingelebt, das Wetter ist hier am Rhein besser als droben im Norden, nicht wahr, und wie hat das Kantinenessen in Kiel geschmeckt. Seegers, der am anderen Ende saß, konnte sich nicht einmal zu Sticheleien aufraffen, auf die Krüger vielleicht noch geistvoll hätte reagieren können. Alle aßen schnell und eilten bald pflichtbewußt an ihre Schreibtische zurück. Krüger war ausgeschlossen aus der wärmenden Nähe der Männergemeinschaft.

Wurde Verrat so hart bestraft? Er hatte mit den Evas paktiert, und schon waren rasselnd hinter ihm die Tore des Paradieses zugefallen. In Bonn am Kantinentisch sah man ihm den Verrat an. Aber hier in Kiel? War er auch hier nicht mehr Andreas, unverändert nach wie vor? Er machte die Lockerungsübungen mit, lief, sprang, warf und fing. Als dann die Mannschaft sich formierte und gespielt werden sollte, saß er auf der Bank. Ihm wurde kühl, da er vorher geschwitzt hatte. Er ging unter die Dusche, um sich nicht zu erkälten, und da er nun schon geduscht hatte, zog er sich an und ging nach Haus. Die Männerwelt wollte ihn nicht mehr. Er war fast erleichtert, daß er sich nun verkleiden konnte. Das immerhin hatte er ihnen voraus.

»Was ziehe ich an?« fragte er Thea. Er wollte nicht am Samstag nachmittag dasselbe elegante Bürokostüm tragen wie den Rest der Woche. Er durchsuchte mit neuem Interesse ihren Kleiderschrank. Nicole assistierte, fand einen kurzen rüschigen Partyfummel passend. Er hätte ihn ausprobiert, wenn Thea nicht protestiert hätte. Eine Hose hielt er für zu männlich, für zu geeignet, ihn aus der Rolle zu bringen. Also landete er bei dem geblümten Hosenrock und dem Pulli mit Goldfäden, in dem er seine weibliche Karriere hatte beginnen wollen. Die Lockenperücke trug er heute offen.

Er schenkte sogar Kaffee ein, bot Kuchen an, als die beiden Besucherinnen da waren. Inga musterte ihn neugierig. »Ich höre, du bist die beste Kaffeeköchin in der ganzen Behörde«, sagte sie.

Sie hatte gleich zur Begrüßung Andrea-Maria und du gesagt, und Thea hatte Ingas Freundin mit Regine und mit du begrüßt. Andreas scheute sich vor dem Du, gegenüber Inga, erst recht gegenüber der Mitarbeiterin aus der eigenen Behörde. Und die Herleshoff vermied die Entscheidung. Sie sprach Krüger nicht persönlich an, vermied sogar, sich in der dritten Person für den Vor- oder Nachnamen zu entscheiden. Auf Theas erstaunte Rückfrage zum Thema Kaffeeköchin sagte sie: »Ja, das ist schon eine Ausnahme, daß eine Chefin ihren Kaffee selbst kocht. Obwohl ich, ehrlich gesagt, glaube, daß viele Frauen im Hause das als falsche Anbiederung verstanden haben.«

Krüger wehrte ärgerlich ab, wollte nicht an frühe Fehler erinnert werden.

»So, im Dienst kochst du Kaffee, und hier machst du dich kostbar«, rief Thea, ärgerlich darüber, daß Andreas offenbar annahm, er könne ganz nach seinem Belieben sich die jeweils bequemste Rolle aussuchen.

»Vielleicht gibt es in Bonn einfachere Maschinen«, sagte Nicole.

»Sag bloß, hier bei euch zu Haus hat sie vergessen, wie so ein Ding funktioniert.« Inga sah erwartungsvoll das gastgebende Paar an.

»Manche spielen im Büro die Chefin – und manche zu Haus«, sagte Nicole. Sie genoß die Situation. Nun fühlte sich ihr Vater gar noch verpflichtet, sich vor ihr zu rechtfertigen.

»Thea hat ja Zeit genug. Sie muß in kein Büro«, sagte er.

»Bist du arbeitslos?« fragte Regine mitfühlend. Thea konnte schlecht darauf hinweisen, daß da ein Ehemann saß und daß es so etwas wie Hausfrauen gab. »Nicht direkt –«, sagte sie vage.

»Traust du dich nicht, das zuzugeben?« fragte Inga. »Übrigens, tolle Nachricht: Ich glaub, ich kann dich unserm Personalchef verkaufen. Für einen Zweijahresvertrag, da, wo du schon mal gesessen hast. Die Frau will wirklich zwei Jahre Mutter spielen.«

»Richtig für Geld und kein Ehrenamt?« rief Thea. Sie konnte es kaum fassen. Es ging mal wieder so verdächtig leicht. Aber da war noch jemand, der es kaum fassen konnte. Andreas rief: »Du willst wieder arbeiten? Und wieso weiß ich nichts davon?«

Solch eine Reaktion hatte Thea vorausgesehen. Es traf sich gut, daß das Thema jetzt diskutiert wurde. Mit diesem Andreas in Goldpulli und Hosenrock würde sie es leicht haben. »Ich glaube, wie du dich aufspielst, das würde nicht mal ein Ehemann seiner Frau bieten«, sagte sie.

»Andrea-Maria, echt! Du laberst wie ein Typ. Ist ja wohl nicht angesagt unter Freundinnen«, fiel Nicole ein. Ihr machte es Spaß.

Auch Thea versteckte ein Lachen. Da saß der Wolf, und weil er doch das Lamm spielte, durfte er nicht beißen. Nur laut und böse knurren durfte er: »Vielleicht ist es nicht zuviel verlangt, wenn eine Freundin von der anderen erwartet, daß sie ihr solche bedeutenden Entscheidungen wenigstens mitteilt.«

Inga schüttelte den Kopf. »Sie wußte ja bis eben selbst noch nichts von dieser Aussicht. Das ist auch noch nicht endgültig, freut euch nicht zu früh.«

Andreas fiel aus der Rolle: »Freuen! Ich wußte nicht mal, daß sie überhaupt was sucht!«

»Du hast ihr doch den Job weggeschnappt«, sagte Inga und war nun böse, »und wozu? Damit du dich an die Männer ranschmeißt und die Frauen gegeneinander ausspielst.«

Die Herleshoff versuchte, sie zu bremsen: es war zu offensichtlich, von wem Inga solche Beurteilungen nur haben konnte. »Jedenfalls ist es doch schön für euch, wenn Thea nicht mehr arbeitslos ist«, sagte sie zu Andreas, ohne ihn anzureden.

Andreas tat sich schwer mit seiner Wut und seiner Rolle. Durfte ein Schauspieler einfach ins Publikum brüllen, wenn dies so hanebüchen dumm war, daß es rein gar nichts verstand? Es gab ja sogar ein ganzes Stück, in dem die Schauspieler nichts anderes taten. Thea und er waren zur Studentenzeit in die Aufführung gegangen, hatten nicht geahnt, daß der Titel wörtlich gemeint war. Thea hatte den ganzen Abend gelacht. Er hatte sich geärgert und an das schöne italienische Essen gedacht, daß sie von dem Eintrittsgeld hätten bezahlen können. Von Haushalt und Kind würde er nichts sagen, das paßte nicht zur Rolle. Aber auch unter Freundinnen durfte man wohl die berufliche Qualifikation der anderen kritisch betrachten. Diese Inga schien tatsächlich zu glauben, Thea könne mit ihren ärmlichen Kenntnissen und Erfahrungen einer Andrea-Maria das Wasser reichen. Da war es geradezu notwendig, sie und ihren Personalchef vor einer Fehlentscheidung zu warnen.

Obwohl er Thea Hochstaplerin nannte und ihr jegliche Berufserfahrung absprach, war die fast so amüsiert wie damals im Theater, als die Schauspieler von der Bühne herab auf sie einschimpften. Sie wußte zwar, daß dies keine Rolle war, sondern daß hier der Schauspieler durch die Rolle sprach. Was sie so amüsierte, trotz seiner Gemeinheiten, war eben diese Szene, daß er im Kostüm war und sich schier verrenken mußte, um seine Gemeinheiten mit seiner Rolle in Einklang zu bringen. Er tarnte es als Fürsorge. Wie er es als Andrea-Maria oft genug erlebt hatte. Das Wort Hochstaplerin nahm er nur im Zusammenhang mit dem Gedanken in den Mund, man könne sie womöglich, wenn sie ihre Qualifikation und Erfahrungen höher bewerte, als sie in Wirklichkeit seien, für eine solche halten. Daß er sie als Nichtskönnerin hinstellte, tat er nur, um sie davor zu warnen, sich womöglich zu große Aufgaben vorzunehmen, unbewältigbare, an denen schließlich ihre Lebensfreude, wenn nicht sogar ihre Gesundheit zerbrechen werde.

»Da könnt ihr mal sehen, wo ich ohne Andrea-Maria landen würde, in der Klapsmühle oder im Sanatorium«, sagte Thea zu den anderen Frauen. Sie war glücklich, daß sie heute mit Andrea-Maria über ihren zukünftigen Beruf streiten konnte. Einem Andreas wäre sie vielleicht nicht gewachsen gewesen. Vielleicht hätte sie wie Loni versucht, zunächst alles zu verheimlichen. Von Bonn aus hätte er nichts merken können. Aber was wäre später passiert? Auf jeden Fall etwas Unangenehmes. Heute in diesem Spiel war sie ihm überlegen.

Wirklich reagierten auch die anderen, als hätten sie vorher geprobt. Nicole lachte. Regine sagte: »Schade, daß ihr nicht heiraten könnt. Sonst könntest du Hausfrau werden.« Und Inga fragte Thea, ob es in Wahrheit Andrea-Maria gewesen sei, von der sie das Gutachten vorigen Freitag habe verfertigen lassen.

»Ist sie im Büro auch so rasend solidarisch mit den Frauen?«, fragte Nicole. Die Herleshoff zögerte mit der Antwort, immerhin war das ihre Chefin, die da vorgeführt wurde. Inga antwortete an ihrer Stelle: »Offenbar nur portionsweise. Mal mit dieser Frau, mal mit jener. Je nachdem, wie die Machtverhältnisse im Hause es erfordern.«

»Und die Typen?« fragte Nicole gespannt weiter.

»Einen ergebenen Verehrer haben Sie ja schon«, sagte die Herleshoff nun direkt zu Andreas. Der wurde fast rot. Wurde hier auf Seegers angespielt, den er verehrte und der von ihm nichts wissen wollte? Der ihn als Andrea-Maria überging? Dem er sogar noch dankbar war, wenn er sie bekämpfte und dadurch zeigte, daß er sie ernst nahm?

Nicole quietschte vor Vergnügen. »Den Verehrer hat sie uns

verschwiegen, Mami«, rief sie und fragte Andreas: »Ist es ein geiler Typ?«, und weil sie eigentlich Papi sagen wollte, sagte sie auch Mami zu ihm.

»Wessen Tochter ist sie eigentlich?« fragte Regine, froh, ein anderes Thema gefunden zu haben als die Vorzüge und Nachteile ihrer Chefin.

»Meine«, sagte Thea. Sie zählte im Kopf die Stunden, die Andreas und die sie ihrer Tochter gewidmet hatten. Es stimmte, es war ihre.

»Mami hat früher mal mit 'nem Typ gelebt«, sagte Nicole und sah Andreas an.

»Darüber sei du froh, sonst wärst du gar nicht auf der Welt«, sagte er ärgerlich.

»Ja ja, ich weiß«, sagte Nicole, »ohne die blöden Typen läuft nun mal nichts.«

»Daß es ohne die Typen nicht geht!« sagte Inga. »Ich habe lange Zeit an Kinder gedacht, wir wollten adoptieren. Aber da rennst du gegen Mauern, wenn du keinen Mann vorzeigen kannst. Lieber sollen Kinder im Heim verkommen, als mit zwei Frauen aufzuwachsen.«

»Wenn ich mit Mami Zoff hab, kannst du mich mal ausleihen«, schlug Nicole vor, »zur Abschreckung«.

Inga strahlte sie an. »Du bist eher was zum Neidischwerden«, sagte sie.

»Was ist mit künstlicher Befruchtung?« fragte Thea.

»Da find mal jemand, der das macht. Den Herren ist ihr Samen noch im Reagenzglas so heilig, daß sie ihn nur an Frauen mit Ehezertifikat austeilen, am besten noch mit Treuebescheinigung des Gatten.«

»Da gibt es ja auch Gesetze«, sagte Andreas zufrieden. Er trumpfte auf. Da saßen sie, diese Weiber, und redeten über seinen Kopf hinweg. Wie in der Frauengruppe. Versuchten, ihn zu vereinnahmen. Dünkten sich überlegen mit ihrem Spott. Aber da war ja seine heimliche andere Existenz, in der seinesgleichen unersetzlich war, in der seinesgleichen so unverschämten Frauen wie dieser Inga ihren lange gehegten wichtigsten Wunsch nach Belieben gewähren oder verweigern konnte. Er stellte sich vor, daß sie es mit dem einen oder anderen seinesgleichen schon versucht hatte, ihn umworben hatte, sich kleingemacht und mit ihrer frechen Klappe süße Worte gesäuselt, nur um das eine zu bekommen, das nun mal Menschen wie die Herleshoff nicht zu vergeben hatten. Er träumte sich in die Rolle dieses seinesgleichen, erträumte sich eine demütig schmeichelnde Inga, der er, bevor er ihr Erfüllung schenkte, das Versprechen abnahm, einen Job für Thea in ihrer Firma zu vereiteln. Ganz kurz würde Inga nur zögern, dann würde sie Thea natürlich verraten um des einen willen, das Frauen nicht zu bieten haben. Er war der Sieger. Er überlegte, ob er seinen Sieg vollkommen machen sollte und im letzten Moment das Ersehnte doch verweigern, im letzten Moment sich zurückziehen sollte. Eine Zeitlang hatte Thea das von ihm verlangt, hatte behauptet, die Pille nicht zu vertragen, und ihn dazu zu zwingen versucht, seinerseits auf diese sein Vergnügen mindernde Weise verhütend tätig zu werden. Er könnte die verhaßte Methode benutzen, um sich nun an Theas Freundin zu rächen. In jener anderen Existenz. Denn noch saß er ja hier als Andrea-Maria und wurde von Inga mit einer höflichen Bitte nach mehr Kaffeesahne in die Küche geschickt.

»Ich dachte, du lebst mit einem Mann«, sagte Inga zu Thea, als er draußen war.

»Ja – auch –«, sagte Thea vage. Sie fühlte sich verlegen. Weniger durch die Frage. Weniger dadurch, daß Andreas bis jetzt diesem Gespräch zugehört hatte. In seiner Verkleidung war er für sie kaum störend. Vielleicht war es gut für ihn zu hören, daß es Welten gab, in denen Männer allenfalls als lästiges Mittel zum Zweck eine Rolle spielten. Was sie hemmte, war die Ernsthaftigkeit, in die das fröhliche Spiel plötzlich geraten war. Diese beiden gaben so viel von sich preis. Und sie saß hier mit ihrer Lüge. Mit Andrea-Maria. Erschlich sich ein Vertrauen, welches ihr nicht zukam. Hätten die beiden genauso offen geredet, würden sie unerfüllte Wünsche preisgeben, wenn sie hier bei Thea und Ehemann Krüger zu Besuch wären? Obwohl sie weder einen Block noch ein Tonband in der Tasche hatte, fühlte sie sich wie ein Spitzel, ein informeller Mitarbeiter, besonders harmlos wirkend, weil im Kreis von eng Vertrauten agierend. Nun war sie es, die gern das Thema gewechselt hätte, die unglücklich war, diese Einladung überhaupt zugelassen zu haben.

Aber jetzt unterhielt sich Andreas über Kindererziehung, tat sachkundig, fand, daß sich zu zweit alles unkompliziert regeln lasse.

»Du tust ja, als hättest du mich selbst gestillt«, sagte Nicole zu ihm.

»Komisch, daß zwei Frauen in der Lage sind, sich Kindererziehung zu teilen«, sagte Regine Herleshoff. »Aber sobald ein Mann beteiligt ist, ist es unmöglich, das zu organisieren.«

Daß hier so die Fakten verdreht wurden, das brauchte auch Andrea-Maria nicht zu dulden. Auch wenn es nicht gut war, wenn sie zu deutlich die Partei der Männer ergriff. »So ein Unsinn«, sagte Andreas, »ich kenne viele Männer, die sich an der Kindererziehung beteiligen.«

»Auch noch viele«, sagte Thea, »ich kenne nicht einen einzigen.« Sagte es ihm freundlich ins Gesicht. Der Wolf war ja im Schafspelz und konnte nicht beißen.

»Manche setzen ihre Kids abends vor die Glotze und denken, damit bringen sie schon voll Leistung«, sagte Nicole.

In Andreas sammelte sich gerechte Empörung. Nicole, welche die Fernsehabende mit ihm so geliebt hatte, wurde auch zur Verräterin. Hatten sie denn völlig vergessen, was er alles für sie getan hatte? »Manche brechen eine Dienstreise ab, um rechtzeitig bei den Kindern zu sein«, sagte er.

Thea sah ihn nachdenklich an. »Kennen wir einen Mann, der das mehr als einmal in seinem Leben getan hätte?« sagte sie.

Das Gespräch über die Verdienste von Vätern wurde nicht fortgesetzt, weil Inga und Regine nun gehen wollten. »Wenn Andrea-Maria das Auto nimmt, könntet ihr morgen zusammen fahren, die lange Strecke. Ist doch langweilig allein«, sagte Thea zu den beiden Bonnern.

Aber Regine wollte sich bei der Chefin nicht aufdrängen, und Andreas sagte abweisend: »Ich fahre mit der Bahn.«

»Das ist gut«, sagte Thea und begann sofort, sein Auto zu verplanen, sie hatte schwere Flaschen zu transportieren, sie wollte nach Hamburg in die Bibliothek, auch Nicole meldete gleich ein Ziel an, wohin sie gefahren zu werden wünschte, und Inga wollte Thea zu Fahrten für ihre Versicherung einteilen. Es war sein Eigentum, das sie da wie die Aasgeier unter sich aufteilten, als gäbe es ihn nicht mehr. Als wäre Andreas schon für immer verschwunden, könnte sich gegen die Leichenfledderei nicht wehren. Und die, in der er verschwunden war, Andrea-Maria, wollte sich gar nicht wehren. Sie ließ sich zur Närrin machen. Sie brachte nicht fertig zu sagen: Solange ich hier im Hause zahle, bestimme ich! Er haßte sie. Und doch war er sie, unentrinnbar.

29

Es gab keine Aussprache, über nichts, was die Besucherinnen geredet oder angedeutet hatten. Als sie gegangen waren, hatten alle Familienmitglieder zu tun. Krüger las Akten. Thea studierte ein Buch über Finten und Tricks bei Einstellungsgesprächen. Nicole war mit einer Freundin verabredet. Das Kaffeegeschirr und die Kuchenreste standen herum. Keiner schien die Kraft zu haben, noch aufzuräumen und abzuwaschen, erst recht nicht die Kraft, den anderen zu bitten, das zu tun.

Andreas sah auf die schmutzigen Teller und Tassen; seine Frau benahm sich, als säße sie schon im Büro, hätte vor lauter Wichtigkeiten keine Zeit mehr fürs Haus. Könnte er ihr das Ganze nicht einfach verbieten? Früher durfte eine Frau nur mit Erlaubnis des Ehemannes einen Beruf ergreifen. Sie hatten dieses Gesetz abgeschafft, genau in dem Jahr, in dem er geheiratet hatte. Damals hatte er nicht erwartet, daß er es einmal würde brauchen können. Wer war damals an der Regierung? Die Roten, natürlich. Aber inzwischen waren längst die Schwarzen wieder am Ruder und hatten so vieles rückgängig gemacht, was die Roten eingeführt hatten. Wie sie drüben im Osten bei den Roten aufgeräumt hatten! Radios und Fernsehsender besetzt, die Presse nur an treue Vasallen vergeben. Mit einem klugen Coup die Verfügung über die gesamte Wirtschaftsmacht an sich gezogen. Denkmale geschleift. All diese überflüssigen Gesetze abgeschafft, die den Frauen dort Sonderrechte einräumten. Es kehrten ja sogar die Fürsten in ihre Schlösser zurück. Friedrich der Große erhielt ein Staatsbegräbnis. Alles Alte kam wieder. Vielleicht war dieses Gesetz auch schon wieder da? Er war sich gar nicht sicher; er müßte mal nachsehen.

Thea würde es sowieso nicht schaffen. Sie würde dort antanzen, irgendwie zu schick gemacht in einem ihrer übertriebenen Fummel, mit diesem zu selbstbewußten Gehabe, das ihn letzthin so an ihr störte. Die neuen Chefs würde das genauso stören. Keine Kenntnisse, aber auftrumpfen! Sie würden sie nicht nehmen. Obwohl er es eigentlich nicht böse mit Thea meinte, gönnte er ihr diese Niederlage. Sie mußte ihre Grenzen wieder kennenlernen.

Vielleicht wäre es sogar besser, sie würden sie nehmen und erst nach einigen Tagen oder Wochen entdecken, wie inkompetent sie war. Sie erst dann rausschmeißen. Der Sturz wäre um so tiefer. Natürlich würde das Ganze auf diese Inga zurückfallen, welche die unfähige Person so falsch eingeschätzt und empfohlen hatte. Eigentlich durfte Thea sich dieser Inga zuliebe gar nicht erst dort vorstellen. Wie konnte eine Freundin die andere so unendlich blamieren! Nie hätte er Bettie, hätte Bettie ihm so etwas angetan. War er nicht sogar zur Frauengruppe gegangen, um Bettie dort nicht bloßzustellen? Thea kannte solche Rücksicht offenbar nicht.

Recht betrachtet, war Andreas damit zufrieden. Er gönnte Inga die Blamage. Wenn es sich geschickt genug traf, würde das vielleicht auch für sie einen Karriereknick bedeuten. Er kam kaum dazu, seine Akten zu lesen, so sehr war er mit seiner grimmigen Freude beschäftigt.

Abends gingen Thea und Andreas aus, hauptsächlich deshalb, weil keiner Anstalten machte, ein Abendessen vorzubereiten. Sie saßen beim Italiener; Andreas aß endlich mal wieder ein richtiges warmes Essen, nach Kantinen-Enthaltsamkeit und Zimmerservice-Sandwiches. Minestrone, Pasta, Saltimbocca. Er mampfte so zufrieden, so hingebungsvoll, daß ihm kaum auffiel, wie wenig sie sprachen. Er dachte daran, daß er Bettie an einem der kommenden Tage mal zum Essen einladen könnte. Oder vielleicht einmal mit Udendorf ausgehen, warum nicht? Der würde sich hoch geehrt fühlen. Er könnte sogar nach dem Essen Udendorf vorschlagen, noch in eine dieser Nachtbars zu gehen, eine von der Sorte mit den Fotos draußen. Er überlegte amüsiert, wie Udendorf reagieren würde.

Thea hatte wenig Appetit, sie hatte zuviel Kuchen gegessen. Ihr fiel nichts ein, was sie hätte reden sollen, denn alles, worüber sie gern geredet hätte, hatte mit Inga oder mit dem zukünftigen Job zu tun. Mit den Anbietern von Ehrenämtern. Mit ihrer Freude und ihrer Angst, es könne schiefgehen. Worüber hatten sie denn sonst geredet, wenn sie allein gewesen waren, ohne Nicole oder Freunde? Miteinander ausgegangen waren? Nie hatte sie so quälend laut Andreas' Mampfen gehört und zwischendrin seine schnaufenden Atemzüge. Sie atmete betont flach, um nicht auch noch ihre eigenen zu hören. Sie malte sich mit Widerwillen diese schnaufenden Atemzüge heute abend im Bett aus. War es wirklich erst gestern, daß sie übermütig und zärtlich übereinander hergefallen waren, mit einem Feuer, um jede Häagen-Dasz-Kugel zu schmelzen, um Kraftwerksblöcke explodieren zu lassen, mit einem Überschwang, der die Flüsse im Regenwald über die Ufer schäumen ließ?

Als sie heute vom Restaurant nach Hause kamen, vergrub sich Thea erst in ihr Buch, sah dann gefesselt ein Fernsehprogramm, kam nicht mit, als Andreas ins Schlafzimmer ging. Aber der beharrte auch nicht weiter. Er hatte zuviel gegessen und getrunken und plumpste müde ins Bett. Das schmutzige Geschirr stand noch herum.

Als Thea aufstand, war es sauber. Nicole hatte gearbeitet und hoffte, zum Dank zu einer weit entfernt wohnenden Freundin gefahren zu werden. Thea fuhr; als sie zurückkam, war Andreas weg. Zum Frühschoppen, sagte er, als er wiederkam. Und dann war es schon fast Zeit für ihn, in den Zug zu steigen. So sahen sie nicht mehr viel voneinander an diesem Sonntag. Andreas rechnete damit, am kommenden Wochenende eine Thea vorzufinden, die den begehrten Job nicht bekommen hatte und wieder normal war. Er würde warten.

Er machte sich aber auch klar, als er im Zug saß und Zeitungen und Papiere entfaltete und doch nicht lesen wollte, daß er an seinen eigenen hochfliegenden Plänen Abstriche würde machen müssen. Wenn er als Andreas Krüger Bonn erobert hätte, dann wäre er unhaltbar weiter aufgestiegen in die höheren Sphären der großen Konzerne, hätte die heimelige Behörde und die Besoldungsstufen hinter sich gelassen und wäre aufgebrochen in die klirrende Kälte der reichbezahlten Freiheit, Überflieger er, dem die lauernden Wölfe nichts anhaben konnten. Gelandet wäre er an der Spitze der Rechtsabteilung eines Multis, würde internationale Verbindungen pflegen, aus Tokio kurz bei Thea anrufen, sie für ein Wochenende nach Hongkong nachkommen lassen. Vielleicht wäre er bei einer Großbank, einer Software-Produktion. Einer Versicherung, warum nicht als Ingas Chef, die er in eine der ländlichen Filialen versetzen würde, Bayerischer Wald vielleicht oder Hunsrück. Es wäre so leicht gewesen. Aber mit Andrea-Maria war das nicht zu machen. Dieses Weib war nicht fähig genug, ihm den entsprechenden Start in den Adel der Angestellten zu ermöglichen.

Wenn das wirklich der Adel war. Waren der Adel nicht vielmehr sie, die Beamten, unmittelbar nah zu ihrem Staat? Schaute man nicht eher zu ihnen auf als zu den windigen Neureichen in Banken und Konzernen? Sie waren nichts anderes als Beamte ihres Königs gewesen, die Adligen der alten Zeit. Da fing man vielleicht mit B oder C als Page an; der Ritterschlag war die Verbeamtung. Dann war ein einfaches »von« vielleicht in der Gegend von G angesiedelt, bei K oder L mußte der Freiherr beginnen. Was entsprach Y 1? Am Ende der Baron? Auch ein Graf wäre schon bedeutend genug. Graf Krüger. Freiherr von Krüger. Herr Baron. Man mußte es nicht einmal selbst erringen. Es genügte für einen Grafen, daß schon Vater oder Großvater Y 1 gehabt hatten, er selbst durfte dann total unfähig sein. Wie leicht hätte es Krüger gehabt mit einem gestandenen Beamten als Vater. Frauen kamen in dieser Hierarchie nicht vor. Zu denken, es hätte eine Frauenquote beim Adel gegeben! Jede zweite Grafschaft muß bei gleicher Qualifikation mit einer Frau besetzt werden! Diese Gräfinnen wußten alle sehr wohl, daß sie ihre Titel nur durch den Ehemann hatten. Und wenn nicht, dann um so schlimmer, denn der einzige Dienst, für den ein König hin und wieder eine Frau in den Adelsstand erhob, war der als Mätresse. Keine Amtsfrau, keine Referatsleiterin. Andreas war zur falschen Zeit geboren.

30

Am Montag ging Thea, nachdem sie mittags mit Nicole gegessen hatte, nicht in die Bibliothek zurück, sondern in die Boutique mit den atemberaubenden Preisschildern. Kaufen wollte sie nichts, denn noch hatte sie keinen Verdienst in Aussicht, der mit den Preisschildern mithalten konnte. Aber sie hatte Träume, und für die wollte sie schon einmal die passende Kleidung probieren.

Sie wählte ein Kostüm, kein Cashmere, aber genauso teuer, Seide mit Leinen gemischt. Es sah grau, unscheinbar und knittrig aus, verwandelte aber merkwürdigerweise sie, als es an ihr saß, in eins dieser unauffällig kostbaren Wesen, die in Anzeigen für Kreditkarten herumstanden.

»Hinreißend«, sagte eine Stimme hinter ihr, »das bist genau du.« Es war Inga. Kein Wunder; sie hatte ihr ja diesen Laden gezeigt. Sie probierte ein kurzes Jäckchen mit militärischen Schulterstükken an, hatte aber keinen rechten Blick für ihr Spiegelbild, weil sie eingenommen war von Theas Anblick. »Warum läufst du sonst wie ein Hausmütterchen herum«, sagte sie. »So etwas steht dir. Das ist ein bißchen der Stil von Andrea-Maria, übrigens.«

Thea wollte nicht gern über Andrea-Maria reden, aber Inga blieb beim Thema. »Das ist doch die Frau, die dir den Job weggeschnappt hat«, wollte Inga noch mal wissen. »Mit der du zusammen studiert hast.«

Thea nickte. Sie fand ärgerlich, daß manche Menschen ein so gutes Gedächtnis hatten. Sie konnte Inga gegenüber nicht wirklich behaupten, daß sie sich auf eine Y1-Stelle beworben hatte. Wie sollte das laufen, wenn sie sich in Ingas Firma vorstellte.

»Hattet ihr damals schon eine Beziehung?« fragte Inga weiter. Thea zuckte die Schultern, machte sich an dem neuen Kostüm zu schaffen, verlangte eine passende Bluse. Auch Inga zupfte an Theas Kostüm, betrachtete die Bluse in der Hand der Verkäuferin, sah Thea merkwürdig von der Seite an. »Etwas stimmt nicht«, sagte sie. Thea ergriff die Bluse und floh in eine Umkleidekabine.

Und schämte sich. Inga hatte ihr voll Vertrauen »ihre Lebensgefährtin« vorgestellt, hatte nicht unverbindlich gesagt: »Eine Freundin aus Bonn.« Galt das Vertrauen oder galt es nicht? Sie mußte das jetzt entscheiden.

Da öffnete sich der Vorhang der Umkleidekabine, und Inga kam herein. Flüsterte: »Tut mir leid, daß ich dich so offen im Laden gefragt habe.«

»Sie ist mein Mann«, flüsterte Thea zurück.

Inga und Regine hatten auf einen Transsexuellen getippt. Auf einen, der zwischen den Geschlechtern schmerzhaft zerrissen ist, der in Zweifeln und Qualen sucht, wo er hingehört, der Tablettenkuren und Operationen nicht scheut, um zu einem endgültigen Selbst zu finden. Ein simpler bürgerlicher Ehemann, der eine Quotenstelle haben will, das sprengte selbst die abwegigsten Vermutungen. Das war exotisch.

Inga fragte, wollte nicht glauben, verglich mit Beobachtungen, mit Erzählungen von Regine. Thea hatte nun für alle Merkwürdigkeiten einen Andreas zur Erklärung parat, mit dem sich Andrea-Marias seltsames Verhalten mühelos verstehen ließ. Während Thea erzählte, wurde ihr klar, daß das auch umgekehrt funktionierte. Die Existenz von Andrea-Maria rückte das Verhalten von Andreas in ein anderes Licht. Dieser Andreas, den sie da Inga schilderte, hatte nichts mehr mit dem Andreas zu tun, über den sie sonst mit ihren Freundinnen gesprochen hatte. Nach einem Streit hatte sie sich manchmal bei Loni oder bei Monika beklagt, hatte ihren Mann niedergemacht, ihn ungerecht und verständnislos genannt, und war dabei doch immer davon ausgegangen, daß dies nur ein Mißverständnis war, eine zeitweise Dissonanz in der großen Harmonie. Durch die unbarmherzige Folie der von ihm so schlecht gespielten Andrea-Maria hindurch gesehen, schien er ihr nun fast ein Fremder zu sein. Mißverständnisse mit ihm waren vorprogrammiert, und eher war Zufall und Ausnahme, daß sie sich manchmal verstanden hatten.

Die beiden Frauen saßen zu zweit auf den kleinen Hocker der Kabine gezwängt, um sich herum Kleider, Blusen, leere Bügel, sie hielten sich aneinander fest, um nicht von dem winzigen Sitz zu fallen, sie sagten mehrfach: Das muß Regine wissen, und: Daß das bloß Andreas nicht erfährt! Thea mußte sich fast Mühe geben, mit ihm Mitleid zu haben. Denn es war klar, daß nun, wo Regine den Betrug erfahren würde, sie in ihrer dienstlichen Eigenschaft als Vorsitzende des Personalrats würde handeln müssen. »Du wirst es ihr sagen, oder?« flüsterte Thea.

»Ich glaube, das ändert nichts«, flüsterte Inga zurück, »Regine sagt, es sieht ohnehin nicht gut aus für deinen Schatz. Du hast ihn bald als Mann zurück, glaube ich.«

Bei dieser Aussicht empfand Thea weniger Bedauern für ihn als für sich. Sie fand das Zusammenleben mit Andrea-Maria weit problemloser als das mit Andreas. Sie zischelte Inga all die Vorteile zu, die sie von seiner Rolle hatte, eine Andrea-Maria ging immerhin einkaufen, nahm nicht dauernd das Auto in Anspruch, brachte nicht die langweiligen Handballer mit nach Haus. »Serviert den Gästen Kaffee und Kuchen«, ergänzte Inga amüsiert, »ich hoffe, sie hat auch abgewaschen.«

Sie saßen und flüsterten in ihrer engen Kabine zwischen Tüchern und Stoffen, wie zwei kleine Mädchen, die sich unterm Tisch hinter dem lang herabhängenden Tischtuch eine Höhle gebaut haben. Sie kicherten auch wie zwei kleine Mädchen, riefen sich die Szenen vom Kaffee-Nachmittag in Erinnerung, Andreas' Häuslichkeit, seine Verteidigungsrede für die Väter, Nicoles Bemerkungen, sie klatschten und schwatzten. Thea hatte nicht im mindesten das Gefühl, einen Verrat zu begehen. Eher glaubte sie, sich etwas zurückzuerobern, das ihr gehörte, ihr Revier, in das ein Wilderer eingedrungen war.

Auf der anderen Seite des Vorhangs wurden Geräusche lauter. Die Verkäuferin öffnete einen Spalt, zeigte auf eine Kundin mit vollen Bügeln, fragte, ob sie sich entschieden hätten. Thea sagte: »Ich nehme das Kostüm.«

31

In Krügers Büro deutete nichts darauf hin, daß die düsteren Prognosen der Herleshoff irgendeine Grundlage hätten. Es hatte sich sogar schon eine Art Routine eingespielt, das beste Zeichen für einen funktionierenden Apparat. Morgens schauten kurz Mitter und Udendorf bei ihm rein, zu einer Lagebesprechung und einem ersten Kaffee. Mittags kam manchmal Bettie mit Berichten von der Basis. Die Abteilungsbesprechung stellte keinen Schrecken mehr dar. Das Büro begann allmählich, eine schützende Hülle zu werden, um so mehr, als zu Hause die Routine gestört war. Auch dieses Wochenende war nicht gewesen, wie es hätte sein sollen, nicht entspannend und stärkend. Entspannung und Stärkung bot nun im Gegenteil der Morgenplausch mit den beiden Referatsleitern. Vielleicht sollte er die Gröver mal dazubitten. Nicht, daß er sie vermißte, aber wenn er sie gelegentlich hinzuzog, und auch mal diesen Anders oder diesen Dernböck, den Referenten des MD, dann würde womöglich auch der eine kommen, den er nicht zu bitten wagte und den er sich doch am meisten als Verbündeten wünschte. Seegers war noch nie bei ihm gewesen, hatte noch nie ein entspanntes Wort zu ihm gesprochen, immer war es Angriff oder Spott gewesen. In der freundlichen Morgenrunde würde sich Angriff veredeln zu lustvollem intellektuellem Streit, mit geschliffenen Worten und stechenden Argumenten, denen der etwas langsamere Udendorf und die etwas beschränktere Gröver kaum folgen könnten, Seegers' Spott würde nun gemeinsam mit dem seinen diese beiden treffen, nicht verletzend, aber klar zeigend, wer hier wem überlegen war. Da ging die Tür auf, Frau Krantz meldete Herrn Seegers.

Er ging ihm entgegen, konnte sich kaum bewegen in dem eng sitzenden Rock, so preßte es auf seinen Magen und nahm ihm die Luft, dasselbe atemlose Pressen wie vor den großen Endspielen der Regionalliga, als er Korbmann war, als es von ihm abhing, ob sein Verein schmählich untergehen oder bejubelt werden würde. Wovon hing es ab, ob Seegers ihn zerstampfen würde oder ihm Gefolgschaft anbieten? Krüger wartete auf seine ersten Worte, angstvoll, ungeduldig, verlangend.

»Ich störe nicht«, sagte Seegers. Es klang wie eine Feststellung, keine Frage. Jemand wie Seegers störte nicht.

»Es kommt darauf an, womit Sie stören«, sagte Krüger leise, um seine Atemlosigkeit zu verbergen.

»Und wobei ich Sie störe. Dann entscheiden wir, was wichtiger ist.«

Krüger war beeindruckt von der Unverschämtheit. Normalerweise erklärt der Besucher seine Gründe. Dieser hier verlangte, die Aufgesuchte möge Erklärungen abgeben. »So. Wir entscheiden«, sagte diese und versuchte, amüsiert zu wirken.

»Könnte ich einer Dame zumuten, eine so schwere Entscheidung allein zu treffen«, sagte Seegers und machte eine übertriebene Verbeugung, um anzudeuten, hier spreche Ironie und Spott. Aber es war doch Spott über die Angesprochene.

»Es wäre sicher nicht die leichteste Entscheidung in meiner Bonner Existenz«, sagte Krüger und nahm den ironischen Ton auf, »was ist dagegen eine so simple Entscheidung wie die über große oder kleine Dienstwege.« Es kribbelte immer noch in seiner Magengegend unter dem engen Rock, sein Atem ging flach, und sein Herz pumpte schwer gegen die Atemnot an. Hätte er einen Busen gehabt, hätte der sich vermutlich sichtbar gehoben und gesenkt. Hier kam der Moment der Entscheidung, hier wurde mit leichten Worten und bedeutungslosen Themen um die Macht gespielt. Noch war ja nichts benannt, noch hatten sie über nichts gesprochen.

Welche Trümpfe hatte dieser Seegers? War aus der Frauengruppe etwas über Andrea-Marias Privatleben durchgesikkert? Konnte das Zusammenleben mit einer Frau gegen sie ausgespielt werden? Verboten war das nicht, soweit er wußte, es war ja nicht einmal mehr unter Männern verboten. Trotzdem hatte man Beamte schon damit angeschossen. Hatte Dernböck etwas über die vergessenen Presseunterlagen geplaudert? Dann aber hätte längst etwas direkt von ihm kommen müssen. Ihm fiel der Tag wieder ein, wo er über den Brief an Herrn Krüger in Angst geraten war. Mußte er bis ans Ende seiner Bonner Zeit bei jedem Angriff, jeder ungewöhnlichen Reaktion Entlarvung fürchten?

»Und? Wie entscheiden Sie?« Seegers wirkte anders als sonst. War da etwas Drohendes in seiner Stimme, oder was war es? Etwas Hinterhältiges? Erregt schien er auch zu sein, oder war das Krügers eigene Erregung, die meinte, das stoßweise Schnaufen von Seegers' Atem zu hören? Klar war, daß er etwas zurückhielt. Er war nun schon so lange im Zimmer und hatte noch immer nicht gesagt, was er eigentlich wollte. Wie lange konnte man weiter miteinander reden, ohne etwas zu sagen? Würde derjenige seine Schwäche verraten, der ungeduldig »Zur Sache!« riefe?

»Sie waren noch nie bei mir«, sagte Krüger und machte nun doch eine einladende Bewegung zu den Besuchersesseln, ohne noch den Grund des Besuchs erfahren zu haben.

»Ich hätte auch heute nicht kommen sollen«, sagte Seegers,

machte einen Schritt auf Krüger zu und hielt ihn plötzlich gepackt, mit aller Gewalt, als wollte er den letzten flachen Atemzug aus ihm herauspressen, sein Gesicht zentimeternah vor dem eigenen, und ehe Krüger noch recht: Überfall! und: Mord! gedacht hatte, die Schlagzeile *Abgewiesener Kandidat bringt Konkurrentin um* in einer Zeitung aufblitzen sah, spürte er die Lippen von Seegers in seinem Gesicht. Das war kein Überfall. Das war ein Kuß.

In Krüger tobten die Empfindungen, wie sie in einer echten Andrea-Maria nicht echter hätten toben können. Am wenigsten empfand er, was er pflichtgemäß hätte empfinden sollen, nämlich Abscheu davor, daß hier ein Mann sich ihm in einer Weise näherte, wie es bislang nur er gegenüber Frauen getan hatte. Es war ihm nicht allzu ungewöhnlich. Man umarmte sich auch mal nach einem gewonnenen Spiel bei den Handballern, kam sich mit schwitzenden Körpern nahe, drängte sich aneinander unter den wenigen Duschen. Das körperliche Erleben des Kusses war ihm nicht widerwärtig. Das verschwand geradezu hinter der Sensation, die es mit sich brachte. Er hatte ihn gewonnen, den unnahbaren Gegner, nicht mit geschliffenem Argument, nicht mit Geistesblitz, nicht im Kampf Macht gegen Macht. Mit seiner bloßen Existenz als Andrea-Maria hatte er ihn auf seine Seite gezogen. Wie gern hätte er ihr diesen Triumph gegönnt, den Mächtigsten im Hause zu brechen mit ihrer Weiblichkeit. Wie gern hätte er sie sich hingeben lassen, wie gern wäre er sie gewesen in diesem Augenblick! Wie gern hätte er etwas gehaucht von der Sorte: Jajaja! oder: Du, oh, du! Das erste Du, wie gern hätte er es ausgesprochen. Er wußte nicht einmal Seegers' Vornamen, er hätte ihn flüsternd erfragen können. Fast hätte er es wirklich getan. Wenn dieser Unnahbare, dieser Herr damit von ihm gewonnen wurde, konnte er sich nicht dann zu dem körperlichen Kontakt überwinden, so fremdartig es war? Wenn es über Küsse nicht hinausging? An mehr war im Büro sowieso nicht zu denken.

Aber da hatte dieser Seegers sich schon wieder abgewandt, hatte Krügers Erstarrung, sein Schweigen wohl falsch verstanden, sagte spöttisch: »Ich störe wirklich«, und ging. Ging, nachdem das zwischen ihnen geschehen war. Ging ohne Aussprache und Erklärung.

Krüger stand noch immer da, wo er ihn hatte stehenlassen, versuchte, die vergangene Szene zu verstehen, rief sich jedes einzelne Wort, jede Geste in Erinnerung. Nicht daß er es absurd fand, als Andrea-Maria begehrt zu werden. Ihm fiel der Anquatscher auf dem Bahnhof wieder ein, die Männer in der Kneipe. Möglicherweise war sogar Udendorf von einer kleinen Flamme ergriffen; er war, da sein Rotkäppchen-Wein akzeptiert worden war, am nächsten Tag mit Sekt zurückgekommen, hatte Merkwürdiges gesprochen, das man, wenn man wollte, als Erklärung von außerdienstlicher Sympathie hätte verstehen können. Krüger wollte aber nicht, und so war der Sektlieferant bald wieder gegangen.

Was Krüger verblüffte, war Seegers' Heftigkeit, die der Annäherung und auch die der Abwendung. War ein Machtmensch wie er gewohnt, zu kommen und zu nehmen? Jetzt erst wurde Andreas der wahre Abstand zwischen ihm und diesem Seegers klar. Denn auch er verstand sich, jedenfalls in seiner anderen Existenz als Mann, durchaus als Draufgänger, der vor Freunden stolz seine Eroberungen andeutete. Hatte er die Reiterin nicht wirklich im Sturm erobert? Und doch hatte dieser Sturm immerhin drei Tage gedauert, ein gemeinsames Abendessen, mehrere gemeinsame Kneipp-Bäder, ein Kino-Abend, ein Waldspaziergang, und dann die nackte Begegnung in der Sauna, zu zweit allein in der Sauna, die ihn hatte kühn werden lassen. Dieser Seegers brauchte weder Kneipp-Bad noch Essenseinladung.

Ob die Reiterin in der Sauna, als er sie plötzlich auf den nackten Hintern küßte, Ähnliches gefühlt hatte wie Andrea-Maria soeben? Solche Gefühle hatte er als Andreas noch nie erlebt; es war eine ähnlich neue und überwältigende Erfahrung wie das Gefühl vom Gleichklang der Seelen mit Bettie. Gerade jetzt, wo er begann, sich von Andrea-Maria zu lösen, sie als eine Rolle betrachtete, die ohne weitere Identifikation zu bewältigen war, gerade jetzt bescherte sie ihm diesen unvergleichlichen Rausch von Glück. Mehr noch, als er es je mit Bettie erlebt hatte. Denn dies war Liebe.

Liebe, dachte er, als sich die Tür wieder öffnete, Frau Krantz den Kopf hereinsteckte und fragte: »Haben Sie Zeit –«

Er ließ sie nicht ausreden. Natürlich hatte er Zeit für ihn, natürlich durfte er wiederkommen. »Nur herein«, rief er enthusiastisch. Herein kam aber Bettie. Und falls ihn bei ihrem Anblick noch der Gedanke durchzuckt hatte, nun könne die Freundin der Freundin die soeben durch einen Blitzschlag entflammte Liebe gestehen, so hatte er sich damit getäuscht. Bettie nahm übel.

»Du warst ein absoluter Flop. Bleibt an mir hängen, wo ich dich geholt habe.«

Sie hatten sich nicht gesehen seit der Frauengruppe. Wäre sie am selben Tag gekommen, hätte Krüger womöglich etwas von Niederlage zugegeben. Aber heute, wo Seegers ihn liebte!

»Der Flop warst du«, sagte er sehr von oben herab. »Du hast deine Weiber kein bißchen in der Hand. Ich versprach mir von der Frauengruppe Unterstützung. Macht nichts, ich kann auch ohne sie.«

»Da täusch dich nur nicht«, kreischte Bettie. »Wir haben dich hergeholt. Wir können dich auch fertigmachen!«

Sie tat ihm leid. Hatte er kein tröstendes Bonbon für sie? Auch sie war Vasallin, auch sie hatte doch ein kleines Lehen verdient. Was war mit ihrer Umgruppierung?

»Du steckst schon ziemlich lange in der H fest, höre ich. Die I dürfte eigentlich kein Problem sein, wenn ich mich kümmere.«

Statt dankbar wurde sie giftig: »Haben sie dir auch schon diese Hetze gesteckt, daß ich die Frag nur wegen meiner Karriere mache? So widerlich werden Frauen, die sich für Frauen einsetzen, diskriminiert! Und du bist kein Stück besser, fällst auch auf diesen Scheiß rein!« Sie war, wie sie Krüger triumphierend auseinandersetzte, längst in Stufe I geklettert.

Als Krüger fragte, ob vor oder nach Gründung der Frag, verschwand sie türenschlagend. Er hielt sie nicht zurück. Sie würde wiederkommen; heute brauchte er sie nicht. An diesem Glückstag.

Er würde Seegers noch am Nachmittag wiedersehen; dann tagte routinemäßig die AB. Die erste hatte er gefürchtet, die zweite war normal verlaufen. Heute auf die dritte freute er sich.

Er warf einen Blick auf Seegers, als er den Konferenzraum betrat, eine leise Andeutung eines Lächelns, vom Angelächelten ebenso dezent erwidert. Es waren schon alle versammelt, auch Dernböck, der bisher noch nie teilgenommen hatte. Sie waren schon mitten im Gespräch, offenbar hatte Dernböck die Sitzung eröffnet, die er doch keineswegs zu leiten hatte, und sagte nun freundlich zu Krüger: »Wir haben schon angefangen, die Frage der 89er Verordnungen.« Die standen heute keineswegs auf der Tagesordnung.

Dernböck war in der Hierarchie unter der Hauptabteilungsleiterin; wie konnte er sich erlauben, eigenmächtig in ihre Kompetenzen einzugreifen. Andererseits kam er aus dem Büro des MD, war sozusagen der Abgesandte des obersten Chefs, der natürlich jederzeit das Recht hatte, Tagungen zu leiten und Ordnungen zu ändern. Krüger ließ ihn weiter ausführen, daß jene 89er doch erhebliche Unruhe in der Bevölkerung draußen, wie der Redner es nannte, ausgelöst hätten. Die zahlreichen Anfragen und Eingaben jener Bevölkerung draußen lägen immer noch unbearbeitet da, und es würde in den kommenden Monaten noch eine weit höhere Zahl eintreffen. »Und dabei ist unser Ansehen draußen zur Zeit ohnehin nicht das beste, wenn wir auf Pressekonferenzen uninformiert erscheinen, da unser Chef das Material zurückhält.« Dies sagte er mit einem Blick auf Krüger.

Die Chefin registrierte erleichtert, daß das Weglassen der weiblichen Endsilbe gelegentlich für Frauen durchaus Vorteile haben kann. So würden alle außer ihm in Unkenntnis des Hintergrundes annehmen, der zurückhaltende Chef sei der Ministerialdirektor. Es ersparte ihm die Peinlichkeit, in Seegers' Gegenwart auf einen Fehler hingewiesen zu werden. Krüger ließ also, ohne auf diesen Satz einzugehen, Herrn Mitter referieren, was er zu dem Thema ausgearbeitet hatte. Fügte dann selbst hinzu, aus welchen Referaten seiner Meinung nach Mitarbeiter umgesetzt werden sollten. Die Vorlage war schon beim Personalchef. Eben von dort war Dernböck Unruhe angedeutet worden: Alle umzusetzenden Mitarbeiter waren zunächst einmal schon aus Prinzip dagegen. Mußte man sich die Ruhe nach draußen mit Unruhe im Hause erkaufen?

»Also bietet sich meine Lösung geradezu an«, sagte Seegers zu Krüger im Ton des Einverständnisses. Ohne Häme oder Spott. Es war der Tonfall, den Krüger sich von ihm ersehnt hatte. Sie warfen sich Bälle zu. Sie tricksten die anderen aus. Sie führten diesen Laden, Seegers und er. Nur wußte er im Augenblick absolut nicht, worauf sich dieses Einverständnis bezog. Meine Lösung. Vermutlich stand sie in diesem Papier, zu dem die Chefin Seegers gezwungen hatte. Ihr erster Sieg über ihn. Und vorhin im Büro der zweite. Nein, vorhin im Büro der Pakt; kein Kampf mehr und kein Sieg.

Es war zu ärgerlich, daß er noch keine Zeit gefunden hatte, dieses Papier zu lesen. So mußte er die Bälle, die sie sich zuwerfen würden, blind fangen. Er nickte Seegers freundlich zu: »Wenn Sie kurz referieren wollen.«

Der war Charme in Person: »Ich überlasse es gern Ihnen, Madame; Sie werden meine eher pauschalen Vorstellungen sicher noch in der einen oder anderen Weise modifizieren wollen.«

»Es ist Ihr Copyright«, sagte Krüger mit ebenfalls charmantem Lächeln.

»Bitte«, sagte Dernböck ungeduldig, und Seegers trug vor. Und plötzlich standen da die Computer wieder auf dem Tisch, die Krüger schon in Vergessenheit glaubte. Seegers sprach von effizienten Programmen, mit deren Hilfe sich auch eine immense Menge von Anfragen und Anträgen mühelos bewältigen lasse. Ohne Umsetzungen oder gar Neueinstellungen. Nach drei Sätzen war er fertig und lächelte seiner Chefin zu. Die lächelte nicht. Aber Anders lächelte. Hämisch.

»Das entspricht doch nicht Ihrer Vorstellung«, rief Mitter seiner Chefin zu. Er reklamierte sein Lehen, seine neuen Stellen.

Krüger mußte den Kopf aus der Schlinge ziehen. »Auch ein solches Verfahren wird Unruhe im Haus geben«, sagte er, »die Schreibkräfte wollen nicht schon wieder eine neue Technik lernen.«

»Ich sehe unsere Chefin schon Stickers mit der Parole *frauenfeindlich* auf die neuen Computer kleben«, sagte die Gröver, die sonst eigentlich nie etwas sagte in der Sitzung. Diesmal erntete sie verhaltenes Lachen.

»Die Pläne für die Umsetzungen liegen schon in der Personalabteilung, worüber reden wir eigentlich noch«, sagte Mitter.

»Die Computer sind schon bestellt«, sagte Seegers.

Am Tisch wurde erstaunt gemurmelt, gerufen, gefragt. »Wer hat hier Computer bestellt?« fragte Krüger ungläubig.

»Ich«, sagte Seegers. Mehr nicht. Und lächelte. Krüger war fasziniert. Ja, das war wohl so, daß der Machtkampf nicht vorbei war, wenn Liebe galt. Und daß diese Art von Kampf die Liebe sogar verschärfte. Er hatte doch nicht wirklich gedacht, eine Liebe zu Seegers könne ein süßliches Getändel sein, ein harmloses Schmusen wie nach vierzehn Jahren Ehe. Sie würden Kräfte messen, wild und gewalttätig wie der erste Kuß, sie würden miteinander ringen, und die Heftigkeit ihres Kampfes würde die Heftigkeit der Liebe steigern.

Krüger sah seinem Kampfpartner in die Augen und sagte leise und nachdrücklich: »Dann werden Sie sie wieder abbestellen und die Kosten der Stornierung aus Ihrer eigenen Tasche zahlen.« Küssen oder beißen, war es nicht fast dasselbe?

»Ich denke nicht«, sagte Seegers ebenso leise und mit großer Freundlichkeit. »Der MD hat unterschrieben.«

Krüger sah die Augen um den Sitzungstisch aufglühen, seine Vorstellung vom klirrenden Eis und den hungrigen Wölfen fiel ihm ein. War er eingekesselt? War das möglich? Seegers ging an ihm vorbei zum Direktor?

»Ihre kluge Entscheidung, Frau Krüger«, erklärte Dernböck, »der Kleine Dienstweg.«

Dann war eine Pause. *Und sterb ich denn, so sterb ich doch durch dich.* Die Verse wirbelten durch Krügers Kopf. Er hatte sie nie begriffen, vorher. Er hatte einen Aufsatz darüber schreiben müssen in der neunten Klasse, und hatte sich wortreich über dieses törichte Veilchen aufgeregt, das sich darüber freut, von der geliebten Person zertreten zu werden, und hatte sich ebenso über den törichten Dichter aufgeregt, der solchen Unfug in die Welt setzt. Des Dichters Name und Ruf bürgten dafür, daß der Aufsatz eine Sechs wurde. Es war ein Jahr, in dem er ohnehin ziemlich wacklig in der Schule stand; die Sechs gab den Ausschlag. Das masochistische Veilchen kostete ihn die Versetzung. Die Verse hatte er nie vergessen. Und heute, zum erstenmal, verstand er sie. Es war ihm fast eine Lust, von seinem Kampfpartner und Liebesgegner einen so gewaltigen Schlag zu erhalten. Der beißende Schmerz sagte ihm doch, daß da keine Gleichgültigkeit war, daß da eine Leidenschaft tobte, die sich ihre Wege oder ihre Abwege suchte. Diese Andrea-Maria, die er selbst ja nicht voll akzeptierte, legte vielleicht den Abweg nahe. Wäre er hier und jetzt Andreas Krüger, nie hätte Seegers ihm seine Nähe auf diese Weise kundgetan. Von Mann zu Mann hätten sie ihre Pläne mit dieser Behörde gegenseitig zu zerfetzen versucht, voreinander verteidigt. Ein starker Kompromiß wäre herausgekommen, den sie gemeinsam gegen die kleinen egoistischen Interessen der anderen durchgesetzt hätten. Er verstand, daß Seegers mit einer Frau so nicht verfahren konnte. Er verstand seine Hochschätzung, die durch diesen Frontalangriff hindurchschimmerte. Und er hielt stand und parierte.

»Das ist nicht endgültig«, sagte er zu Seegers, »ich spreche selbst mit dem MD.« Und lächelte.

32

Als Krüger am nächsten Morgen ins Büro kam, hatte er den Eindruck, daß etwas verändert war. Er konnte nicht gleich erkennen, was. Standen die Besuchersessel anders als sonst? Diese Topfblume am Fenster, war sie gestern schon dagewesen? Bald nach ihm kam Udendorf zum Routine-Morgenplausch. Sie vermieden beide die heiklen Themen der gestrigen Konferenz, redeten über Belanglosigkeiten. Mitter war noch nicht gekommen. Er kam auch später nicht. Dann fiel Krüger ein, was in seinem Büro anders war als sonst. Es roch nicht nach Kaffee. Er rief die Krantz, und es war ganz wie am ersten Tag, als er sie zum erstenmal mit diesem Wunsch beauftragt hatte. Sie verweigerte es. Berief sich diesmal allerdings auf ein Gespräch mit Frau Herleshoff, die ihr die tarifvertragliche Richtigkeit ihrer Position bestätigt habe. Krüger wunderte sich nicht einmal. Herleshoff, die bei ihm zu Hause Kaffee gesoffen hatte, würde ihm vermutlich erklären, sie könne sich nicht bevorzugt für ihn einsetzen, wo sie ihn doch persönlich kenne, sonst sähe es wie Kungelei aus, unter uns Frauen!

Udendorf bot eilfertig an, bei seiner Sekretärin Kaffee zu bestellen und herbeibringen zu lassen, ein Freundschaftsdienst, den seine Chefin selbstverständlich jederzeit abrufen könne, nicht nur, wenn es um gemeinsames Trinken gehe. Krüger konnte das Wort Kaffee kaum mehr hören. Er hatte auch bald seinen Termin beim Ministerialdirektor.

Der empfing ihn freundlich, Kaffee stand auf dem Tisch, nun ja. Er war geradezu übertrieben freundlich, berichtete von einem erneuten Besuch in dem wunderbaren Forellenrestaurant, wieder von derselben hervorragenden Qualität, gewißgewiß, ließ Krüger mit seinem Anliegen noch nicht zu Wort kommen, erkundigte sich nach Mann und Kind, noch keine Absicht eines Umzugs, und nun wurde seine Stimme noch sanfter, hatte die behutsame Fürsorge eines Arztes, der mit den Angehörigen spricht. »Sie sollten ernsthaft prüfen, ob Kiel, ob ihre alte Position nicht doch problemloser für Sie wäre.«

Das Veilchen war zertreten, und schon kam der eilfertige Gärtner, um die ganze Pflanze auf den Mist zu werfen. Da waren doch noch Wurzeln, sogar schon neue Knospen, wurde denn nicht berücksichtigt, was alles noch hätte wachsen können? Aber das Pflänzchen lag schon kopfüber auf der Gärtnerschaufel, Erde rieselte über Knospen und Blätter. Krüger stammelte, als hätte er wirklich Erde im Mund. Sein Direktor redete weiter behutsam auf ihn ein.

»Haben Sie nicht selbst gelegentlich das Gefühl, daß Ihnen die Dinge entgleiten? Sosehr ich Ihre fachlichen Kenntnisse respektiere, Frau Krüger. Aber die Erfahrung lehrt immer wieder, daß es auch qualifizierten Frauen an Führungsqualität mangelt.«

Das, in der Tat, hatte Krüger auch immer gedacht. Er kannte tüchtige Kolleginnen. Er kannte keine wirkliche Chefin. Woran hätte Andrea-Maria sich denn orientieren sollen? Sollte er dem MD berichten, wie sie mit Absicht überall boykottiert worden war, wie man ihre Anweisungen nur zögerlich durchführte, wenn überhaupt? Aber gerade das meinte er ja. Nie wäre das einem Seegers passiert. Wenn es einen Trost gab, dann war es der, daß nun Seegers an die Spitze klettern würde, aber nicht einmal das war Trost; er selbst wäre dann ja nicht mehr im Hause, um ihm Gefolgschaft zu leisten.

Der MD war schon bei dem gesunden Klima des Nordens, in das Frau Krüger zurückkehren würde, hier im Bonner Talkessel, die schwere drückende Luft, manch einer wünsche sich weg von hier, er war bei der Familie, bei der Freude, die Mutter zurückzuhaben, vermutete auch Freude der Mutter, nicht mehr getrennt von ihrem Kind zu leben, erwähnte schließlich das Problem, daß Frau Krüger zur Zeit sicher mehr verdiene als ihr Mann, was sich bei Rückkehr auf die alte Stelle von selbst lösen würde. Er erinnere doch richtig, daß sie verheiratet sei? Man habe im Hause auch anderes gehört, aber Frau Krügers Privatleben sei selbstverständlich tabu. Nicht zur Debatte stehe auch, was sie in ihrer Freizeit mache, solange es den gesetzlichen Rahmen nicht überschreite, was nun allerdings bei Sachbeschädigung schon gegeben sei, doch gewiß, das Anbringen von schwerlöslichem Kleber auf Schaufensterscheiben erfülle juristisch gesehen den Tatbestand der Sachbeschädigung, aber wer wolle schon juristisch werden.

Erwartete er von Andrea-Maria, daß sie sich bedanken würde für so viel Fürsorge? Krüger war so verwirrt, daß er es tat. Was seinen Direktor so rührte, daß er an den Schrank ging, in dem er vorsorglich Geschenke für unerwartete Besucher aus dem Ausland verwahrte, und ihm ein schon fertig verschnürtes Päckchen überreichte. Krüger griff mechanisch zu, sagte noch einmal danke. Es kam ihm vor, als wäre er gar nicht hier, als spielte sich hier nur eine greifbar gewordene Phantasie ab. Wie aus einer anderen Wirklichkeit erinnerte er sich, was nun zu tun war, schüttelte Hände, verabschiedete sich, packte im Zimmer zusammen und hinterließ ein leeres Büro. Erst außerhalb der Mauern dieser Behörde, erst im Hotel kam er langsam wieder zu sich. Es war wie ein Aufwachen aus der Narkose, wenn die Betäubungsmittel langsam nachlassen und der Schmerz sich beißend meldet. Er kannte das vom Zahnarzt, dieses merkwürdige Gefühl, wenn die Zunge viel zu groß ist und die Wange ohne Grenzen und wenn sich damit, daß alles in seine altgewohnten Ausmaße zurückkehrt, der peinigende Schmerz meldet, für den auch die Tabletten, die der Zahnarzt mitgegeben hat, zu schwach sind. Die Reiterin hatte ihm eine ähnliche Erfahrung mit ihrem Bein geschildert, und er hatte vermutet, daß proportional zur Größe des befallenen Körperteils auch der Schmerz wachse.

Dieser Schmerz war überall. Er füllte Krüger von Kopf bis Fuß, von Vergangenheit bis Zukunft. Denn waren alle Erfolge, war der ganze Aufstieg in seiner Vergangenheit nicht ruiniert durch diesen Sturz? An Zukunft war nicht zu denken. Wie er sie haßte, dieses Weib, durch deren Dummheit die Anstrengungen langer Jahre in wenigen Wochen zunichte geworden waren. Weiber, hatte er nicht immer gewußt, daß sie nichts taugten, daß sie sich diesen ganzen Schnickschnack mit Gleichberechtigung und mit Beruf besser aus dem Kopf schlagen sollten. Er hatte nichts dagegen unternommen, solange sie ihn nicht störten, und das war sein Fehler gewesen. Wehret den Anfängen. Sonst sitzt da plötzlich so eine

Schaumschlägerin auf deinem Platz, und du bist raus. Erledigt. Erledigen würde er sie. Er riß sich die Perücke vom Kopf, die Kleider vom Leib. Zerfetzen würde er sie, zerstückeln. Er zerrte und riß an Cashmere, Seide. Dieses Zeug war haltbarer, als es aussah, nicht einmal die Strumpfhose kriegte er gleich klein. Er suchte aus seinem Gepäck sein Schweizer Messer. Dieser Attacke war Andrea-Maria nicht gewachsen. Das Kreischen der reißenden Seidenbluse erfüllte ihn mit grimmiger Freude. Das Cashmere starb leiser, mit dumpferem Laut. Er riß und fetzte, es ging um so leichter, je weiter er vorankam. Der Perücke riß er die Haarbüschel einzeln aus, jedesmal entzückte ihn ein kurzer krachender Schmerzlaut. Der Geruch seines eigenen Schweißes, in den er sich arbeitete, erfüllte ihn mit neuer Befriedigung. Er stampfte auf den Fetzen herum. Sie war fertig, vernichtet für alle Zeiten. Er nahm einen Pikkolo aus der Minibar, trank im Stehen aus der Flasche. Sein Sieg. Er hatte Lust, auf die herumliegenden Fetzen zu pissen. Immerhin dachte er an den Hotelteppich; er räumte sie auf die Kacheln des Badezimmers, bevor er es tat.

Langsam wurde er ruhiger. Er fühlte sich fast zufrieden. Schade war nur, daß niemand aus dem Büro gesehen hatte, wie er dieses Weib fertiggemacht hatte. Er setzte sich aufs Klo, starrte auf die feuchten Fetzen und dachte nach. Es wäre gut, wenn sie im Büro erführen, daß es mit Andrea-Maria aus war, ein für allemal. Langsam formte sich eine Idee. Selbstmord. Was tut eine Frau anderes, wenn sie merkt, daß sie sich übernommen hat, daß sie wie eine Hochstaplerin sich einen Posten erschlichen hat, der ihr nicht zukommt? Wie würde Andrea-Maria Selbstmord begehen? Es müßten Spuren bleiben. Die Fetzen ihrer Kleider am Rhein. Ein letzter Brief. Und sie in den Fluß gegangen.

Er hatte sich im Büro nicht verabschiedet, nicht von Udendorf, vor dessen geschwätzigem Mitleid er sich fürchtete, nicht von Bettie, die sich womöglich einbilden würde, sie sei es, die ihn vernichtet hatte. Nicht von Seegers. Was würden sie sagen, wenn Andrea-Marias Selbstmord bekannt würde? Vielleicht würde es sogar eine Beerdigung geben, eine unbekannte Leiche trieb dann und wann im Rhein, man würde sie zusammen mit den Cashmere-Fetzen beerdigen. Und da standen sie alle am Grab, der MD würde eine Rede halten, die hochqualifizierte Frau, die sich leider zu hoch hinaustraute, rechtzeitig hätte er sie warnen müssen, ein wenig war es auch seine Schuld. Bettie in Tränen aufgelöst, war es nicht eine Herzensfreundin, die sie da verlor, die ihr erhalten geblieben wäre, wenn sie ihre Weiberfront besser organisiert hätte. Udendorf würde wieder allerlei Unsinn reden, etwa in dem Sinne, daß man es einer Frau auch besonders schwer gemacht habe, wo man ihr doch im Gegenteil hätte helfen müssen. Mitter und Anders gleichgültig. Die Gröver würde leichten Schauder fühlen: Hatte sie nicht selbst diesen mörderischen Posten angestrebt, war es nicht nur um Haaresbreite, daß nicht sie hier lag in der grausam kalten Erde? Und Seegers. Seegers stand stumm am Grab, ließ sich seine Gefühle nicht anmerken. Trat dann mit einem raschen Schritt auf den Sarg zu, küßte den hölzernen Deckel und war schon wieder verschwunden.

Er ging nicht zum Rhein, streute keine Kleiderfetzen über einen Abschiedsbrief. Denn was wäre, wenn ihn jemand dabei beobachten würde? Ihn der Polizei melden, ihn verhaften würde? Eine unbekannte Leiche trieb dann und wann im Rhein, und schon wäre er im Gefängnis, schon sah er die Schlagzeile *Abgewiesener Bewerber bringt Konkurrentin um* in einer Zeitung stehen. Für sie! Für sie würde er nicht ins Gefängnis gehen. Nach allem, was sie ihm ohnehin schon angetan hatte. Er begann, die Fetzen ins Klo zu spülen. Merkte aber, daß er damit lange zu tun haben würde. Bei mehr als zwei Fetzen verstopfte es schon, bedurfte mehrfachen Nachspülens, langen Wartens, bis das Becken wieder vollgelaufen war. Also packte er das nasse, leicht stinkende Zeug in den Koffer mit seinen unnützen Akten und Unterlagen, die er nicht mehr brauchen würde, und zog seinen Jogginganzug an. Männliche Kleidung hatte er nicht bei sich. Er packte das Geschenk seines Direktors aus, bevor er es zu dem anderen Überflüssigen in den Koffer tat. Es war ein Bildband über Bonn, mit erklärenden Texten in englisch, französisch, spanisch und russisch und mit der von einer Kalligraphin auf Vorrat eingemalten Widmung: »Zur Erinnerung an Ihren Besuch in unserer Stadt.«

33

Im Zug fühlte er sich plötzlich nackt. Ein Mann im Jogginganzug, der nicht weiß, wohin er fährt. Bisher hatte er doch immer gewußt, wie es weitergehen würde. Nach Schule Studium, nach Studium Referendariat, nach Referendariat Behörde und Karriereleiter. Er konnte nicht auf seinen alten Platz zurück. Dort saß doch längst ein anderer, hatte mit Pirchler Freundschaft geschlossen, hatte sich Frau Laues Kaffeeroutine zu eigen gemacht. Irgendwo in der alten Dienststelle würden sie ihn unterbringen, sicher. Wie sollte er das ertragen?

Oben in der Gepäckablage lag sie in stinkenden Fetzen im Koffer, die Frau, die ihm das eingebrockt hatte. Wenn es gerecht zuginge in der Welt, dann müßte sie jetzt an seiner Stelle nach Kiel fahren und die Folgen ihrer Unfähigkeit ausbaden, sich von Pirchler auslachen lassen, die Laue mit Kolleginnen hinter ihrem Rükken flüstern hören. Aber sie drückte sich. Sie tat ihm das an, und dann drückte sie sich vor den Folgen. Typisch Frau. Was wäre, wenn er sich eine Weile drücken könnte? Er war ja nicht der Verantwortliche. Wenn er einfach für eine Weile nicht ins Büro ginge? Ein bißchen Rücklagen hatten sie ja, warum sollte es nicht möglich sein? Sie würden auf eine abenteuerliche Weltreise gehen, er würde in Amerika als Taxifahrer jobben, auf Jamaica in einem Hotel am Empfang stehen, in Bombay Schuhe putzen, sich in Kamerun bei der Kaffee-Ernte verdingen. Vielleicht würde auch Thea Kaffee ernten oder Hotels putzen. Ein Jahr unbezahlter Urlaub müßte drin sein, ohne daß er seine Beamtenrechte verlöre. Für Nicole würde sich etwas finden inzwischen, vielleicht bei einer Schulfreundin, man müßte mal mit den Eltern reden. Während der rheinische Regen, der an die Scheiben seines Abteils schlug, in norddeutschen Regen überging, träumte er von Kameruner Sonne. Würde er den Anforderungen schwerer körperlicher Arbeit überhaupt noch gewachsen sein? Vielleicht sollte er lieber im Büro des Kaffee-Anbauers sitzen und Bilanzen machen. Um diesen Job allerdings gäbe es vermutlich harte Konkurrenz. Womöglich würde ihm eine Frau den wegschnappen, so eine hübsche Afrikanerin mit hundert Zöpfchen und blendendweißen Zähnen, die ein Verhältnis mit dem Chef hat und deshalb bevorzugt wird.

Verhältnisse am Arbeitsplatz. Wie konnte Andrea-Maria sich darauf einlassen. Das allein hätte gereicht, sie rauszuwerfen. Er war immer gegen Verhältnisse am Arbeitsplatz gewesen, jedenfalls soweit es die Frauen anging. Für Frauen durfte das einfach nicht in Frage kommen. Damals bei seinem Verhältnis mit Jutta hatte er alles getan, um es geheimzuhalten. Ihretwegen, nicht seinetwegen. Er achtete darauf, vor anderen Sie zu sagen, er vermied jedes private Gespräch im Büro. Sie sahen sich jeden Donnerstag, dem Abend in der Woche, an dem er üblicherweise zur Chorprobe ging; ihretwegen hatte er den Chor aufgegeben. Es wäre nie herausgekommen, wenn sie nicht absichtlich ein bißchen hätte durchblicken lassen, doch mal in einer Konferenz »Andreas« gesagt, in der Kantine kurz seine Hand berührt, vor Kollegen Anspielungen gemacht hätte. Ihr genügten die Donnerstage nicht, sie war ja nicht anderweitig verheiratet. Als es herausgekommen war, war sie versetzt worden. Offiziell natürlich aus anderen Gründen, rein fachlich-sachlich. Er hatte das korrekt gefunden. Es war ihr Fehler, und sie hatte dafür zu büßen. Es ärgerte ihn, daß Andrea-Maria um dieses Büßenmüssen herumkam.

Es war falsch gewesen, sie so einfach von der Bildfläche verschwinden zu lassen. Ihr konnte es nur recht sein. Sie entzog sich der Verantwortung. Sie ließ ihn hier als Andreas in dem Schlamassel sitzen, den sie angerichtet hatte. Er sah auf die Gepäckablage. Wenn dort noch ein wohlgebügeltes Kostüm und eine frische Seidenbluse im Koffer lägen statt feuchter Fetzen, dann würde er das jetzt wieder anziehen, würde sich wieder in Andrea-Maria verwandeln und sie selbst ausbaden lassen, was doch ihre Schuld war. Er würde sich zurückziehen. Ihn ginge es nichts an. Es hätte noch andere Vorteile, wenn an seiner Stelle hier eine Frau säße. Sie könnte sich den demütigenden Gang zurück in die alte Dienststelle, zu den hohnlachenden alten Kollegen ersparen. Sie müßte nicht einmal Kaffee ernten oder mit einer Afrikanerin um einen Buchhalterjob streiten. Sie brauchte ja nur zu Hause bei Mann und Kind zu bleiben, sie hätte ja das männliche Sicherheitsnetz, das sie vor harten Stürzen bewahren würde. So waren diese Weiber. Erst machten sie sich stark und nahmen den Männern die Posten weg, und wenn es nicht klappte, dann versteckten sie sich hinter denselben Männern und ließen sich ernähren.

Er war schon ganz entschlossen. Was hatte er zu verlieren? Zu den Männern konnte er sowieso nicht zurück, an seinem Handballer-Schrank hing ein anderes Schloß, an seinem Schreibtisch saß ein neuer Kollege. Am nächsten Bahnhof stieg er aus. Er ging in eins der schäbigen Kaufhäuser in Bahnhofsnähe, Andrea-Maria würde ja in kein Büro mehr gehen, keine Chefin mehr darstellen müssen. Für sie genügte jetzt etwas Billiges. Eine Plastikperücke, deren Haare leicht drahtig wirkten; Theas Perücke war aus echtem Haar gewesen. Ein Lippenstift aus dem Grabbelkasten.

Bei der Damenoberbekleidung zögerte er eine Weile. Ein Kostüm, ein Synthetik-Abklatsch vom teuren Cashmere der Chefin-Zeit? Was wäre mit einem ärmellosen Hauskittel, wie sie reichlich da hingen? Schließlich wählte er einen geblümten Hosenrock und einen Pulli mit Goldfäden. Noch in der Toilette des Kaufhauses zog er sich um, steckte den Jogginganzug zu den Fetzen in den Koffer. Und stieg beruhigt in den nächsten Zug. So geschah es ihr recht. Billig gekleidet, schlecht geschminkt. Am liebsten hätte er das Erste-Klasse-Ticket getauscht. Hierher gehörte sie nun nicht mehr.

34

Thea war nicht übermäßig erstaunt, als er so nach Hause kam, deutlich ein Degradierter. Inga und Regine hätten es ihr gar nicht anzudeuten brauchen, daß so etwas bald geschehen würde; sie hatte längst selbst gemerkt, daß er die Rolle der Andrea-Maria nicht mehr beherrschte. Schließlich gehörte auch allerhand dazu; seit heute erst wußte sie das aus eigener Erfahrung, und seit heute wußte sie auch, was sie längst geahnt hatte: daß ihr diese Rolle besser stand. Sie hatte sich heute in der Versicherung vorgestellt. Ein vierköpfiges Team begrüßte sie, eine der vier war Inga, ein anderer ihr zukünftiger Vorgesetzter, der sich zur Begrüßung bei ihr für das schnell erledigte Gutachten bedankte. Kein schlechter Anfang. So rauschte sie auch bei den anderen beiden, dem Personalchef, dem Abteilungsleiter, erfolgreich durch. Vielleicht, weil sie sich immer vergegenwärtigte, was eine Frau wie Andrea-Maria in ihrer Lage getan hätte. Sie bauschte ihre Erfahrung ein bißchen auf, aus den Friedensfrauen wurde ein politisches Mandat, aus dem Computerkurs an der Volkshochschule eine komplette Fortbildung, aus den paar Malen, wo Andreas sie um fachlichen Rat gefragt hatte, eine vorübergehende Aushilfstätigkeit. So waren die vierzehn Jahre nicht nur mit Haushalt und Kind gefüllt. Als von ihrem zukünftigen Gehalt die Rede war, verlangte sie 500 Mark mehr als geboten. Sah Inga ihr zuzwinkern. Bekam sie nicht gleich, aber als Erhöhung nach sechs Monaten zugesagt.

So hatte sie nun Trost und Zuspruch parat für den Besiegten, der da seine Schande nach Hause schleppte, malte ihm verlockend die Vorteile aus, die sich nun für ihn ergäben, weniger Anspannung, weniger verlorene Reisezeit in Zügen, keine trostlosen Abende im Hotel, mehr Gemeinsamkeit, jeden Abend könne man sich sehen, sofern sie nicht durch berufliche Verpflichtungen, Essen mit japanischen Geschäftspartnern oder dergleichen, abgehalten sei. Und gerade an solchen Abenden sei doch von großem Vorteil, wenn Nicole nicht allein in einer leeren Wohnung säße, sondern väterliche Nähe und Zuwendung spüre.

Und dann schlug sie vor, was er sich im Zug schon als vage Möglichkeit ausgemalt hatte. »Bleib einfach ein Jahr zu Hause«, sagte sie. Sie sprach nicht vom Kaffee-Ernten in Kamerun und nicht vom Schuheputzen in Bombay. Sie sprach von ihren eigenen Schuhen, zu deren Pflege sie vielleicht in dem neuen aufreibenden Job nicht mehr kommen würde, und vom familiären Morgenkaffee. Von Nicole, die begrüßen würde, mittags nach wie vor ein warmes Essen vorzufinden, bevor sie zu ihren zahlreichen Verabredungen und Verpflichtungen aufbrach. Sie sprach davon, zwar noch nicht soviel zu verdienen wie Andreas zuvor, aber doch schon in sechs Monaten eine Erhöhung in Aussicht zu haben und für die Zukunft weitere zu erwarten. »Viel Zeit nimmt der Haushalt nicht in Anspruch, Nicole ist ja schon groß. Du könntest dich ausruhen, könntest tun, was dir Spaß macht. Wolltest du nicht immer schon an deiner Arbeit über den Dreißigjährigen Krieg weiterforschen?«

Er fand es ein bißchen ungerecht. Hatte Andrea-Maria wirklich soviel Trost, soviel Liebe verdient? Sollte sie nicht wenigstens ein bißchen büßen für ihren Hochmut, ihre Leichtsinnigkeit? Aber so war es eben. Frauen hatten es leichter in dieser Welt, hatten das Sicherheitsnetz zu Hause, das ihm, Andreas, keiner aufgespannt hätte. Er ging also in die Küche, um das Festmahl zuzubereiten, mit dem sie Theas Anstellungsvertrag feiern würden. Der weite Hosenrock, die bauschigen Ärmel des Pullis waren hinderlich.

»Zieh dich normal an, Jeans und Hemd, und nimm die Perücke ab«, sagte Thea, »die Verkleidung brauchst du nicht. Es ist ja keine Rolle mehr. Jetzt ist es Ernst.«

Die Frau in der Gesellschaft

Martin Carton
Etwas Besseres als einen Ehemann findest du allemal
Roman. Band 4718

Christine Grän
Die kleine Schwester der Wahrheit
Roman. Band 10866

Eva Heller
Beim nächsten Mann wird alles anders
Roman. Band 3787

Bettina Hoffmann
Abgang mit Applaus
Band 11613

Anna Johann
Geschieden, vier Kinder, ein Hund – na und?
Band 11118

Claudia Keller
Windeln, Wut und wilde Träume
Briefe einer verhinderten Emanze
Band 4721
Kinder, Küche und Karriere
Neue Briefe einer verhinderten Emanze. Band 10137
Frisch befreit ist halb gewonnen
Reisebriefe einer verhinderten Emanze. Band 10752
Der Flop
Roman. Band 4753

Fern Kupfer
Zwei Freundinnen
Roman. Band 10795

Doris Lerche
Der lover
Band 10517

Doris Lerche
Eine Nacht mit Valentin
Erzählungen
Band 4743
21 Gründe, warum eine Frau mit einem Mann schläft. Erzählungen
Band 11450

Hera Lind
Ein Mann für jede Tonart
Roman. Band 4750
Frau zu sein bedarf es wenig
Roman
Band 11057

Elke zur Nieden
Eine Schlange frißt keinen Glencheck
Kriminalsatire
Band 10150

Fischer Taschenbuch Verlag

fi 21 /2 a

Die Frau in der Gesellschaft

Harriet Ayres (Hg.)
Schönen Tod noch, Sammy Luke
Zehn mörderische Geschichten
Band 10619

Fiorella Cagnoni
Eine Frage der Zeit
Kriminalroman
Band 10769

Sabine Deitmer
Bye-bye, Bruno
Wie Frauen morden
Band 4714
Auch brave Mädchen tun's
Mordgeschichten
Band 10507
Kalte Küsse
Kriminalroman
Band 11449

Ellen Godfrey
Tödlicher Absturz
Ein Kriminalroman
Band 11559

Ingrid Hahnfeld
Schwarze Narren
Kriminalroman
Band 11076

Maria A. Oliver
Drei Männer
Kriminalroman
Band 10402
Miese Kerle
Kriminalroman
Band 10868

Shirley Shea
Katzensprung
Ein Kriminalroman
Band 11021

Katrin & Erik Skafte
Lauter ganz normale Männer
Ein Krimi – Nur für Frauen
Band 4732

Fischer Taschenbuch Verlag

fi 21 / 1 b

Die Frau in der Gesellschaft

Maya Angelou
Ich weiß, daß der gefangene Vogel singt
Band 4742

Shulamit Arnon
Die gläserne Brücke
Roman
Band 4723

Mariama Bâ
Der scharlachrote Gesang
Roman
Band 3746

G. Brinker Gabler
Deutsche Dichterinnen vom 16. Jahrhundert bis zur Gegenwart
Gedichte und Lebensläufe
Band 3701

Janina David
Leben aus zweiter Hand
Roman
Band 4744

M. Rosine De Dijn
Die Unfähigkeit
Band 3797

Anna Dünnebier
Eva und die Fälscher
Roman
Band 4728

A. Dünnebier (Hg.)
Mein Genie
Haßliebe zu Goethe & Co.
Band 10836

Ursula Eisenberg
Tochter eines Richters
Roman
Band 10622

Oriana Fallaci
Brief an ein nie geborenes Kind
Band 3706

M. Gabriele Göbel
Amanda oder Der Hunger nach Verwandlung
Erzählungen
Band 3760

A.-M. Grisebach
Eine Frau Jahrgang 13
Roman einer unfreiwilligen Emanzipation. Band 4750
Eine Frau im Westen
Roman eines Neuanfangs
Band 10467

Fischer Taschenbuch Verlag

fi 20 / 21 a